W

JARDINES
DE CRISTAL

Amor y Aventura

JARDINES
DE CRISTAL

Amanda Quick

Traducción de Laura Paredes

VERGARA
GRUPO ZETA **Z**

Barcelona • Bogotá • Buenos Aires • Caracas • Madrid • México D.F. • Miami • Montevideo • Santiago de Chile

Título original: *Crystal Gardens*
Traducción: Laura Paredes
1.ª edición: junio 2014

© 2012 by Jayne Ann Krentz
© Ediciones B, S. A., 2014
    para el sello Vergara
    Consell de Cent 425-427 - 08009 Barcelona (España)
    www.edicionesb.com

Printed in Spain
ISBN: 978-84-15420-82-8
DL B 9709-2014

Impreso por LIBERDÚPLEX, S.L.
Ctra. BV 2249, km 7,4
Polígono Torrentfondo
08791 Sant Llorenç d'Hortons

*Para mi esposo, Frank,
con todo mi amor*

1

El ruido sordo que hizo la cerradura al romperse resonó como un trueno en medio del profundo silencio en que estaba sumido Fern Gate Cottage. Evangeline Ames reconoció el sonido de inmediato. Ya no estaba sola en casa.

Su primera reacción fue quedarse completamente quieta bajo las sábanas. A lo mejor estaba confundida. La casa era vieja. Las tablas del suelo y el techo crujían y gemían a menudo por la noche. Pero aunque repasara mentalmente las posibilidades racionales, sabía la verdad: eran las dos de la madrugada, alguien había entrado a la fuerza en casa y no era nada probable que estuviera allí por la plata. No había la suficiente para tentar a ningún ladrón.

Había estado hecha un manojo de nervios toda la tarde, en la que su intuición le había estado enviando señales sin motivo aparente. Unas horas antes, cuando había ido andando al pueblo, no había podido dejar de volverse para mirar atrás una y otra vez. Se había estremecido al oír el susurro más insignificante en el espeso bosque que bordeaba el angosto camino. Mientras estaba comprando en la concurrida calle principal de Little Dixby, se le había erizado el vello de la nuca. Había tenido la sensación de que la estaban observando.

Se había recordado a sí misma que todavía se estaba recuperando del ataque aterrador que había sufrido dos semanas antes. Habían estado a punto de asesinarla. No era extraño que tuviera los nervios tan a flor de piel. Además, la escritura no le iba bien y se estaba acercando el día de la entrega. No se atrevía a saltárselo. Tenía motivos de sobra para estar tensa.

Pero ahora sabía la verdad. Su intuición psíquica estaba intentado avisarla desde hacía horas. Esa era la razón de que no hubiera podido conciliar el sueño esa noche.

Una corriente de aire frío recorrió el pasillo, procedente de la cocina. Sonaron unos pasos fuertes. El intruso ni siquiera se tomaba la molestia de acercarse con sigilo. Estaba convencidísimo de que la presa ya era suya. Tenía que levantarse de la cama.

Apartó las sábanas, sacó las piernas de la cama y se puso de pie. El suelo estaba helado. Se calzó las resistentes zapatillas de suela de cuero y descolgó la bata.

El ataque que había sufrido dos semanas antes la había vuelto precavida. Al alquilar la casa había analizado todas las posibles vías de escape. Allí, en su habitación, su mayor esperanza era la ventana situada a la altura de la cintura. Daba al reducido jardín delantero con la puerta de su valla de madera. Al otro lado de esta discurría el angosto camino lleno de baches que serpenteaba a través del oscuro bosque hasta la vieja casa de campo conocida como Crystal Gardens.

Una tabla del suelo del pasillo crujió bajo el peso de una bota. El intruso se dirigía directamente hacia la habitación. Eso zanjó el asunto. No estaba allí por la plata. Estaba allí por ella.

No tenía sentido moverse procurando no hacer ruido. Abrió una de las estrechas hojas de la ventana sin hacer caso del chirrido de las bisagras y se coló por el hueco. Con suerte, el intruso no pasaría por él.

—¿Adónde crees que vas, mujer estúpida? —La voz áspera de hombre rugió desde la puerta. Tenía el fuerte acento de los barrios bajos londinenses—. Nadie escapa al filo de Sharpy Hobson.

No había tiempo para preguntarse cómo un delincuente callejero de Londres había llegado a Little Dixby ni por qué iba a por ella. Evangeline decidió que ya se ocuparía de esas cuestiones después, si sobrevivía.

Saltó al suelo y se abrió paso como pudo por la diminuta selva de helechos gigantes del jardincito. Muchas de las plantas eran más altas que ella.

Y pensar, se dijo, que había ido al campo a descansar y a recuperarse de lo sucedido recientemente...

—¡Maldita sea, ven aquí! —bramó Hobson desde la ventana de la habitación—. Me lo quieres poner difícil, ¿eh? Cuando te atrape, me entretendré contigo, ya lo verás. Morirás despacio, te lo prometo. Muy despacio.

El tono de furia de Hobson le indicó que estaba resultándole imposible pasar por el hueco de la ventana. Experimentó una leve esperanza al advertir que no se oían pasos detrás de ella. Hobson se vería obligado a salir por una de las dos puertas de la casa, lo que le daba cierta ventaja, el tiempo suficiente, quizá, para llegar al único refugio posible.

No tenía escapatoria por el bosque que bordeaba el camino. En verano, las hojas frondosas de las copas tapaban la luz plateada de la luna casi llena que tendría que haber veteado el suelo. Aunque hubiera tenido un farol, no habría podido orientarse entre la maleza. Sabía lo impenetrable que era la vegetación que crecía en las inmediaciones de la vieja abadía porque había querido explorarla durante las horas de sol. Los árboles y la maleza rodeaban las ruinas de un modo que, según se rumoreaba, era antinatural.

Encontró el camino de grava del jardín y echó a correr como alma que lleva el diablo. Se detuvo lo justo para descorrer el pestillo de la puerta de la valla de madera, salió al camino iluminado por la luna y reanudó la carrera. Sabía que Hobson la vería en cuanto abandonase de la casa.

Oyó fuertes pisadas a su espalda.

—Ya te tengo, maldita. Pronto probarás la hoja de Sharpy.

Se arriesgó a mirar hacia atrás y vio que la figura oscura se le estaba echando encima. Habría gritado, pero eso solo habría servido para gastar el aliento inútilmente. Corrió más deprisa, con el corazón acelerado.

Los viejos muros de piedra que protegían los vastos jardines de Crystal Gardens parecían inexpugnables a la luz de la luna. Gracias a exploraciones anteriores, sabía que la verja de hierro estaba cerrada con llave.

No tenía sentido intentar seguir todo el muro hasta la puerta de entrada de la extensa casa de campo. No había tiempo. Hobson la estaba alcanzando. Sus pasos sonaban más cerca. Oía su respiración entrecortada, o quizá lo que oía fueran sus propios jadeos.

Llegó al muro posterior de la antigua abadía y corrió hacia el montón de follaje que ocultaba el agujero irregular del muro de piedra. Había descubierto ese hueco hacía unos días y había decidido darse el capricho de explorar discretamente la propiedad antes de que el nuevo dueño ocupara la casa. No había podido contenerse. Su curiosidad estaba ligada en cierto modo a sus facultades psíquicas, y el misterio de Crystal Gardens la había fascinado desde el principio. Esa era la razón de que hubiera decidido alquilar Fern Gate Cottage en lugar de una de las demás propiedades disponibles en el campo cerca de Little Dixby.

Que el alquiler de la casa fuera mucho más bajo que el de otros alojamientos adecuados de la zona también había influido. Pero pronto descubrió por qué la casa era una ganga. Los lugareños temían la abadía y el bosque que la rodeaba.

Se paró en seco ante el montón de hojas. La abertura irregular del muro de piedra estaba a poco más de medio metro de altura. Era lo bastante grande para que una persona pudiera meterse por ella, aun cuando fuese un hombre corpulento como Hobson. Pero si la perseguía hasta los jardines, quizá tuviese alguna posibilidad.

Miró hacia atrás una última vez. Hobson todavía no había doblado la esquina del muro, pero lo haría en cualquier momento. Podía oír sus sonoros pasos y su respiración entrecortada, pero seguía sin verlo. Contaba con unos pocos segundos.

Pasó una pierna por encima de la piedra rota, después la otra y estuvo en los jardines de Crystal Gardens.

Contuvo el aliento, paralizada por la escena fantasmagórica que la rodeaba. Había visto aquellos insólitos jardines a la luz del día lo suficiente para saber que su energía tenía algo extraño y que su vegetación no era normal. Pero de noche los elementos paranormales eran inconfundibles.

El follaje de los inmensos jardines brillaba con una luminiscencia fantasmagórica. En el mismísimo centro, donde, según se decía, se situaban las ruinas de unos antiguos baños romanos, la luz psíquica era tan oscura y amenazadora como una tempestad violenta.

Gracias a las guías que había comprado a la señorita Witton, la propietaria de la librería de Little Dixby, sabía que Crystal Gardens estaba dividido en dos secciones. La región más exterior, en la que ella se encontraba, recibía en los mapas el nombre de Jardín Diurno. Rodeaba las paredes de un elaborado laberinto, que, a su vez, encerraba la parte interior de los jardines, llamada Jardín Nocturno.

En las casi dos semanas que llevaba viviendo en Fern Gate Cottage, no se había atrevido a adentrarse en los jardines mucho más allá de donde estaba esa noche. Pero sabía instintivamente que la naturaleza peculiar del lugar una vez franqueado el muro le proporcionaría más posibilidades de escapar del cuchillo de Sharpy Hobson.

Oyó a Hobson apartar el follaje y maldecir.

—Ninguna zorra deja en ridículo a Sharpy Hobson. Te enseñaré a respetarme, ya lo verás.

Evangeline chó un vistazo alrededor mientras intentaba recordar la distribución de los jardines. El laberinto sería sin duda el mejor sitio donde ocultarse. Seguramente sus facultades le impedirían perderse dentro. Pero en una expedición anterior había descubierto que una verja cerrada con llave bloqueaba la entrada al laberinto.

Se dirigió hacia el cenador. Su elegante techo abovedado y sus columnas relucían con una tenue luz azul que parecía emanar de la propia piedra con la que estaba construido. Aceleró el paso pero sin llegar a correr. Quería que su perseguidor la viera.

Finalmente, Hobson logró cruzar el agujero del muro, gruñendo y maldiciendo. Ella se detuvo y se volvió, preguntándose hasta qué punto vería la luz paranormal. Se hizo el silencio mientras Hobson, sorprendido, asimilaba lo que lo rodeaba.

—¿Qué demonios es esto? —masculló mientras se frotaba los ojos.

Entonces la vio, y de inmediato olvidó el paisaje extrañamente luminoso que lo rodeaba. Sacó el cuchillo de la funda de cuero que llevaba a la cintura y se abalanzó sobre ella.

—Creías que te habías librado de mí, ¿verdad?

La muchacha corrió hacia el cenador. Su objetivo era la laguna cuya superficie brillaba delante de este. Con suerte, Hobson no podría verla hasta que fuera demasiado tarde. Su intuición le decía que si caía en sus relucientes aguas negras, dejaría enseguida de interesarse por ella. Aquellas aguas tenían algo espeluznante.

Estaba tan concentrada en su plan para atraer a Hobson hacia la laguna que no fue consciente de la presencia del hombre de la chaqueta negra hasta que surgió de la penumbra y lo iluminó la luna. Se paró justo delante de ella, impidiéndole el paso.

—¿Es costumbre del lugar visitar a la gente a una hora tan intempestiva? —preguntó.

Tenía la voz oscura como la superficie color obsidiana de la laguna y cargada con una parecida energía escalofriante. Todos los sentidos de Evangeline se pusieron alerta. En medio de las sombras extrañas que proyectaba la luna resultaba difícil distinguir claramente el rostro de aquel hombre, pero no hacía falta. Lo reconoció al instante. La verdad es que estaba segura de que lo habría reconocido en cualquier parte. Lucas Sebastian, el misterioso nuevo propietario de Crystal Gardens.

Se detuvo, atrapada entre Lucas y Sharpy Hobson.

—Señor Sebastian —dijo. Le faltaba el aire y el corazón le latía con fuerza. Se esforzó por identificarse, porque temía que no la reconociera en la penumbra, con el cabello que le caía sobre los hombros y vestida, como iba, con bata y camisón. Al fin y al cabo, solo se habían visto una vez—. Perdone que haya entrado así. Soy Evangeline Ames, su inquilina de Fern Gate Cottage.

—Ya sé quién es usted, señorita Ames.

—Dijo que viniera a verlo si tenía algún problema. Pues resulta que tengo uno.

—Ya lo veo —repuso Lucas.

De pronto apareció Hobson, que se detuvo en seco y movió amenazadoramente el cuchillo.

—Apártese y no le haré daño. Solo quiero a esa zorra.

Lucas lo miró con lo que solo podría describirse como curiosidad indiferente.

—Ha entrado sin autorización en mi propiedad. Es muy peligroso hacer eso aquí, en Crystal Gardens.

—¿Qué pasa en este sitio? —Hobson echó un vistazo alrededor, intranquilo.

—¿No ha oído las historias? —preguntó Lucas—. Por estos parajes todo el mundo sabe que estos jardines están encantados.

—A Sharpy Hobson no le dan miedo los fantasmas —se jactó Hobson—. Además, no me quedaré lo bastante para ver a ninguno. Solo quiero a esta zorra.

—¿Para qué quiere a la señorita Ames? —se interesó Lucas.

Que Lucas hablara como si tal cosa había dejado de una pieza a Evangeline. Solo parecía interesarle, aunque demostrara una indiferencia total, lo que Hobson pensara.

—Eso no es asunto suyo —gruñó Hobson—. Pero le diré que vale un buen pellizco muerta y no voy a dejar que nadie se interponga en mi camino.

—No parece entender la situación —dijo Lucas—. La señorita es inquilina mía y, por lo tanto, está bajo mi protección.

—Le estoy haciendo un gran favor quitándosela de encima —bufó Hobson—. Por lo que me han dicho, es una mala puta.

—¿Lo contrató alguien para matarla? —preguntó Lucas.

Hobson empezaba a dar muestras de incertidumbre. Era evidente que las cosas no iban como solían ir normalmente cuando actuaba.

—No pienso perder más tiempo hablando con usted —dijo, y se lanzó contra Lucas con el cuchillo preparado—. Es hombre muerto.

—Pues me parece que no —repuso Lucas.

Una energía oscura y aterradora iluminó la escena. Evangeline apenas tuvo tiempo para darse cuenta de que quien la generaba era Lucas, antes de que Hobson soltara un alarido presa de un pánico animal.

—¡No, déjame! —gritó. Soltó el cuchillo y se aferró a algo que solo él veía—. Déjame. —Giró sobre sí mismo y huyó corriendo a ciegas hacia el interior de los jardines.

—¡Por todos los demonios! —dijo Lucas en voz baja—. ¿Stone?

Una segunda figura emergió de entre las sombras.

—Diga, señor.

La voz sonó como si emanara de las profundidades de una inmensa caverna subterránea, y tenía el mismo acento de los barrios bajos londinenses que Sharpy Hobson.

Gracias a la extraña luz que emanaba el follaje, Evangeline vio que a Stone le iba muy bien su apellido, «piedra». Semejaba un antiguo monolito de granito y daba la impresión de ser igual de inmune a los elementos. La luz de la luna relucía en su cabeza rasurada. Las sombras y la luminiscencia fantasmagórica que los rodeaba hacían difícil calcularle la edad, pero debía de estar más cerca de la veintena que de la treintena.

—Mira a ver si puedes atrapar a Hobson antes de que se meta dando tumbos en el laberinto —pidió Lucas—. Pero si llega tan lejos no se te ocurra seguirlo por ningún motivo.

—Sí, señor.

Stone echó a correr sin producir ruido alguno, algo verdaderamente extraño tratándose de un hombre tan corpulento.

Lucas se volvió hacia Evangeline.

—¿Está bien, señorita Ames?

—Sí, creo que así. —Evangeline intentaba recobrar la calma, pero no le resultaba fácil—. No sé cómo darle las gracias.

Un grito agudo, quejumbroso, resonó desde algún lugar en lo profundo de los jardines. El alarido sobrenatural dejó helada a Evangeline, que quedó paralizada, sin aliento.

Terminó con una brusquedad espeluznante. Evangeline temblaba tan violentamente que apenas podía mantenerse en pie.

—Sharpy Hobson... —susurró.

—Evidentemente, Stone no llegó a tiempo de impedir que entrara en el laberinto —dijo Lucas.

—¿Está...? —Tragó saliva y probó nuevamente—. ¿Está muerto?

—¿Hobson? Seguramente lo estará pronto. Y es una lástima.

—¿Una lástima? —balbució Evangeline—. ¿Es eso lo único que tiene que decir sobre la muerte de ese hombre?

—Me habría gustado interrogarlo. Pero como al parecer será imposible, usted y yo vamos a tener una pequeña charla.

—No sé qué podría decirle, señor Sebastian.

—Nuestra conversación no será nada complicada, señorita Ames. Ahora entrará en casa conmigo, le serviré una copa de brandy, que le irá bien para los nervios, y me contará qué está haciendo en mis jardines a estas horas de la noche y por qué un hombre armado con un cuchillo ha intentado asesinarla.

—Pues justamente es lo que estoy tratando de decirle. No tengo ni idea de por qué me atacó Hobson.

—Pues tendremos que deducirlo juntos.

Se quitó la chaqueta y se la puso a Evangeline sobre los hombros antes de que que esta pudiera quejarse. Cuando los dedos de Lucas le rozaron la nuca, la emoción de tenerlo tan cerca la estremeció. Aquella chaqueta conservaba el calor de su cuerpo. Aspiró su fragancia masculina, lo que despertó sus sentidos de una forma desconocida para ella.

Stone apareció.

—Lo siento, señor. Vio la verja abierta y corrió directamente hacia lo profundo. Debió de suponer que era una salida de los jardines.

—Ya me encargaré después del cuerpo —indicó Lucas—. Primero quiero hablar con la señorita Ames y después la acompañaré de vuelta a la casa.

—Sí, señor. ¿Necesitará algo más?

—Por el momento, no.

—Muy bien, señor.

Stone se sumió en las sombras de las que había surgido. Evangeline lo observó esfumarse y se preguntó si estaría atrapada en una especie de sueño. Quizá fuese una alucinación. Sí, era posible, decidió. Sus jefas y sus amigas estaban convencidas de que el ataque que había sufrido días atrás le había afectado los nervios. Debían de tener razón.

Lucas le sujetó el brazo con una mano fuerte. El contacto físico la hizo estremecerse. Sus sentidos continuaban extraordinariamente alerta. Ahora podía percibir con bastante claridad el aura de Lucas. Las intensas bandas de energía gélida y abrasadora la dejaron sin aliento.

—Relájese, señorita Ames —dijo Lucas—. No voy a hacerle ningún daño.

No había nada en su aura que indicase que mentía. Así que Evangeline decidió que estaba a salvo, al menos por el momento. Se tranquilizó y relajó sus sentidos psíquicos.

—Por aquí, señorita Ames. —Le hizo rodear un gran arbusto—. Vaya con cuidado. En estos jardines hay muchos peligros, incluidas estas rosas.

La energía que había vislumbrado en el aura de Lucas le advirtió que seguramente él era lo más peligroso que había en aquellos peculiares jardines.

Sharpy Hobson había dejado de gritar, pero Evangeline sabía que durante mucho tiempo oiría en sus pesadillas el eco de sus últimos alaridos de horror.

2

Evangeline se sentó, tensa, en el borde de una de las butacas gastadas de la biblioteca; la solapa de la chaqueta de Lucas parecía tenerla cogida por el cuello. Lo observó mientras servía dos copas de brandy.

La luz de gas de los apliques revelaba una gran mesa de caoba, dos butacas de lectura y otras tantas mesitas auxiliares. Los muebles, junto con la alfombra raída y descolorida y las gruesas cortinas que cubrían las ventanas, habían pasado de moda hacía décadas. Los estantes estaban abarrotados de tomos encuadernados en cuero. Por la habitación había esparcidos varios ingenios científicos, incluidos un microscopio y un telescopio.

Lucas Sebastian era un misterio no solo para ella, sino también para los habitantes de Little Dixby. Había llegado hacía tres días para instalarse en Crystal Gardens y de inmediato se había convertido en motivo de especulaciones y habladurías.

Evangeline lo había conocido el día antes en la librería Chadwick, la única de la localidad. Lucas había entrado poco después de que ella hubiera cruzado el umbral. Se había presentado a ella y a la propietaria, Irene Witton.

La venta de libros era algo nuevo para Irene, que unos meses antes había comprado la tienda a la viuda del anterior propietario. Pero se trataba de una mujer ambiciosa y saltaba a la vista que estaba encantada de tener a Lucas como cliente. No había nada mejor para el negocio que el hecho de que se corriera la voz de que el dueño de la casa más importante de la zona compraba en su establecimiento.

Evangeline, en cambio, había sido incapaz de interpretar con tanta claridad sus propias reacciones ante Lucas. Cuando él entró en la tienda, algo hizo que se sintiese inquieta. Había sido una reacción instintiva, intuitiva. Aunque no la había tocado, había percibido que poseía unas grandes facultades psíquicas. Desde luego, le resultó imposible ignorar el sutil cambio de energía en la atmósfera de la tienda. Se le erizaron los pelos de la nuca y una extraña mezcla de entusiasmo y recelo recorrió su cuerpo.

—Tengo entendido que soy inquilina suya, señor Sebastian —dijo.

—Exacto, señorita Ames —respondió Lucas con una sonrisa—. El administrador de mi tío me informó de que había alquilado Fern Gate por un mes. Estaba muy contento. Según parece, no conseguía inquilino para la casa desde hacía dos años. Espero que esté disfrutando su estancia aquí, en Little Dixby.

Estuvo a punto de decirle que, aparte de alguna que otra apasionante entrada ilícita en los jardines de la vieja abadía, no se había aburrido tanto en toda su vida. En aquel momento, sin embargo, eso había dejado de ser cierto. Pero difícilmente podía decirle que su percepción de los placeres de la vida campestre había cambiado por completo cuando él había entrado en la librería Chadwick.

—El campo me resulta muy... estimulante —comentó en cambio.

Lucas enarcó las oscuras cejas. Y una expresión que muy

bien podía definirse como de regocijo iluminó sus ojos verdes.

—Excelente —dijo—. ¿Mandará recado a Crystal Gardens si la casa necesita alguna reparación?

—Sí, gracias, pero estoy segura de que no será necesario.

—Nunca se sabe —dijo Lucas.

Eligió unos viejos mapas y una guía sobre las ruinas locales, pagó sus compras y se despidió. Evangeline e Irene lo contemplaron mientras salía a la calle y se perdía entre la multitud que llenaba Little Dixby en verano. La población estaba a tres horas en tren de Londres y era, desde hacía mucho tiempo, una atracción gracias a las ruinas romanas muy bien conservadas de sus inmediaciones.

Irene apoyó los codos sobre el mostrador de cristal con aire reflexivo. Era una solterona que rondaba los cuarenta. Evangeline estaba segura de que el que Irene no se hubiera casado no se debía a su aspecto físico. Era una mujer atractiva, instruida y con una figura excelente, cabello oscuro, ojos azules y una gran elegancia. La moderna *chatelaine* de plata que llevaba en la cintura para guardar las gafas estaba decorada con unas mariposas exquisitamente grabadas y unas turquesas preciosas.

Evangeline pensó que a los dieciocho o diecinueve años, en edad casadera, Irene tenía que haber sido toda una belleza. Pero la hermosura y la inteligencia no siempre eran suficientes en lo que al matrimonio se refiere, porque todo el mundo sabía que el matrimonio era una transacción comercial. La posición social y el dinero importaban mucho más que el amor verdadero y la conexión metafísica entre enamorados que los novelistas sensacionalistas loaban en sus historias.

—Así que ese es el nuevo dueño de Crystal Gardens —comentó Irene—. No puede decirse que sea lo que todo el mundo esperaba. Por lo menos, él no parece estar tan loco como su tío.

—¿A qué se refiere? —inquirió Evangeline, parpadeando.

—No lleva demasiado tiempo aquí —respondió Irene—. Pero seguro que ha oído algunos de los cuentos y las leyendas sobre Crystal Gardens, ¿no?

—Sí, pero no sabía que el anterior dueño estuviera loco —dijo Evangeline. Y tras vacilar un instante, añadió—: Bueno, he de admitir que mi criada me advirtió de que Chester Sebastian tenía fama de excéntrico.

—Una forma educada de decir que estaba loco de remate —puntualizó Irene, riendo entre dientes—. Ahora bien, Chester Sebastian era un botánico brillante, y por lo menos yo lo echaré mucho de menos.

—¿Por qué?

—Era muy buen cliente. Le conseguí unos cuantos libros y grabados raros sobre botánica. El precio no representaba ningún obstáculo para él. Sin embargo, no todos los habitantes de Little Dixby se mostraban tan benévolos con Chester Sebastian. Según me ha asegurado nada menos que una autoridad como Arabella Higgenthorp, la directora del club local de jardinería, Sebastian realizaba en Crystal Gardens toda clase de lo que ella denomina experimentos hortícolas antinaturales.

Evangeline pensó en la extraña energía que había percibido en los jardines de la vieja abadía.

—¿A qué cree que se refería la señora Higgenthorp al decir «antinaturales»?

—La gente afirma que Sebastian mezclaba las artes ocultas y la botánica con resultados desastrosos.

—¡Oh, por el amor de Dios! ¡Menuda tontería!

—No esté tan segura. —Irene abrió los ojos como platos con expresión burlonamente melodramática y bajó la voz hasta convertirla en un susurro—. Los lugareños están convencidos de que la muerte de Chester Sebastian se debió a esas oscuras fuerzas sobrenaturales que desató en sus jardines.

—Ridículo —dijo Evangeline. Pero debía admitir que había notado ciertas corrientes peligrosas de poder en Crystal Gardens. Sí, quizás hubiese que contemplar la posibilidad de que Chester Sebastian hubiera fallecido víctima de uno de sus experimentos botánicos psíquicos.

—No son más que tonterías, claro —dijo Irene con una sonrisa—, pero la historia encaja la mar de bien con otras leyendas locales. A los visitantes les encanta esta clase de cosas.

—¿Y compran guías y mapas relacionados con estas apasionantes leyendas locales? —preguntó Evangeline, divertida.

—Ya lo creo. En particular, el relato del tesoro perdido de Crystal Gardens ha disparado las ventas.

—¿Qué tesoro es ese?

—Se dice que hay un tesoro de oro romano enterrado en alguna parte de los jardines de la vieja abadía. —Irene hizo una mueca—. Pero si quiere saber mi opinión, si alguna vez existió, ya lo habrán encontrado hace años.

—Sin duda —se mostró de acuerdo Evangeline, y miró de nuevo hacia la calle, donde no vio a Lucas por ninguna parte.

Irene siguió su mirada y dejó de sonreír.

—Ahora, en serio: muchos sostienen que hay una vena de locura en la familia.

—¿De veras?

—Según las habladurías locales, Chester Sebastian aseguraba poseer poderes paranormales. —Hizo un gesto despectivo con la mano—. Hay que ser un perturbado o un farsante para afirmar algo así, ¿no le parece?

—Desde luego, da que pensar —repuso Evangeline, eligiendo cuidadosamente las palabras.

Sin embargo, no podía creer que Lucas estuviera loco; que resultara fascinante y tal vez fuese peligroso, sí, pero ¿loco?, para nada.

Sintiéndose súbitamente inspirada, corrió de regreso a Fern Gate Cottage para efectuar anotaciones detalladas sobre el protagonista de su nuevo libro. Iba por el cuarto capítulo, y John Reynolds acabaría por convertirse en el centro de la narración. Sus rasgos y su porte la habían eludido, pero ahora Evangeline sabía con precisión qué aspecto tenía: exactamente el mismo que Lucas Sebastian, es decir, cabello oscuro, ojos verdes, un semblante de rasgos duros y un aura de verdadero poder. En resumen, la clase de hombre que rompería las normas sociales cuando le viniera en gana.

El problema era que hasta aquel momento había planeado que John Reynolds fuera el malo de la historia.

—Pruebe esto —dijo Lucas tendiéndole una copa de brandy—. Es bueno para los nervios.

—Gracias. —Evangeline bebió un pequeño sorbo. Quemaba un poco, pero la hizo sentir bien, revigorizada. Pensó en el grito agonizante de Sharpy Hobson y la copa le tembló en la mano—. ¿No deberíamos avisar a la policía?

Lucas se sentó en la butaca que estaba delante de ella y repuso:

—Estoy seguro de que la policía local es razonablemente discreta, pero dadas las circunstancias dudo de que pudieran evitarse las habladurías, especialmente en una población tan pequeña como Little Dixby. Entre otras cosas, hay que tener en cuenta el asunto de su reputación.

Evangeline notó que se sonrojaba, pero no por el calor que le producía el brandy, sino por la mirada sugestiva que le dirigió Sebastian.

—Ah, claro —susurró.

—Si corre la voz de que estaba usted en Crystal Gardens vestida con camisón y bata a las dos y media de la mañana, todo el mundo creerá que tenía una cita íntima conmigo.

—Pero el hombre con el cuchillo...

—Que nos interrumpiera un intruso armado con un cuchillo solo añadiría elementos sensacionalistas a la historia. Por la mañana la noticia sería la comidilla de Little Dixby. En veinticuatro horas aparecería en los periódicos de Londres. Poco después los editores de novelas truculentas pregonarían su versión de los hechos. —Lucas tomó un trago de brandy y añadió—: Y algún artista tendría que hacer horas extras para crear la consiguiente ilustración morbosa.

—¡Por Dios! —exclamó Evangeline, pero sabía que tenía razón. La prensa haría lo imposible para realzar los aspectos más malsanos y a la vez excitantes de la historia, aunque no hubiera ninguno. Era previsible y explicaba por qué tantas mujeres decidían no denunciar a la policía a sus agresores. En su caso, posiblemente pusiera en peligro su incipiente carrera de novelista. El primer capítulo de *Winterscar Hall* iba a aparecer la semana siguiente en seis de los periódicos del señor Guthrie, incluido el *Little Dixby Herald*. Si se hacía público que la autora se había visto envuelta en un crimen que incluía un intento de asesinato y una cita ilícita con un hombre rico, Guthrie sin duda cancelaría el contrato. Recordó una cláusula de moralidad bastante vaga.

Dadas las circunstancias, la galantería de Lucas Sebastian resultaba sorprendente; asombrosa, en realidad. Ella se ganaba la vida como dama de compañía. No tenía familia ni conexiones sociales. Al igual que otras mujeres en su situación, se aferraba con uñas y dientes a su respetabilidad. Bastaría muy poco para que la perdiese. Por su experiencia, los hombres de la categoría y la riqueza de Sebastian rara vez se preocupaban por la reputación de las mujeres de su clase.

Se recordó que Lucas podía tener sus propios motivos para no querer que la policía acudiera a Crystal Gardens, empezando por el cadáver del laberinto.

—Comprendo su razonamiento, señor Sebastian —aseguró—, y aprecio sinceramente su consideración. Pero no podemos fingir que esta noche aquí no pasó nada.

—No estoy de acuerdo, señorita Ames —dijo Lucas, esbozando una gélida sonrisa—. Le sorprendería lo fácil que es hacer exactamente eso. Aunque usted esté dispuesta a sacrificarse en el altar de las habladurías locales, yo no.

—¿Perdón?

—Vamos, señorita Ames, reflexione. No es la única protagonista de este pequeño drama que sería objeto de grandes especulaciones si la historia apareciese en la prensa. Yo también estoy involucrado en ella.

¡Y Evangeline que había creído que a él le preocupaba su reputación! ¿En qué estaría pensando? Por un instante su romanticismo había podido más que su sentido común. Lucas se estaba protegiendo a sí mismo, no a ella. Porque ningún caballero desearía ver su nombre mancillado por la prensa amarilla.

—Por supuesto —dijo enérgicamente—. Lo entiendo. Perdóneme, no pensé en su posición.

—Da la casualidad de que mientras esté establecido aquí, en Little Dixby, necesito la mayor privacidad posible. Preferiría no verme envuelto en ninguna investigación policial, por no hablar de tener que tratar con los llamados caballeros de la prensa.

—Lo entiendo perfectamente —dijo Evangeline—. No tiene por qué entrar en detalles. —Evangeline no podía reprochárselo. Ella misma había tomado una decisión similar hacía dos semanas. Ambos tenían secretos que esconder.

—Comprenderá que debo hacerle algunas preguntas, señorita Ames —prosiguió Lucas—. Aunque he resuelto evitar a la policía y a la prensa por todos los medios, me gustaría saber en qué me he involucrado esta noche.

—Sí, claro —repuso ella—, pero me temo que no estoy en condiciones de responder a eso. —Vio que los ojos de Lucas brillaban con una pasión fría. O quizá fueran imaginaciones suyas. Todavía tenía los nervios de punta.

—¿Conocía a ese hombre, el tal Sharpy Hobson? —quiso saber él.

—Estoy segura de no haberlo visto en mi vida —fue la respuesta—. Pero le confieso que esta tarde tuve la desagradable sensación de que me estaban observando. Por la noche no pegué ojo, por eso estaba despierta cuando él entró en la casa.

—Lo que me lleva a otra pregunta —dijo Lucas—. Me alegra mucho que consiguiera escapar, fue toda una hazaña. ¿Cómo lo logró?

—Salí por la ventana del dormitorio. Hobson trató de seguirme pero no pudo pasar por ella. Tuvo que usar la puerta de la cocina. Eso me dio una ventaja aceptable.

—Corrió hacia aquí, hacia Crystal Gardens.

—Tampoco es que tuviera demasiadas opciones. Es usted el vecino más cercano.

Lucas asintió una vez, reconociendo que era verdad, y tomó un sorbo de brandy mientras reflexionaba en silencio.

—Habría llamado a la puerta principal para pedirle ayuda, pero me hubiese llevado unos instantes preciosos correr hacia la parte delantera de la casa —continuó Evangeline—. Hobson me estaba alcanzando. Por eso me metí en los jardines.

—Sabía cómo entrar por el muro —apuntó Lucas, mirándola fijamente.

—Admito que he estado explorando un poco antes de que viniera usted a instalarse —respondió Evangeline con un suspiro.

—Más que explorando, entrando sin permiso —la corrigió él, pero no parecía enojado.

—Bueno, aquí no vivía nadie por entonces. ¿A quién iba a pedir permiso?

—Estos jardines son muy peligrosos. Usted misma lo ha comprobado esta noche.

—Sí. —Evangeline se estremeció y tomó un traguito de

brandy—. Pero hasta ahora no sabía lo peligrosos que son. Había oído las historias y las leyendas locales pero no me las creía.

—A pesar de ello, despertaron su curiosidad, ¿verdad?

—Me temo que sí.

—Dígame, señorita Ames, ¿siempre se deja llevar por la curiosidad?

Evangeline titubeó porque presentía que le estaba tendiendo una trampa.

—No siempre —repuso por fin—. Sin embargo, en este caso no parecía haber nada malo en ello.

—Los jardines la atrajeron no solo por las leyendas sino por la energía paranormal que percibía en ellos.

No era una pregunta. El curso que estaba siguiendo el interrogatorio de Lucas la intranquilizaba cada vez más. Afirmar que se poseían facultades psíquicas era siempre algo arriesgado, pero no consideró imprudente decírselo, convencida como estaba de que Lucas también poseía poderes paranormales.

—Sí —aseguró—. La energía de este sitio es fascinante.

—Ayer, cuando la conocí en la librería, estuve bastante seguro de que tenía usted una fuerte naturaleza psíquica —dijo Lucas, esbozando una sonrisa—. Sus facultades despiertan mi curiosidad por usted, Evangeline Ames. Pero, bueno, usted me ha interesado desde que el administrador de mi tío me informó de que la nueva inquilina de Fern Gate Cottage se ganaba la vida como dama de compañía.

Su intranquilidad se acrecentó. Ahora estaba segura de que se adentraba en aguas peligrosas, pero no veía la forma de evitarlo.

—¿Por qué despertó eso su curiosidad? —preguntó con mucha cautela.

—El alquiler de la casa es bastante bajo, desde luego. Dicho esto, jamás he conocido a ninguna dama de compañía que pudiera permitirse un mes de vacaciones en el campo aunque encontrara una ganga.

—Mis jefas son muy generosas —dijo ella con cierta frialdad, sintiéndose en terreno más firme. Al fin y al cabo, era de muy mala educación preguntar a alguien a la cara sobre su situación económica. Eso no se hacía, sencillamente—. Quienes tenemos la suerte de estar vinculadas a la firma de Flint y Marsh recibimos comisiones muy satisfactorias por nuestros servicios.

—Comprendo. Eso explica el vestido caro y el bonito sombrero que llevaba ayer cuando la vi en la librería, así como el hecho de que pueda permitirse el alquiler de la casa.

Se dio cuenta de que la respuesta que le había dado no lo había satisfecho. Se preparó para su siguiente pregunta.

—Hay otras cosas sobre usted que me resultan interesantes, señorita Ames.

—¿De veras? Qué extraño. Apenas nos conocemos.

—Gracias a los acontecimientos de esta noche, nuestra relación es mucho más cercana, ¿no le parece? —comentó él con una sonrisa—. De hecho, casi podría llamarse una relación íntima.

De repente fue muy consciente de que iba en bata y camisón. Echó un vistazo a la puerta. Sintió un instintivo deseo de huir, pero sabía que sería inútil intentarlo.

—Como le iba diciendo, hay varias cosas sobre usted que me resultan fascinantes —prosiguió Lucas. No dio indicios de haber advertido la creciente ansiedad de Evangeline—. Pero la que me viene esta noche a la cabeza es que en su último trabajo fue dama de compañía de lady Rutherford.

Evangeline se percató de que estaba conteniendo la respiración. Tomó un trago de brandy y se atragantó. Tosió un par de veces y por fin recuperó el aliento. Volvía a respirar. Respirar era importante.

—¿Y qué? —logró articular.

—Nada, en realidad. Es solo que me parece bastante raro que a los pocos días de haber dejado su puesto en el hogar de los Rutherford, un caballero que recientemente había pedido la mano de la nieta de lady Rutherford, y cabe añadir que su petición había sido rechazada, fue encontrado muerto al pie de una escalera. Da la casualidad de que la escalera se encontraba en un edificio deshabitado situado en una calle cercana a los muelles.

—¿Sabe eso? —se sorprendió Evangeline.

—La muerte de Mason y el lugar del incidente salieron en los periódicos —indicó Lucas. Sonaba casi como si se disculpara por tener que recordarle algo tan sencillo—. Lo mismo que el rumor de que hacía poco que el padre de la joven dama había rechazado su petición de mano sin más.

—Sí, por supuesto. —Evangeline recobró la compostura y adoptó lo que esperaba que fuera un aire de desconcierto comedido con un toque de impaciencia—. Perdóneme, pero es que me sorprende bastante que preste atención a esta clase de chismes de la alta sociedad.

—Pues sí, lo hago, señorita Ames, especialmente cuando averiguo que mi nueva inquilina tenía cierta relación con la familia Rutherford y que dejó de prestar sus servicios para ella el día después de que echaran a Mason.

—Se había acordado desde el principio que el puesto sería temporal. —Evangeline dirigió la mirada al alto reloj y fingió un ligero sobresalto de sorpresa—. ¡Cielos, mire qué hora es! Tengo que volver a casa.

—Por supuesto, pero no antes de que se termine el tónico para los nervios —dijo él señalando la copa de brandy.

Evangeline bajó la vista hacia la copa, se la llevó a los labios y la vació de un solo trago, un trago que resultó más largo de lo que esperaba.

Volvió a atragantarse, pero esta vez no tosió, sino que escupió el líquido.

—¿Está bien, señorita Ames? —Lucas parecía verdaderamente preocupado.

—Sí, sí, estoy bien. —Evangeline dejó la copa en la mesita que tenía al lado y agitó débilmente la mano como si se abanicara—. Pero me temo que está en lo cierto al preocuparse por el estado de mis nervios. La verdad es que creo que los tengo destrozados. Necesito mi cama y mis sales.

—Algo me dice que no ha usado sales en toda su vida.

—Hay una primera vez para todo —repuso ella, levantándose—. Discúlpeme, señor Sebastian. Le agradezco mucho todo lo que ha hecho por mí esta noche, pero ahora tengo que regresar a casa.

—Muy bien, la acompañaré. —Lucas dejó la copa y se puso de pie—. Ya seguiremos esta conversación mañana.

—Lo lamento mucho pero no será posible —dijo ella con gran soltura—. Mañana llegarán de Londres unas amigas mías. Pasarán dos días conmigo.

—Entiendo.

Evangeline pensó con rapidez. Lo último que quería hacer era estar sola en la casa cuando Lucas fuera a verla para proseguir la conversación.

—Puede que muchos más —rectificó—. Dos semanas, seguro. Planeamos explorar las ruinas locales. Son muy pintorescas, ¿sabe?

—Eso me han dicho.

La tomó del brazo para salir de la biblioteca y recorrer un largo pasillo. Evangeline volvió a sentir curiosidad.

—La muchacha que viene a ayudarme con las tareas del hogar mencionó que no ha contratado usted ningún criado —se atrevió a comentar.

—Con Stone me basta —respondió Lucas con cierta aspereza.

—Es una casa muy grande para que una sola persona pueda tenerla en condiciones.

—Stone y yo somos los únicos que vivimos en ella y es mi intención que siga siendo así. No nos quedaremos por mucho tiempo. Lo único que necesitamos es la cocina, la biblioteca y un par de dormitorios. El resto de la casa está cerrado; lleva años así. Cuando el tío Chester estaba vivo, él y su ama de llaves, la señora Buckley, solo tenían abiertas unas cuantas habitaciones.

—Ya veo. ¿Ha venido a poner en orden los asuntos de su tío, entonces?

—He venido para hacer algo más que eso, señorita Ames. Tengo la intención de averiguar quién lo asesinó.

3

La impresión había dejado a Evangeline sumida en un silencio que Lucas estaba convencido de que sería breve. Mientras ella intentaba asimilar aquella información, él la hizo salir de su casa por la puerta principal y echaron a andar hacia Fern Gate Cottage por el camino iluminado por la luna.

—Creía que su tío había muerto de un infarto —dijo por fin Evangeline.

—Eso me aseguraron.

—¿Y no se lo cree?

—No, señorita Ames, no me lo creo. Estoy convencido de que la señora Buckley, el ama de llaves, también fue asesinada.

—¡Cielos! —Evangeline le dirigió una mirada muy rápida y volvió a concentrarse en el camino—. ¿Puedo preguntarle si tiene algún motivo que le haga creer que la muerte de su tío fue provocada?

—Por el momento, lo único que tengo son sospechas.

Evangeline volvió a quedarse callada un instante.

—Comprendo —dijo por fin.

Lucas supo entonces que ya había oído los rumores sobre la vena de locura de la familia Sebastian. Se recordó a sí mismo que era de esperar. El cotilleo estaba muy extendido en Little Dixby. Chester había vivido casi treinta años en Crystal Gardens; tiempo suficiente, sin duda, para impresionar a los lugareños con su comportamiento extraño.

«Debería haber imaginado que pensaría que soy un perturbado», se dijo. Que poseyera unas facultades considerables no significaba que ignorase las habladurías.

Como había aprendido a muy temprana edad que sus poderes paranormales incomodaban y a menudo asustaban a los demás, había hecho todo lo posible para ocultar su verdadera personalidad. Pero con su familia había resultado imposible. Era muy consciente de que algunos de los rumores sobre la locura de los Sebastian procedían del seno de su propia familia.

—No, señorita Ames, no soy ningún perturbado —dijo sin alterarse—. Y el tío Chester, a pesar de todas sus excentricidades, tampoco.

—Comprendo —repuso Evangeline, y guardó silencio.

Lucas se dio cuenta de que, en otras circunstancias, habría disfrutado del paseo a la luz de la luna hasta la casa. Ni siquiera el ser consciente de que Evangeline no sabía muy bien qué pensar de él disminuía la intensa emoción que le producía el estar tan cerca de ella. Advirtió que Evangeline también era consciente de la energía que había entre ambos. Pero sospechaba que se estaba diciendo a sí misma que su tensión se debía a la desagradable experiencia que acababa de vivir.

Hacía un rato, en la biblioteca, había disfrutado observando la forma en que la luz de gas volvía dorados sus ojos pardos y dotaba a las suaves ondas de su cabello de un tono ámbar intenso y oscuro. Por separado, sus rasgos no poseían una belleza especial, pero juntos componían un rostro imponente animado por la inteligencia y una fuerte personalidad. El hombre que quisiera seducirla tendría que ganarse antes su confianza y su respeto. Y lo más probable era que después descubriese que era él el seducido.

La lógica y el sentido común le sugerían que se concentrara en las circunstancias que rodeaban a Evangeline Ames, no en su atracción por ella. Y estaba envuelta en numerosos misterios.

No podía ser mera coincidencia que una joven que resultaba poseer unas grandes facultades psíquicas hubiera elegido alquilar una casa de campo en la que nadie había querido vivir desde hacía años; una casa de campo situada a poca distancia de unas antiguas ruinas de las que emanaba una energía paranormal oscura. Su trabajo de dama de compañía, sorprendentemente bien remunerado, suscitaba más preguntas. También estaba el asunto de su relación con la familia Rutherford, que estaba, a su vez, relacionada con un hombre que había muerto en circunstancias misteriosas. Y para acabar, pero no por ello menos importante, era demasiado pedir el considerar mera casualidad que un asesino armado con un cuchillo hubiese intentado degollarla esa misma noche.

Fuera lo que fuera en lo que Evangeline Ames estaba involucrada, la coincidencia no tenía nada que ver en ello. Pero los misterios que la envolvían sencillamente la hacían más fascinante.

—¿Está segura de que no tiene ni idea de por qué ese hombre la atacó? —preguntó.

—No, ninguna. —Evangeline estaba pendiente de no tropezar en los muchos baches del camino—. Supongo que debió de averiguar que vivía sola en la casa y dedujo que sería una víctima fácil.

—Su acento era de los barrios bajos londinenses.

—Sí, ya me di cuenta.

—Por mi experiencia, los criminales que ejercen su actividad en la ciudad no suelen aventurarse a ir al campo.

Evangeline lo miró. Al advertir que había despertado su curiosidad, Lucas esbozó una sonrisa.

—¿Y eso por qué? —quiso saber Evangeline.

—Porque el entorno les es ajeno —explicó Lucas—. Se les dan bien las callejuelas oscuras, los callejones ocultos y los edificios abandonados. Son ratas urbanas. No saben sobrevivir fuera de su hábitat natural. Es más, en el campo suelen quedar en evidencia.

—Ya veo qué quiere decir. —Evangeline parecía sinceramente intrigada—. La ropa y el acento delatan que son forasteros.

—Aun así, Sharpy Hobson la siguió hasta Little Dixby.

—Bueno, tampoco es que viajase hasta el fin del mundo, ni siquiera hasta Gales.

—No —admitió Lucas con una sonrisa—. Londres está a solo unas horas en tren.

—Cierto. —Evangeline suspiró—. Aunque debo admitir que a veces parece que Little Dixby está en el extremo opuesto del mundo o tal vez en otra dimensión.

—Ayer, en la librería, me dio la impresión de que le gustaba vivir en el campo, por lo menos hasta esta noche.

—Digamos que, hasta esta noche, mi estancia ha sido tranquila hasta el aburrimiento.

—Es usted de Londres —comentó Lucas.

—Sí.

—Como Hobson.

—¿Está insinuando que existe alguna relación entre ese maleante y yo? —preguntó ella, y su voz sonó un poco más aguda.

—Cabe la posibilidad.

—Comprendo su razonamiento, pero, sinceramente, soy incapaz de imaginar cuál pueda ser. Ya se lo dije, jamás había visto a Sharpy Hobson. Créame, si lo hubiera conocido, me acordaría.

—Hay hombres mentalmente desequilibrados que a veces desarrollan obsesiones malsanas por ciertas mujeres. Si-

37

guen a sus víctimas para intentar asustarlas y controlarlas. Al final, se vuelven violentos.

—No soy ingenua, señor Sebastian, y no he vivido entre algodones. Sé que esos hombres existen. Pero aunque hubiera logrado atraer sin querer la atención de un individuo así de desquiciado, ¿por qué no me atacó en Londres? Y ¿por qué esperó tanto para seguirme a Little Dixby? Llevo viviendo aquí casi dos semanas.

Lucas vio que estaba verdaderamente desconcertada.

—Es imposible entender cómo piensa un loco —dijo.

—Sí. —Evangeline estuvo de acuerdo—. Pero tendrá que admitir que esta noche Sharpy Hobson no parecía desequilibrado. Afirmó que yo valía dinero para él.

—Puede que no sea Hobson el desquiciado. Quizá la persona desequilibrada de este misterio sea quien lo envió aquí a buscarla.

—¡Cielos! —exclamó Evangeline, estremeciéndose—. Sí, tal vez tenga razón. Sin embargo, este razonamiento también falla. No se me ocurre nadie que pudiera querer matarme, y mucho menos pagar a alguien para que lo hiciese.

Lucas prestó atención a los murmullos y lúgubres suspiros que procedían de lo profundo del bosque, al otro lado del camino, y pensó en sus conocimientos sobre los asesinatos. Había quienes creían que sabía demasiado sobre ese tema. Tenían razón.

—Un enamorado despechado que quiere vengarse podría contratar a un delincuente callejero para matar a la mujer que lo rechazó —sugirió.

—¿Un enamorado? —exclamó Evangeline con un chillido medio ahogado por la incredulidad. Pero se serenó enseguida y añadió—: Por Dios, le aseguro que no es el caso.

Lucas encontró interesante la reacción de la muchacha. Evangeline parecía convencida de que aquella idea era decididamente absurda. Pero a él, a su vez, le resultaba difícil de creer. Evangeline Ames era demasiado interesante, demasiado fascinante.

—Tal vez la persona que encargó el asesinato no sea un hombre. ¿Conoce a alguna mujer que pueda tener motivos para estar celosa de usted?

—Desde luego, tiene usted una imaginación desbordante. ¿No escribirá novelas por casualidad?

—No, señorita Ames. Y tampoco las leo.

—¿Tiene algo en contra de las novelas, señor Sebastian? —preguntó Evangeline, dirigiéndole una gélida mirada de reojo.

—Prefiero adoptar una visión realista del mundo, señorita Ames. Por su propia naturaleza, las novelas, con sus escenas de emociones exaltadas y sus ridículos finales felices, están alejadas de la realidad.

—Por algo lo llaman ficción —sentenció ella en tono despectivo.

—Sí, es verdad —corroboró Lucas.

—Leer novelas es muy terapéutico para algunas personas precisamente porque les permite ver la realidad desde un punto de vista totalmente distinto.

—Si usted lo dice, me lo creo. Volvamos a nuestro misterio.

—Ya se lo dije: no tengo ninguna respuesta —insistió Evangeline.

—Pues vayamos al principio.

—¿Al principio?

—¿Por qué está aquí, en Little Dixby? Ha dejado claro que no le gusta del todo la vida del campo.

Advirtió que Evangeline sopesaba la pregunta unos instantes. A la luz de la luna no podía distinguir su expresión, pero presintió que estaba decidiendo hasta qué punto contarle la verdad.

—Como ya sabe, soy dama de compañía —soltó.

—Una dama de compañía muy bien remunerada a juzgar

por su ropa y por el hecho de que puede permitirse alquilar mi casa de campo.

—Ya le expliqué que trabajo para una firma exclusiva. —La voz de Evaneline sonó áspera debido a la impaciencia—. Pero da la casualidad de que tengo otras aspiraciones. No me malinterprete, me gusta mucho mi trabajo en la agencia Flint y Marsh, pero estoy resuelta a cambiar de profesión.

—¿Y qué hará?

—Algo que sin duda usted no aprobará —respondió con el mentón levantado—. Espero poder ganarme la vida como autora de novelas sensacionalistas.

—Debería habérmelo imaginado —dijo Lucas tras soltar una carcajada que a él mismo le sorprendió.

—De hecho, hace poco firmé un contrato con un caballero que publica varios periódicos, el señor Guthrie. Quizás haya oído hablar de él.

—Por supuesto que conozco el imperio periodístico de Guthrie. Ha ganado una fortuna con sus columnas de chismorreos, sus relatos de crímenes escabrosos y sus novelas sensacionalistas por entregas... —Dejó la frase sin concluir al caer en la cuenta de lo que acababa de decir—. Oh, comprendo.

—Publicará mi primera novela por entregas —indicó Evangeline—. El primer capítulo de *Winterscar Hall* aparecerá la semana que viene en seis de sus periódicos locales más pequeños. Si tengo éxito en la prensa regional, me publicará en su periódico de Londres.

—Felicidades —dijo Lucas.

—No se esfuerce. Ya ha dejado bastante clara su opinión sobre las novelas sensacionalistas.

—Es verdad que no leo novelas pero aplaudo su determinación para ser dueña de su vida. Es una mujer fascinante, Evangeline Ames. Jamás había conocido a nadie como usted.

—Sí, bueno, le aseguro que yo también le encuentro a usted único, señor Sebastian.

—No ha contestado a mi pregunta —comentó suavemente.

—¿La razón de que esté en Little Dixby? —preguntó en un tono que ahora reflejaba diversión—. No es fácil despistarlo, ¿verdad?

—No cuando quiero mucho algo.

—Y ahora quiere respuestas.

—Sí —repuso Lucas. «Y también te quiero a ti», pensó.

—Lo entiendo, ¿sabe? —aseguró Evangeline—. Yo misma soy muy curiosa.

—Ah, sí, esas incursiones en los jardines antes de que yo llegara...

—Reconocerá que han resultado útiles —comentó Evangeline.

—Porque esta noche, cuando Hobson la atacó, sabía que podía esconderse de él si lograba pasar al otro lado del muro.

—No estaba segura de que me siguiera, claro, pero presentí que si lo hacía, seguramente no podría orientarse en los jardines tan bien como yo.

—Al parecer se dirigía al cenador. ¿Cuál era su plan? —preguntó Lucas.

—La laguna —respondió Evangeline—. Hay una especie de energía extraña en esas aguas. Esperaba que si Hobson caía en ellas, se desorientara y quizá se dejara llevar por el pánico.

—Muy bien, señorita Ames. Tenía razón. Las corrientes paranormales de la laguna producen una enorme confusión en la mayoría de las personas, especialmente de noche.

—Eso me parecía.

—Todavía no ha contestado a mi pregunta. ¿Qué la trajo a Little Dixby?

—Mi escritura —contestó ella—. Creía que lo había entendido. El señor Guthrie publicará mi historia por entregas, pero solo tengo escritos los tres primeros capítulos. Para cumplir los plazos de Guthrie he de completar un capítulo por semana, y el contrato estipula que cada capítulo debe tener unas cuatro mil palabras. No puedo permitirme saltarme un solo plazo.

Lucas decidió que le estaba diciendo la verdad. Y que también le estaba mintiendo descaradamente.

4

Lucas detuvo a Evangeline delante de la entrada de la casa de campo. La pequeña puerta de la valla de madera tenía el pestillo descorrido. Colgaba de las bisagras, parcialmente abierta. Al ver este indicio silencioso de la huida desesperada de Evangeline, lo invadió la rabia. Si Hobson no estuviera ya muerto...

Desechó de inmediato ese pensamiento. Dejar que se impongan las emociones siempre entorpece la lógica, se recordó.

Abrió totalmente la verja e hizo entrar a Evangeline en el jardín cubirto de helechos. El camino de grava apenas se veía entre el espeso mar de frondas iluminadas por la luna.

—Mi tío no prestaba demasiada atención a esta casa —comentó Lucas—. Pero, como puede ver, hizo unos cuantos experimentos con los helechos.

—Ya me fijé. —Evangeline hizo un gesto hacia la espesura que los rodeaba—. Todo parece crecer con mucha exuberancia cerca de la vieja abadía.

—Es la energía del manantial de aguas termales situado en el centro de los jardines. Las corrientes paranormales no son tan fuertes fuera del recinto, pero aun así afectan a la vegetación de los alrededores.

No añadió que el poder del manantial no había parado de crecer los últimos dos años.

—¿Cómo entró Hobson en la casa? —preguntó entonces.

—Por la puerta de la cocina —respondió Evangeline—. Forzó la cerradura.

—Déjeme echarle un vistazo.

Rodearon la casa hasta la parte posterior y cruzaron lo que en otro tiempo había sido el huerto y, al igual que el jardín delantero, era ahora una pequeña selva de helechos.

Cuando llegaron a la puerta abierta, Lucas intensificó un poco sus facultades y examinó la cerradura rota.

El miasma siniestro que habían dejado las criminales intenciones de Hobson impregnaba el ambiente.

Lucas desactivó sus sentidos antes de que el residuo psíquico provocara una reacción intensa de sus poderes.

Se enderezó y entró en la cocina.

—No le importaba nada hacer ruido.

—No —coincidió Evangeline—. Estaba muy seguro de sí mismo. Ahora que lo pienso, quizá quería que lo oyese.

—El bastardo pretendía darle tiempo para asustarse.

—¿Cómo lo sabe?

—Está aquí, en sus huellas. —Lucas señaló la cerradura rota.

—¿Puede saber sus intenciones a partir de sus huellas? —preguntó Evangeline mientras contemplaba las enlodadas marcas de botas en el suelo de la cocina.

—A partir de sus huellas, no; pero puedo leer el residuo psíquico que dejó.

—¿Es esta habilidad un aspecto de sus... facultades? —Evangeline se volvió hacia él con los ojos como platos.

—Sí.

Ella reflexionó por un instante en la respuesta y finalmente asintió y dijo:

—Al final fue él quien experimentó un miedo cerval. —Se estremeció, y añadió—: Lo percibí en su último grito.

—Es muy probable que se pinchara con una de las Espinas de Sangre —señaló Lucas distraídamente. Encendió el aplique. La luz de gas iluminó la pequeña estancia—. Según mi tío, su veneno provoca alucinaciones terribles y pánico. Hobson seguramente echó a correr, y no es inteligente hacer eso en el laberinto.

—Intentaré recordarlo —comentó Evangeline, dirigiéndole una mirada extraña.

—No entrará en el laberinto —le aseguró Lucas—. No entrará en él nadie más que yo. Es demasiado peligroso. Normalmente la verja está cerrada con llave. La única razón de que esta noche estuviera abierta es que yo estaba dentro cuando usted y Hobson llegaron. —Echó un vistazo a la puerta—. Enviaré a alguien para que se lo arregle mañana por la mañana.

—Gracias.

—Espere aquí —dijo Lucas—. Echaré un vistazo rápido antes de irme.

—Estoy segura de que ya no corro peligro ahora que Hobson está muerto —dijo Evangeline, y al cabo de un instante añadió—: al menos por esta noche.

—Estoy de acuerdo. Pero enviaré a Stone aquí para que vigile la casa hasta que amanezca. No falta demasiado rato.

—Oh, no es necesario, de veras.

—No tiene que preocuparse por Stone. Es de toda confianza. En cualquier caso, le daré instrucciones para que se quede fuera.

—Señor Sebastian —dijo ella—, estoy intentando hacerle comprender que no existe ninguna razón para vigilar la casa. —Había un tono de dureza en sus palabras. Lucas observó que no le gustaba aceptar órdenes.

—¿Se ha planteado que podría hacerlo por mi propia tranquilidad? —preguntó con una sonrisa.

—No lo entiendo.

—Me gustaría dormir un poco esta noche. Y eso no será posible si estoy preocupado por su seguridad. Como su casero, está usted a mi cargo.

—Por el amor de Dios, eso es absurdo —protestó Evangeline.

—Para mí, no. Me gustaría descansar un poco. No podré hacerlo sabiendo que está aquí sola.

Evangeline abrió la boca, pero volvió a cerrarla de inmediato. Entornó ligeramente los ojos. Era evidente que se había dado cuenta de que era inútil seguir protestando.

Lucas cruzó el pequeño salón y recorrió el pasillo, donde estaba la puerta del baño, hasta llegar al dormitorio. Al ver las sábanas revueltas y la ventana abierta una furia gélida recorrió de nuevo su cuerpo. Aquel maldito bastardo había estado muy cerca de conseguirlo. Si Evangeline no hubiera estado despierta, si no hubiera oído el ruido de la puerta de la cocina al forzarla, si no hubiera sido una mujer enérgica y rápida de reflejos con cierta cantidad de facultades... demasiadas hipótesis. No podía permitirse dar demasiadas vueltas a lo que había estado a punto de ocurrir.

Esta vez no intensificó sus facultades. No se atrevió. Sabía lo que encontraría, sabía lo que provocaría en sus sentidos. No podía permitirse perder el control, no ahora, no con Evangeline a apenas unos pasos de distancia. No podía arriesgarse a que viera ese aspecto suyo.

Además, aquel cabrón estaba muerto.

Se quedó muy quieto uno o dos segundos más con una mano aferrada con fuerza al borde de la puerta. Cuando estuvo seguro de que tenía el pleno dominio de sí mismo, se volvió para dirigirse hacia la cocina.

No se cuestionó su reacción ante la escena del dormitorio, pero le sorprendió bastante su intensidad. Al fin y al cabo, ya sabía qué podía esperar encontrar. Después de la descripción del ataque que había hecho Evangeline, tenía una idea bastante precisa de lo que vería en la casa. Debía tener presente que lo importante era que ella estaba ilesa. Estaba a salvo, por lo menos de momento. Esto era lo único que importaba.

Aun así, la intensidad de su reacción era inquietante. No podía decirse que no hubiera visto escenas de un crimen más horribles que aquella. Pero, por alguna razón, los indicios físicos del ataque a Evangeline habían derribado todas las barreras psíquicas que tan cuidadosamente había erigido y le habían golpeado en lo más profundo de su ser. Apenas conocía a aquella mujer y, aun así, estaba reaccionando como si los dos estuvieran relacionados íntimamente, como si le perteneciera. Como si tuviera derecho a protegerla. De algo estaba seguro: a partir de ahora pensaba esmerarse más en cuidar de ella.

Se alejó del dormitorio y recorrió el pasillo de vuelta hacia la cocina. Evangeline lo estaba esperando.

—¿Satisfecho? —preguntó.

—Todo está bien —afirmó Lucas.

—Estaba segura de que lo estaría —dijo Evangeline, que le dirigió una sonrisa avergonzada—. De todos modos, ha sido muy amable al asegurarse.

—Procure dormir un poco.

—Una idea excelente. Como le dije, mañana llegan mis visitas de Londres. Estaré muy ocupada atendiéndolas.

—Me alegra saber que los dos próximos días tendrá compañía —comentó Lucas.

Evangeline estudió la expresión de su rostro.

—Le preocupa que quien envió a Hobson a matarme vuelva a intentarlo, ¿verdad?

—Dadas las circunstancias, creo que es muy probable. Ahora bien, diría que tenemos algo de tiempo antes de que la persona que encargó su muerte dé su próximo paso.

—¿Porque no sabrá de inmediato que Hobson falló?

—Exacto. E incluso después de que advierta que su asesino a sueldo no vuelve para cobrar lo que le debe, le llevará cierto tiempo urdir otro plan. Tampoco es que puedas salir a la calle y encontrar a esa clase de experto en la primera esquina.

—¿Esa clase de experto? —preguntó ella, divertida.

—No ha sido una forma acertada de expresarlo —admitió Lucas con una mueca—. Además de la dificultad de contratar a un asesino a sueldo que esté dispuesto a viajar al campo, el hecho de que usted haya escapado al primer intento hará que quien quiere acabar con su vida sea más cuidadoso la próxima vez.

Evangeline ladeó ligeramente la cabeza y lo miró fijamente. Lucas habría jurado que le brillaban un poco los ojos, aunque no podría asegurar si de interés, de alarma o, sencillamente, de curiosidad.

—No se lo tome a mal, pero me asombra lo mucho que parece saber sobre cómo se realiza esta clase de negocios.

—Podría decirse que la naturaleza de mis facultades me ha llevado a estudiar la conducta criminal. —Lucas hizo una pausa y, acto seguido, decidió contarle el resto—. Para consternación de mi familia, a veces asesoro a un inspector de policía de Scotland Yard que es un viejo amigo mío.

—¿Su familia no lo aprueba?

—Creo que a los mellizos, mi hermano y mi hermana, les parece fascinante, pero a su madre, no —contestó con una sonrisa.

—¿La madre de ellos, no la suya?

—Legalmente hablando, Judith es mi madrastra. Mi madre murió cuando yo tenía quince años. Judith ha hecho todo lo posible para que mi trabajo para Scotland Yard sea un gran y oscuro secreto familiar.

—Ya. Debo decir que yo coincido con sus hermanos. Su trabajo de asesoría suena fascinante.

—No estoy seguro de que «fascinante» sea la palabra correcta para describirlo —comentó Lucas tras reflexionar un instante—. «Ineludible» se le acerca más.

—Lo entiendo —comentó Evangeline en tono de complicidad—. ¿Tiene algo que ver con sus facultades?

—Por desgracia, sí.

Lucas sintió que la atmósfera se hacía cada vez más densa, y decidió que sería mejor que se largara. Cuanto más estuviera a solas con Evangeline, más le costaría marcharse.

—Ya va siendo hora de irme —anunció.

—Tenga, no se la deje. —Evangeline se quitó la chaqueta y se la tendió.

Él la cogió e, incapaz de pensar en una excusa para prolongar el momento, salió de la casa. Se detuvo con un pie en el segundo peldaño y se volvió hacia Evangeline.

—Le sugiero que trabe la puerta con una silla.

—Muy buena idea. Lo haré.

Esperó a que cerrara la puerta. El chirrido de las patas de una silla contra el entarimado y un golpe suave le indicaron que había seguido su consejo.

Satisfecho, se puso la chaqueta. La prenda conservaba el calor de Evangeline y estaba impregnada de su dulce fragancia. Era una fragancia única que transmitía la esencia de Evangeline y estaba imbuida, de algún modo, de su energía. Lucas sabía que nunca lo olvidaría.

5

Stone lo estaba esperando en la cocina. Había preparado café.

—¡Qué bien huele! —exclamó Lucas.

—Imaginé que no se iría a dormir en un rato —dijo Stone, y llenó dos grandes tazas—. No con ese cadáver esperándolo en el laberinto.

—Es verdad. Si quiero examinarlo tendré que encontrarlo antes del alba. Los cadáveres no duran mucho en el laberinto; tampoco en el Jardín Nocturno, de hecho. Para esas plantas, Sharpy Hobson no es más que una buena cantidad de fertilizante.

Se sentó a la vieja mesa de la cocina. Stone hizo lo propio enfrente de él. Se tomaron el café en un silencio cómodo. Eran patrón y empleado, pero también amigos que se habían salvado mutuamente la vida en más de una ocasión. Stone era una de las pocas personas del mundo en las que Lucas confiaba, una de las pocas que conocían sus secretos y no se ponían nerviosas en su compañía.

—Cuando termines el café, quiero que vayas a Fern Gate y la vigiles hasta la mañana —dijo Lucas al cabo de un rato—. Estoy seguro de que no hay que preocuparse por nada esta noche, pero quiero que la señorita Ames esté tranquila. Ha pasado una experiencia terrible.

—La protegeré por usted. —Stone dejó la taza en la mesa y se levantó—. ¿Seguro que no necesitará ayuda con el cadáver?

—No. Lo examinaré, aunque no tengo demasiadas esperanzas de averiguar nada útil. Pero bueno, nunca se sabe.

—Pues entonces, me marcho.

Stone salió de la cocina y se alejó por el pasillo. Lucas esperó hasta oír abrirse y cerrarse la puerta lateral. Después, dejó la taza en la mesa, se levantó y abandonó la casa.

Cruzó la terraza, bajó los escalones y se quedó mirando el estrecho camino que bordeaban dos setos altísimos, ligeramente luminosos. Unas flores extrañas, de tamaño y color sobrenaturales, brillaban en la noche. Chester Sebastian había transformado Crystal Gardens en un laboratorio botánico viviente. Los resultados de los experimentos paranormales que había llevado a cabo a lo largo de las décadas habían cobrado vida propia. Los últimos años habían escapado peligrosamente de control.

No era casualidad que los curiosos híbridos que Chester había desarrollado florecieran en los jardines. Había elegido instalar su laboratorio en la vieja abadía por las propiedades sobrenaturales de sus aguas termales.

A diferencia de las aguas que habían convertido Bath en un destino popular tanto para los romanos como para los visitantes actuales, el manantial que proveía a Crystal Gardens había adquirido una fama mucho más siniestra.

Los habitantes del lugar no eran los únicos que estaban convencidos de que Chester había sido asesinado por uno de sus propios, misteriosos ejemplares. También lo creía la mayoría de los miembros de la familia Sebastian.

No le llevó mucho tiempo encontrar el cadáver en el laberinto. Hobson estaba tendido en el suelo boca arriba y una expresión de horror desfiguraba su rostro. Unas cuantas enredaderas empezaban a enroscarse alrededor de sus piernas y sus brazos.

Lucas se puso unos guantes de jardinería de piel y liberó el cadáver de la tenaz sujeción de las enredaderas. No fue fácil.

Registró rápidamente el cadáver. No fue mucho lo que encontró: una gran suma de dinero, un billete de tren, el resguardo de una entrada y dos cuchillos. La entrada era de una localidad barata en un teatro de Londres donde se representaba un melodrama titulado *El secreto de lady Easton*. El billete de tren indicaba que Hobson había llegado a Little Dixby ese mismo día en el tren de la tarde. El horario encajaba con el momento en que Evangeline calculaba que había empezado a sentir que la estaban observando.

Lucas se metió los cuchillos, la entrada y el billete de tren en el bolsillo de la chaqueta, devolvió de un puntapié el cadáver a las plantas hambrientas y salió del laberinto.

6

Beatrice Lockwood orientó su bonita sombrilla con volantes hacia el sol de la tarde.

—¿Quién iba a decir que el campo sería tan peligroso? —preguntó—. Little Dixby es bastante bonito, pero parece más bien aburrido. No es precisamente un hervidero de criminales.

—Y pensar que la señora Flint y la señora Marsh te enviaron aquí para que te recuperaras de los nervios destrozados —apuntó Clarissa Slate—. Espera a que les contemos que un hombre armado con un cuchillo te atacó en tu propia cama.

—Por favor, aseguraos de que les quede claro que no estaba en la cama cuando el maleante entró en la habitación —pidió Evangeline—. No hace falta alarmarlas más de lo necesario. Para cuando Hobson llegó, yo ya estaba saliendo por la ventana.

—Como si eso fuera a tranquilizarlas —comentó Clarissa—. Ya sabes que han estado muy preocupadas por ti desde los incidentes relacionados con el asunto de los Rutherford. Te enviaron al campo para que te recuperaras y mira lo que ha pasado.

—Intenté decir a la señora Flint y a la señora Marsh que

los incidentes que mencionas no me provocaron ningún trauma —dijo Evangeline.

Era media tarde y estaban paseando por el camino que las conduciría a Little Dixby, donde planeaban tomar el té y visitar las ruinas. Más temprano, Evangeline había ido a recoger a sus dos amigas a la estación con un coche de punto. Mayhew, el dueño del único vehículo de este tipo que existía en el pueblo, había conducido a las mujeres y su equipaje a Fern Gate Cottage. Después de instalarse, Clarissa y Beatrice habían manifestado su deseo de recorrer la zona.

Evangeline sentía un enorme alivio ahora que sus amigas habían llegado. Aunque estaba segura de que lo sucedido la noche anterior no le había afectado los nervios, lo cierto era que por la mañana había descubierto que estaba mucho más alterada de lo que quería admitir. El ataque había revivido las espantosas emociones que había experimentado dos semanas antes, cuando Douglas Mason se había presentado ante la puerta de su habitación y le había puesto un cuchillo en la garganta.

«Pero bueno —pensó—, ¿cuántos ataques así de violentos tiene que sufrir una mujer en un mes?»

Se alegró mucho de que Clarissa y Beatrice pensaran quedarse las dos noches siguientes. Con suerte, conseguiría dormir un poco. Estaba segura de que si se hubiera visto obligada a pasar las dos siguientes noches sola en la calma desconcertante del campo, no habría pegado ojo, pendiente de oír el ruido de pasos en el pasillo y de ver sombras en la ventana de su cuarto.

Había conocido a Beatrice y a Clarissa poco después de incorporarse a la agencia Flint y Marsh. Entre las tres se establecieron enseguida lazos de amistad, en buena medida porque estaban solas en el mundo y no parecía que las cosas fuesen a cambiar en el futuro.

Las mujeres tenían pocas opciones de obtener un empleo

respetable. Una vez descartado el matrimonio debido a su mala situación financiera y a la falta de conexiones sociales, se enfrentaban a la poco halagüeña perspectiva de ganarse la vida como institutriz o como dama de compañía. Como era sabido, ambas profesiones estaban muy mal pagadas. Tras veinte o treinta años en cualquiera de las dos, era probable que una mujer fuese tan pobre como cuando había empezado a trabajar. Su única esperanza era que en algún momento un patrón generoso se acordara de incluir un pequeño legado a su favor en su testamento, esperanza que demasiado a menudo se veía cruelmente frustrada.

Al poco de empezar a visitar agencias que proporcionaban institutrices y damas de compañía a los ricos, Evangeline oyó hablar de una empresa sumamente exclusiva. Según se decía, la agencia Flint y Marsh, de la calle Lantern, colocaba a sus empleadas en las casas más elegantes. Y se rumoreaba que, a diferencia de sus competidoras, pagaba unos honorarios excepcionalmente generosos. Evangeline se apresuró a presentarse en las oficinas de la calle Lantern. Tras una minuciosa entrevista, las propietarias de la empresa en persona la contrataron.

El que los honorarios fuesen tan altos obedecía a dos cosas. Flint y Marsh no era una agencia de contratación de damas de compañía como las demás, sino que proporcionaba servicios inusuales a sus ricos clientes. Y aunque tomaba todos los recaudos posibles, de vez en cuando acarreaban cierto peligro. La señora Marsh le había explicado que no todo el mundo estaba capacitado para ese trabajo.

La segunda razón de que la agencia pagara bien era que exigía una característica inusual a las mujeres que contrataba: cierta cantidad de poderes paranormales.

Sus habilidades psíquicas junto con su determinación a sobrevivir a su manera en un mundo que era duro con las mujeres habían establecido entre Evangeline y sus amigas unos lazos afectivos tan firmes como si las unieran vínculos familiares. Más fuertes, incluso. En su trabajo para Flint y Marsh había compartido la suficiente intimidad de algunas de las familias más encumbradas para saber que las apariencias solían engañar. Nunca dejaban de sorprenderle los celos, la rabia, la amargura e incluso la violencia que podía albergar el seno de los grupos familiares tenidos por más respetables.

Cuando Evangeline se presentó en Flint y Marsh, Beatrice y Clarissa ya llevaban unos meses trabajando en la agencia y se habían puesto de acuerdo para alquilar entre las dos una casa en la ciudad. Pronto la invitaron a vivir con ellas. Aceptó la oferta con gratitud.

La perspectiva de compartir una casa, por no hablar de los gastos, la atraía mucho, y no solo por el aspecto económico. Saboreaba los placeres sencillos de comer con sus nuevas amigas, compartir las noticias del día y comentar el interesante trabajo que realizaban para Flint y Marsh. Había vivido sola los meses posteriores a la muerte de su padre y la experiencia no le había gustado. Aunque, como solía recordarse a sí misma, tampoco era que Reginald Ames hubiese sido una gran compañía cuando estaba vivo. Su obsesión por inventar artefactos mecánicos que funcionaran con energía paranormal lo consumía.

Nunca lo veía demasiado pero siempre había estado allí, en el fondo de su vida. Para ser más exactos, normalmente se le podía encontrar en su taller del sótano. Ahora bien, mientras estuvo vivo, había por lo menos alguien más en la casa además de las amas de llave y las doncellas, ninguna de las cuales duraba mucho tiempo. Los experimentos y los cambios imprevisibles de humor de Reginald motivaban una renovación constante del reducido personal de la casa.

En vida de su padre, Evangeline se había sentido sola en más de una ocasión, pero sus sueños de convertirse en escritora y su imaginación le hacían compañía. No supo lo que era estar realmente sola en el mundo hasta que encontró a Reginald muerto en su taller del sótano, con una pistola en el suelo, a su lado, y una nota de despedida en el banco de trabajo.

Aunque tenían mucho en común, Evangeline y sus amigas eran distintas en muchos aspectos. Beatrice, con su pelo cobrizo y sus ojos azules, poseía un aire de inocencia que llevaba a los demás a subestimar su inteligencia y su perspicacia. La impresión de inocencia e ingenuidad le iban muy bien en su trabajo para la agencia Flint y Marsh, pero no podría haber sido más errónea.

Beatrice había tenido una vida muy diferente antes de llegar a la agencia de la calle Lantern; una vida que había acabado con cualquier rastro de inocencia e ingenuidad. Su experiencia como clarividente en la Academia de Ciencias Ocultas del doctor Fleming aún la perseguía.

De cabello oscuro y ojos color ámbar, Clarissa contemplaba el mundo a través de unas gafas de montura dorada que le conferían un aire remilgado y erudito. Poca gente veía la mujer animada que había bajo aquel aspecto severo. Eso le iba bien a Clarissa. Solía llevar ropa confeccionada a medida y el pelo recogido, mientras que las gafas parecían ocultar los secretos de su pasado, secretos que podían acabar con su vida.

—Si quieres saber mi opinión —dijo Beatrice, haciendo girar distraídamente la sombrilla—, el verdadero problema es que la conclusión del asunto de los Rutherford puso muy nerviosas a nuestras jefas. Habían subestimado el peligro que encerraba aquel encargo. Siempre se alteran cuando cometen un error de ese tipo.

—Creo que tienes razón —coincidió Evangeline—. Pero si tenemos que ser justas, era imposible prever lo que ocurrió después de que el caso estuviera cerrado.

—Muy cierto —Beatrice estuvo de acuerdo—, pero eso no significa que no se sientan responsables. Después de todo, si no te hubieran enviado a casa de los Rutherford, no te habrías tropezado con aquel hombre espantoso.

Clarissa frunció el ceño, preocupada.

—La cuestión es que no podemos atribuir dos ataques en dos semanas simplemente a la coincidencia —comentó—. Va en contra de toda lógica.

—El primer incidente puede explicarse fácilmente, claro, dada la naturaleza de nuestra profesión —intervino Beatrice—. Pero este segundo ataque no tiene el menor sentido.

—Ya me han señalado las pocas probabilidades que hay de que los dos ataques sean una coincidencia —dijo Evangeline, apretando la empuñadura de la sombrilla con la mano.

—¿Quién lo ha hecho? ¿El caballero que te salvó? —preguntó Beatrice con cara de curiosidad.

—Sí, el señor Sebastian —respondió Evangeline.

—¿Y dices que parece poseer ciertas habilidades psíquicas? —insistió Clarissa.

Evangeline pensó en cómo había huido Sharpy Hobson, gritando, hasta morir.

—No hay ninguna duda al respecto, creedme —dijo tras estremecerse—. Además, el señor Sebastian admitió tener estas facultades y reconoció mis habilidades psíquicas. Como nosotras, acepta lo paranormal como, bueno, normal.

Anduvieron un rato en silencio, sopesando esta observación. Beatrice fue la primera en hablar:

—Tengo que decir que la presencia del señor Sebastian me resulta otra coincidencia asombrosa.

Evangeline y Clarissa la miraron.

—¿Qué quieres decir? —preguntó esta última.

Beatrice movió una mano enguantada para señalar el paisaje que las rodeaba.

—¿Qué probabilidades hay de que, en medio de todas las pintorescas poblaciones rurales de Inglaterra que Evangeline podía haber elegido como retiro —dijo Beatrice, moviendo una mano enguantada para señalar el paisaje que las rodeaba—, fuera a elegir el único sitio del mapa donde se encuentra con un caballero dotado de unas considerables facultades psíquicas?

—Sabes muy bien que no puede decirse que eligiera este sitio al azar. —Evangeline sonrió—. Si lo recuerdas, cuando la señora Flint y la señora Marsh me informaron de que iban a enviarme un mes al campo, inmediatamente decidí que vendría aquí, a Little Dixby.

—Sí, lo recuerdo —dijo Clarissa. La sombrilla se movió impaciente en su mano—. Comentaste algo sobre haber encontrado una referencia a este sitio en aquel viejo diario de tu padre.

—Mi padre estaba convencido de que hay lugares esparcidos por Inglaterra, es más, por el mundo, donde las fuerzas paranormales de la Tierra parecen ser excepcionalmente potentes —explicó Evangeline—. Siempre he querido explorar algunos de ellos.

—Ya veo —aseguró Beatrice—. Pero había otros sitios entre los que podías escoger.

—Todos ellos más remotos aún que Little Dixby —recalcó Evangeline—. Por lo menos esta localidad tiene una estación de tren y una librería, además de unas ruinas interesantes. Había esperado que la energía de esta zona me inspirara a la hora de escribir.

Clarissa entornó los ojos tras los cristales de sus gafas.

—¿Y ha sido así? —quiso saber.

—No —admitió Evangeline—. Por lo menos hasta hace poco. Siento informaros que he escrito muy poco desde que me instalé en la casa de campo. He estado teniendo problemas con el argumento.

—Eso es una mala noticia —dijo Beatrice—. ¿Qué pasa?

—Era como si me hubiera topado con una pared. Por suerte, no está todo perdido. Estoy haciendo progresos. Finalmente, hace dos días, me di cuenta de que había cometido un error terrible.

—¿Qué error? —quiso saber Beatrice.

—Descubrí que me había equivocado de personaje al elegir al protagonista —explicó Evangeline—. Ahora me doy cuenta de que el malo, John Reynolds, es en realidad el protagonista. El caballero atractivo que parece ser el protagonista en el primer capítulo resultará ser el cazafortunas.

—¡Cielos! —exclamó Clarissa—. ¿Cómo diablos pudiste cometer semejante error?

—Es difícil describir cómo puede pasarle algo así a un escritor —respondió Evangeline.

—¡Qué raro! —comentó Beatrice.

—Es un fastidio, os lo aseguro —dijo Evangeline—. Pero ahora que he resuelto el problema, estoy segura de que podré acabar fácilmente el próximo capítulo y enviárselo al señor Guthrie.

—Eso suena alentador —aseguró Beatrice con una sonrisa—. ¿Y las ruinas locales? ¿Te han servido de inspiración para tu historia?

—Las de la antigua villa romana que veréis en el pueblo, no —contestó Evangeline—. Desafortunadamente, los vestigios más interesantes de los alrededores están encerrados en los jardines de Crystal Gardens. No están abiertos al público.

—Pero ahora conoces al nuevo dueño. ¿Crees que el señor Sebastian te permitiría visitarlos? —preguntó Clarissa, que parecía fascinada.

—Tengo intención de intentar convencerlo de ello —dijo Evangeline con una sonrisa.

—Evie —intervino Beatrice, intranquila, con el ceño fruncido—, sé que sientes mucha curiosidad por los misterios. De hecho, las tres la sentimos o no trabajaríamos para Flint y Marsh. Pero, francamente, la vieja abadía parece un sitio muy peligroso y, por lo que nos has contado, el señor Sebastian puede ser tan peligroso como sus jardines.

Clarissa la miró.

—¿Por qué dices eso? —preguntó—. Ayer por la noche el señor Sebastian salvó a Evie.

—¿No os parece muy oportuno que el señor Sebastian apareciera tan deprisa? —indicó Beatrice en un tono neutro.

—¡Oh! —exclamó Clarissa—. Ya veo qué quieres decir.

—Pues yo no. —Evangeline las fulminó a ambas con la mirada—. ¿De qué estás hablando, Bea?

—¿Dices que huiste hacia los jardines de Crystal Gardens a las dos de la madrugada? —dijo Beatrice con las delicadas cejas pelirrojas arqueadas.

—Aproximadamente —corroboró Evangeline.

—Y te encontraste con el señor Sebastian y su empleado, este hombre llamado Stone, casi al instante.

—Sí.

—¿Iban ambos totalmente vestidos? —insistió Beatrice.

—Sí —afirmó Evangeline, titubeante—. ¿Adónde quieres ir a parar?

—¿Los dos hombres paseaban casualmente por lo que, según tú, son unos jardines muy peligrosos a las dos de la madrugada? —dijo Beatrice poniendo mucho énfasis en sus palabras.

—Buena pregunta —soltó Clarissa—. No parece que se levantaran de la cama y salieran corriendo al jardín a investigar porque hubieran oído jaleo. Si hubiera sido así, habrían ido medio vestidos.

—Ya estaban fuera —aseguró Beatrice, e hizo una pausa para dar más énfasis a su reflexión—. Una hora bastante extraña para dar un paseo por el jardín, ¿no te parece?

—Ya veo qué quieres decir —afirmó Evangeline en voz muy baja. Estaba enfadada consigo misma por no haber hecho ella esta observación—. Tendría que haberme planteado el motivo de la presencia de Sebastian en los jardines a esas horas, pero, para seros sincera, en aquel momento, en medio de tanta agitación y tanto alboroto, me alegró mucho que apareciera cuando lo hizo. Tengo que admitir que estaba un poco nerviosa.

—Comprensible —dijo Beatrice.

—Totalmente —murmuró Clarissa—. Después de haber sufrido dos ataques violentos en dos semanas cualquiera se habría puesto nervioso.

—Os agradecería que dejarais de darme palmaditas en la cabeza y de hablarme como si tuviera los nervios destrozados. —Evangeline hizo girar la sombrilla de forma excesivamente enérgica—. Os aseguro que tengo los nervios en un estado excelente.

—Por supuesto —dijo Beatrice con dulzura—. Nunca fue nuestra intención sugerir lo contrario, Evie. Es solo que estamos preocupadas por ti, cariño.

—Sabes que eso es cierto —añadió Clarissa.

Evangeline reprimió su irritación. Se recordó a sí misma que tenía suerte de tener unas amigas tan buenas, aunque a veces pudieran resultar irritantes.

—Ahora que lo pienso, creo recordar que el señor Sebastian hizo la mayoría de las preguntas —comentó—. Me pareció que tenía derecho a algunas respuestas dadas las circunstancias. Después de todo, me había colado sin permiso en sus jardines.

—¿Qué preguntas te hizo? —indagó Clarissa con los ojos entornados.

—Había investigado un poco a su nueva inquilina —admitió Evangeline—. Había averiguado que mi último trabajo fue en casa de lady Rutherford y estaba al corriente de la muerte de Douglas Mason. Tenía curiosidad por esa coincidencia.

—¡Ay, caramba! —murmuró Beatrice—. A la señora Flint

y la señora Marsh no les gustará eso. Ya sabes lo mucho que valoran la discreción.

—No es culpa mía que el señor Sebastian hiciera indagaciones sobre mí —soltó Evangeline, ahora a la defensiva.

—¿Cuánto le contaste sobre el asunto de los Rutherford? —preguntó Clarissa mientras el sol le centelleaba en las gafas.

—Nada que deba preocupar a la señora Flint y la señora Marsh, te lo aseguro. Que el señor Sebastian sepa, simplemente me contrataron durante un breve período de tiempo como dama de compañía de lady Rutherford. Eso es todo. —Titubeó—. Pero parece que el señor Sebastian sabe algo sobre la verdadera personalidad de Mason.

—Sí, bueno, la carrera de Mason como cazafortunas apareció en los periódicos —comentó Beatrice—. Lo inquietante es que el señor Sebastian haya observado una relación entre tu trabajo con la familia Rutherford y el accidente de Mason.

Evangeline no dijo nada.

—Es interesante, pero no creo que sea motivo de preocupación —dijo Clarissa con su lógica habitual—. Al fin y al cabo, no había absolutamente nada en la prensa que indicara que la muerte de Mason hubiera sido algo más que un accidente.

—No —corroboró Beatrice en voz baja—. De todos modos, creo que Sebastian sabe mucho más de lo que debiera sobre ti, Evie. ¿Dirías que cree que la muerte de Douglas Mason fue un accidente?

—No sabría decirlo —respondió Evangeline—. Pero hay algo de lo que estoy segura.

—¿Y qué es? —preguntó Clarissa.

—Al señor Sebastian no le preocupaba demasiado que Mason esté muerto —aclaró Evangeline—. Solo la posibilidad de que haya alguna relación con el ataque que sufrí ayer por la noche.

Clarissa y Beatrice pensaron un momento en ello.

—No podemos ignorar esa posibilidad, ¿verdad? —dijo Clarissa por fin—. No me gusta que estés viviendo aquí sola, Evie.

—Ni a mí —coincidió Beatrice—. Quizá deberías regresar a Londres.

Una alarma inesperada se apoderó de Evangeline. Se encontró buscando motivos por los que irse de Little Dixby sería muy mala idea.

—Todavía no —dijo—. Finalmente mi imaginación se ha revigorizado. Little Dixby me ha inspirado realmente. Tengo que aprovechar el momento. No me atrevo a irme hasta haber escrito unos cuantos capítulos más de mi libro.

Cuando Evangeline hizo entrar a Beatrice y Clarissa en la librería, Irene Witton estaba tras el mostrador, tratando de finalizar la venta de varias postales que mostraban fotografías de las ruinas locales. Alzó los ojos y las miró por encima de las gafas.

—Ah, señorita Ames. Qué alegría volver a verla.

—Permítame que le presente a mis amigas de Londres... —dijo Evangeline, que hizo rápidamente la ronda de presentaciones—. Están interesadas en guías de los vestigios.

—Sí, por supuesto, tengo una selección excelente de libros y mapas. —Se quitó las gafas de la nariz y las guardó en el estuche de la *chatelaine* de plata que llevaba en la cintura—. Permítanme que se los muestre.

Salió de detrás del mostrador y cruzó el local para acercarse a una estantería. Tomó uno de los tomos de ella.

—Esta es la *Historia de los vestigios romanos en las inmediaciones de Little Dixby*, de Samuel Higgins. Creo que es uno de los mejores relatos sobre las ruinas locales.

—Me gustaría echarle un vistazo si es posible —indicó Beatrice.

—Sí, naturalmente. —Irene le dio el libro y buscó otro tomo.

Clarissa se subió las gafas por la nariz y examinó la *chatelaine* de Irene.

—Lleva un estuche de gafas muy elegante. He estado buscando uno para mí. Es muy práctico tener las gafas al alcance de la mano. ¿Le importa que le pregunte dónde lo compró?

—¿El estuche de las gafas? —Irene se tocó el estuche plateado que llevaba sujeto a la cintura y sonrió—. Gracias. Es nuevo. Hace algún tiempo perdí el que tenía. Me alegré mucho cuando encontré este hace poco en una tienda de Londres. Le anotaré el nombre del establecimiento antes de que se vaya.

—Se lo agradeceré —dijo Clarissa, animada—. Mis amigas me dicen que soy bastante sosa y aburrida en cuestiones de moda. Estoy decidida a ser más moderna.

Beatrice alzó la vista al techo.

—Por el amor de Dios, Clarissa —se quejó—, Evie y yo nunca te hemos llamado sosa y aburrida, ¿verdad, Evie?

—Ni una sola vez —manifestó Evangeline.

—Lamento informaros que decirme que me visto como si fuera la profesora de un internado femenino es lo mismo —comentó Clarissa.

Media hora después, con las compras bien envueltas con papel de estraza y cordel, las tres amigas cruzaron la calle hacia el salón de té.

Evangeline esperó hasta que les hubieron dejado en la mesa el té de Assam y un platito con unos emparedados de aspecto insípido para mirar a Clarissa.

—¿De verdad que Beatrice y yo te insinuamos que vistes de modo algo sobrio? —preguntó con dulzura.

—Puede que «sin gracia» sea la expresión más adecuada —dijo Clarissa. Tomó un pequeño emparedado—. Pero no pasa nada. Sois mis amigas y os perdono.

Beatrice se mordió un labio.

—De verdad que nunca quisimos hacerte sentir que no ibas a la moda —aseguró—. Es solo que hay veces en que Evie y yo creemos que podría gustarte vestir de una forma más alegre. Ya es bastante malo que tengamos que ir vestidas de damas de compañía cuando trabajamos. No hay motivo para ir así el resto del tiempo. No es bueno para el estado de ánimo.

—Mi estado de ánimo es bueno, gracias —replicó Clarissa con el ceño fruncido.

—Si es así, ¿por qué preguntaste por el bonito estuche de gafas de la *chatelaine* de la señorita Witton? —preguntó Evangeline con la taza en la mano.

Clarissa dio un bocado al emparedado.

—Simplemente tenía curiosidad. Es un estuche muy elegante, ¿no os parece?

Evangeline intercambió una mirada de complicidad con Beatrice y fue muy evidente que ambas pensaban lo mismo. El cumpleaños de Clarissa sería el mes siguiente. Una preciosa *chatelaine* de plata para las gafas sería el regalo perfecto.

7

—¿Ya está? —dijo Clarissa en un tono que reflejaba compasión e incredulidad a la vez—. ¿Es esto todo lo que puede hacerse en Little Dixby? ¿Ver unas cuantas ruinas, tomar el té y unos cuantos emparedados insípidos y entrar en una librería?

—Eso me temo —confirmó Evangeline—. Los sitios más interesantes de los alrededores están encerrados entre los muros de Crystal Gardens.

Regresaban andando a Fern Gate Cottage. Eran solo las cuatro y media, y todavía quedaban varias horas de sol veraniego antes del anochecer. Pero las sombras que proyectaba el espeso bosque en el camino angosto ya eran largas y oscuras. Ya no era necesario usar sombrilla. Evangeline cerró la suya. Beatrice y Clarissa la imitaron.

—¿Cómo has podido sobrevivir estas dos últimas semanas? —preguntó Beatrice—. No me extraña que te hayas muerto de aburrimiento.

—Eso era hasta ayer por la noche —dijo Evangeline.

—Yo siempre digo que no hay nada como que le ataque a una alguien que quiere degollarla para no caer en un profundo tedio —soltó Clarissa tras chasquear la lengua.

Evangeline iba a responderle, pero un escalofrío le erizó el vello de la nuca. Instintivamente miró camino abajo y vio que Lucas Sebastian se acercaba a ellas. Se detuvo.

Beatrice y Clarissa se detuvieron también a su lado. Las tres observaron a Lucas, que iba vestido para dar un paseo por el campo con una chaqueta informal, pantalones y botas. Llevaba la cabeza descubierta. Avanzó entre las sombras casi en silencio.

—Deja que adivine —susurró Beatrice—. ¿Por casualidad no será ese hombre el señor Sebastian?

—Sí —confirmó Evangeline en voz igualmente baja. Notó que la energía vibraba en el ambiente y supo que sus amigas habían recurrido a sus otros sentidos.

—Caramba —dijo Clarissa, muy seria—. Tenías razón al decir que posee una gran cantidad de facultades psíquicas. Lo veo en su aura, incluso desde esta distancia. Muy oscura. Muy potente. Podría ser muy peligroso, Evangeline. Debes tener cuidado.

Los ojos clarividentes de Beatrice se desorbitaron durante unos momentos.

—No —la contradijo—. Evie estará a salvo con él.

—¿Estás segura? —le preguntó Clarissa.

—Totalmente —respondió Beatrice.

—Estoy de acuerdo en que es poco probable que le cause ningún daño físico —dijo Clarissa—. La energía de su aura no muestra ninguna de las impurezas de la luz turbia que se ve en los hombres que maltratan a quienes son más débiles que ellos. Pero las tres sabemos que existen muchas otras formas en que puede lastimarse a una mujer. En lo que se refiere a asuntos del corazón, una mujer tiene que estar siempre en guardia.

—¿Asuntos del corazón? —exclamó Evangeline, indignada—. ¿Te has vuelto loca? No hay asuntos del corazón en esto. Alguien trató de matarme ayer por la noche. Te aseguro que eso no tuvo nada que ver con mi corazón. Aunque no te lo creas, mi principal preocupación es descubrir quién querría hacerlo.

—Sí, por supuesto —dijo Beatrice.

Esta vez alargó literalmente una mano enguantada para dar palmaditas a Evangeline, aunque no en la cabeza, sino en el brazo. Evangeline suspiró y se recordó a sí misma que sus amigas tenían buenas intenciones.

—Dadas las circunstancias, es poco probable que le entregue mi corazón al señor Sebastian —comentó en voz muy baja—. Y aunque fuera tan tonta de hacer tal cosa, estoy segura de que él me lo devolvería inmediatamente.

—Humm... —dijo Beatrice. Pero seguía observando a Lucas y no parecía convencida.

Evangeline se dio cuenta de que no disponía de más tiempo para intentar corregir la impresión errónea de sus amigas. Tenían a Lucas prácticamente encima. Esbozó rápidamente una sonrisa.

—Señor Sebastian —dijo—. Me alegro de volver a verlo. Permítame que le presente a mis amigas, la señorita Slate y la señorita Lockwood. Les he contado lo que ocurrió ayer por la noche.

Lucas se detuvo delante de ellas e inclinó la cabeza.

—Señorita Ames. Señoritas.

—Encantada, señor Sebastian —dijo Clarissa.

—Señor Sebastian —murmuró Beatrice educadamente.

Evangeline notó otro escalofrío de energía en el ambiente y supo que Beatrice y Clarissa estaban observando a Lucas con mayor detenimiento. Y por el brillo de diversión que expresaban sus ojos, vio que él era consciente de aquel examen psíquico.

«Esto es violento», pensó mientras buscaba frenéticamente alguna forma de distracción

—¿Qué pasó con el cadáver, señor Sebastian? —Se agachó

para correr el pestillo de la puerta del jardín—. ¿Pudo recuperarlo del laberinto y examinarlo para obtener pistas?

Los labios de Lucas dibujaron una ligera sonrisa.

—¿Sabe qué, señorita Ames? No conozco a ninguna otra dama que haya empezado nunca una conversación con una pregunta como esta.

—No haga caso a Evie —dijo Beatrice—. Es escritora. Sus conversaciones pueden dar giros extraños.

—Sí, desde luego, ya lo voy descubriendo —comentó Lucas.

—Perdón, he tenido esta pregunta en la cabeza todo el día. —Evangeline, ruborizada, abrió la puerta.

Clarissa intervino entonces adoptando su actitud más intelectual:

—El otro problema de tratar con escritores es que tienen tendencia a querer sacar provecho hasta de los incidentes más insignificantes, por así decirlo. Siempre están buscando inspiración para sus argumentos y sus personajes, ¿sabe? Van reuniendo material de todas partes.

—Gracias por la advertencia, señorita Slate —dijo Lucas sin dejar de mirar a Evangeline.

—Bueno, ya está bien —anunció Evangeline. Avanzó enérgicamente por el camino de grava que cruzaba el bosque de helechos—. Estoy intentando mantener una conversación importante con el señor Sebastian. Lo menos que puede hacer es contestar mis preguntas.

—La respuesta a sus preguntas es que encontré el cuerpo de Sharpy Hobson, pero que averigüé muy pocas cosas sobre él que no hubiéramos deducido ya —explicó Lucas—. Al parecer, era un criminal a sueldo que viajó hasta aquí en tren desde Londres. Encontré un par de cuchillos, y un billete de tren y el resguardo de una entrada de teatro. Es evidente que a Hobson le gustaban los melodramas.

Se había quedado educadamente a un lado, esperando a

que Clarissa y Beatrice entraran en el jardín. Las siguió y se detuvo para correr el pestillo de la puerta.

—¿Es eso todo lo que pudo averiguar? —quiso saber Evangeline.

—Llevaba una gran cantidad de dinero —prosiguió Lucas—. La primera mitad de su paga, creo.

—¿Su paga? —se sorprendió Beatrice, que se volvió para mirarlo. Y, enseguida, lo entendió—: Oh, comprendo, por asesinar a Evie. ¡Dios mío!

—¿Cuánto valgo, señor Sebastian? —preguntó Evangeline mientras subía los peldaños.

—Pues resulta que mucho. —Les dijo la cantidad exacta de dinero que había hallado en el cadáver.

—¡Madre mía! —exclamó Evangeline, horrorizada.

—¡Qué raro que se arriesgara a viajar con tanto dinero encima! —reflexionó Clarissa—. Parece bastante peligroso, con todos los ladrones y carteristas que pululan por las estaciones de tren.

—¿Qué iba a hacer con él, si no? —indicó Lucas—. Procedía de los ambientes criminales, seguramente nació y se crio en la calle. No confiaría en ninguno de sus compinches y ningún banco legal lo habría aceptado como cliente. Seguramente llegó a la conclusión de que el dinero estaba más a salvo con él que en ninguna otra parte. Al fin y al cabo, era Sharpy Hobson, un navajero temido. ¿Quién sería tan idiota de intentar robarle?

—Parece tener ciertos conocimientos de la conducta criminal, señor Sebastian —dijo Beatrice, impresionada.

—Se ha dedicado a estudiarla —aclaró Evangeline antes de que Lucas pudiera contestar.

—¿De veras? ¡Qué fascinante! —comentó Clarissa, con los ojos desorbitados.

Evangeline se percató de que Lucas parecía otra vez divertido. Seguramente no era buena señal.

—Da igual la evidente pericia del señor Sebastian —soltó—. La cuestión es que el dinero que Hobson llevaba encima parece ser una prueba más de que alguien lo contrató para asesinarme.

—Yo nunca tuve ninguna duda al respecto —dijo Lucas con suavidad.

—Bueno, pues yo sí —aseguró Evangeline—. Supongo que sigue siendo posible que se tratara de una confusión funesta.

—No lo creo —la contradijo Lucas.

Evangeline sacó la llave del bolsito de la *chatelaine* que llevaba sujeta a la cintura.

—Es que no puedo imaginarme...

La puerta se abrió antes de que pudiera introducir la llave en la cerradura. Molly Gillingham, la muchacha que la ayudaba en las tareas del hogar, apareció en el umbral. Tenía las mejillas coloradas de entusiasmo.

—Bienvenida a casa, señorita Ames —saludó a Evangeline con una solemnidad nada propia de ella mientras dirigía miradas rápidas a Lucas.

—Gracias, Molly. —Evangeline esperó, pero al ver que Molly no se movía, le sonrió—. ¿Te importaría apartarte para que podamos entrar?

—Sí, claro, le ruego me disculpe, señorita Ames —dijo Molly, coloradísima, saliendo del medio a toda velocidad. Y, tras dirigir otra mirada rápida a Lucas, preguntó—: ¿Querrá té, señorita?

Evangeline estuvo a punto de informar a Molly de que Clarissa, Beatrice y ella acababan de tomar té en el pueblo, pero se le ocurrió que Lucas planteaba un dilema. No había más remedio que ofrecerle té.

—Sí, gracias, Molly —respondió mientras se desataba las cintas del sombrero—. Lo tomaremos en el salón.

—Enseguida, señorita Ames. —Molly hizo una reverencia inexperta y salió disparada hacia la cocina.

Evangeline esperó a que sus amigas se quitaran el sombrero y los guantes, y les señaló a ellas y a Lucas el salón.

—Siéntese, por favor, señor Sebastian. Iré a hablar un momento con Molly.

Los hizo pasar a la pequeña estancia, cerró la puerta y se dirigió rápidamente a la cocina. Encontró a Molly moviéndose de un lado a otro la mar de emocionada.

—El mismísimo señor Sebastian está aquí, en esta casa —susurró la muchacha en voz bastante alta.

—Sí, ya me fijé.

—Ya verá cuando les diga a mamá y a papá que serví té al nuevo dueño de Crystal Gardens.

—Procura contenerte, Molly —pidió Evangeline.

—En el pueblo dicen que es muy probable que el señor Sebastian esté tan loco como su tío, pero a mí no me pareció nada desquiciado.

—A mí tampoco me lo parece en absoluto —dijo Evangeline enérgicamente—. Y creo que sería mejor que no hicieras ningún caso de semejante habladuría.

—No, señorita.

—Solo quería asegurarme de que podías encargarte de preparar el té para tantas personas.

—No se preocupe, señorita. Todos los días ayudo a mamá a preparar el desayuno y la cena para mi familia, y somos diez en total. Durante la cosecha, estoy en la cocina con las demás mujeres cocinando desde el alba hasta el anochecer para los hombres que trabajan en los campos. Té para cuatro no es nada.

Era evidente que a Molly le hacía mucha ilusión estar tan cerca del misterioso nuevo dueño de la vieja abadía. Evangeline no tuvo entrañas de chafarle el entusiasmo. La bonita muchacha de mejillas sonrosadas tenía dieciocho años. Era una joven inteligente, irrefrenable, a la que le encantaba leer las novelas que los periódicos publicaban por entregas. Cuando había descubierto que Evangeline estaba escribiendo una de estas historias, le había suplicado que le permitiera leer los capítulos que enviaba en pequeños tacos al editor al final de cada semana. Al principio, Evangeline se había mostrado reticente a hacerlo, pero al final había cedido. El placer de Molly con cada nueva escena de *Winterscar Hall* había sido gratificante.

Para Evangeline era una pena que Molly estuviera destinada a casarse con uno de los campesinos del lugar. La muchacha tenía una enorme curiosidad por lo que había más allá de los límites del pueblo donde había nacido y crecido. A menudo hablaba de ahorrar dinero para ir de viaje a Londres. Pero Evangeline sabía que no era probable que viajara nunca más allá de la población vecina para ver un circo itinerante o asistir a una feria. Seguramente nunca iría a Londres.

Se recordó a sí misma que el futuro de Molly no era del todo espantoso. En realidad, la vida en un pueblo pequeño y seguro, muy alejado de los peligros de las calles de Londres tenía sus ventajas. Pero esa vida prometía estar llena de mucho trabajo de sol a sol en una granja y de muy pocos estímulos mentales. Presentía que tarde o temprano la rutina inacabable y el trabajo pesado acabarían desalentando a Molly.

—Vuelva con sus invitados, señorita Ames —dijo Molly—. Enseguida les llevaré la bandeja. —Usó ambas manos para colocar el pesado hervidor de hierro en los fogones—. Oh, casi se me olvida decirle que mi tío vino mientras usted no estaba para arreglar la cerradura de la puerta de la cocina. Ha quedado como nueva.

Evangeline dirigió la mirada a la nueva cerradura. Se veía muy resistente.

—Por favor, dale las gracias a tu tío de mi parte.

—No tiene importancia. —Molly abrió un armario y empezó a sacar tazas y platillos—. Dice que parece que alguien la rompió cuando usted salió a dar un paseo a última hora de la tarde. El ladrón debió de asustarse antes de poder robar nada.

«No salí a dar un paseo —pensó Evangeline—. Salí corriendo como alma que lleva el diablo para que no me mataran.»

—A lo mejor ladró un perro —comentó, en cambio—. O uno de los vecinos pasó por el camino y lo asustó.

—No es probable que alguno de los que viven por aquí cerca pasara por el camino que va a Crystal Gardens a esas horas —dijo Molly—. Todo el mundo cree que el bosque está encantado. Mi tío quería que le dijera que está seguro de que nadie de la zona habría hecho algo tan terrible como destrozarle la puerta.

—Nunca me planteé que lo hiciera alguien de Little Dixby —aseguró Evangeline. Y, desde luego, eso era verdad.

—Mi tío dice que seguramente fue alguno de los rufianes del circo ambulante que está en Ryton. Ya sabe cómo es la gente de estos circos. Todo el mundo dice que hay que vigilarlos.

En el campo era habitual culpar a los miembros de un circo ambulante o de una feria cuando alguna prenda de ropa lavada desaparecía del tendedero o se perdía alguna herramienta de un cobertizo. Era, sin duda, la explicación más sencilla en este caso, pero Evangeline no iba a permitir que la culpa recayera sobre gente inocente.

—No lo creo —dijo—. Cuando intentaron entrar en esta casa la gente del circo de Ryton estaría muy ocupada recogiendo sus cosas para trasladarse a la siguiente población. No, estoy convencida de que fue algún maleante de Londres que llegó en tren en busca de oportunidades para cometer fechorías. Puede que hace poco se viera obligado a irse de la ciudad para eludir a la policía.

—Bueno, sea como sea, ya se fue. —Molly vertió agua caliente en una tetera—. Pondré algunas de mis pastas de té recién hechas en la bandeja. Un caballero fuerte y saludable como el señor Sebastian tiene que comer.

Evangeline sonrió. Estaba claro que no era la única mujer del vecindario que había observado que Lucas, especulaciones sobre su estado mental aparte, era un hombre fuerte y saludable.

—Gracias, Molly. —Se dirigió hacia la puerta.

Molly destapó un plato que contenía unas pastas de té exquisitas.

—Oh, señorita Ames. Quería decirle que ayer por la noche me quedé despierta después de que mamá y papá se acostaran para terminar el segundo capítulo de *Winterscar Hall*. Fue apasionante.

—Gracias, Molly —dijo Evangeline, encantada.

—Me muero de ganas de ver qué pasa ahora que Patricia está atrapada en un dormitorio con el espantoso John Reynolds, que planea comprometerla para que se vea obligada a casarse con él. Tal como dejó el final, parece que la única opción que tiene Patricia para salvar su honra sea saltar por la ventana y romperse la crisma en las rocas del fondo del acantilado.

—Lo que no sería acertado porque terminaría la historia un poquito demasiado pronto, ¿no te parece?

—Sí, señorita. —Se le marcaron los hoyuelos al sonreír—. Estoy segura de que Patricia encontrará una forma de escapar de las garras del malo sin perder la honra ni partirse la crisma.

—Creo que puede decirse sin miedo a equivocarse que tienes razón. —«Porque John Reynolds ya no es el malo», añadió Evangeline para sí—. Cuando nos hayas llevado el té, puedes irte a casa.

—¿Está segura, señorita? —preguntó Molly, alicaída—. No me importa quedarme un rato. Querrá que la ayude a lavar los platos una vez que se haya ido el señor Sebastian.

—Te agradezco la oferta, pero nos las arreglaremos sin ti.

—Sí, señorita. Por cierto, mi hermano, Ned, trajo los huevos, la leche, la mantequilla y el queso que encargó. Y yo le preparé un delicioso pastel de salmón y puerro para que se lo coman usted y sus amigas de Londres esta noche.

—Tu pastel de salmón y puerro es el mejor que he probado —dijo Evangeline.

—Gracias, señorita. —La sonrisa de Molly era de orgullo y satisfacción—. Espere a que le cuente a mi madre que el señor Sebastian vino a verla hoy.

Evangeline se preguntó qué diría la señora Gillingham si supiera que la presencia de Lucas Sebastian en el salón se debía únicamente a que un asesino armado con un cuchillo había perseguido a su inquilina hasta los jardines de Crystal Gardens pasadas las dos de la madrugada. Pero estos detalles no provocarían un cotilleo tan jugoso como la noticia de que la inquilina en cuestión había llegado a la vieja abadía vestida únicamente con ropa de dormir. Había cosas que era mejor no explicarlas.

—Vaya al salón, señorita. —Molly señaló la puerta—. No haga esperar a un caballero tan refinado como el señor Sebastian. Es un gran honor que haya venido a tomar té.

—Gracias por recordarme mis obligaciones como anfitriona —comentó Evangeline.

Pero Molly, que se afanaba con las cosas del té, no captó la ironía.

Unas voces apagadas llegaron por el pasillo. Alarmada, Evangeline regresó a toda prisa al salón. Abrió de golpe la puerta, entró y la cerró rápidamente.

—Por el amor de Dios, bajad las voces —susurró en voz bastante alta—. Si Molly os oye hablar sobre Sharpy Hobson o sobre lo sucedido ayer por la noche, el pueblo entero lo sabrá antes de que se ponga el sol.

Lucas le dirigió una sonrisa benévola. Estaba relajado, apoyando un hombro en la pared cerca de la ventana en una elegante postura masculina. Tenía los brazos cruzados delante del ancho tórax.

Clarissa y Beatrice estaban sentadas en dos de los sillones, con el dobladillo de los vestidos de paseo bien puesto alrededor de los botines. Las dos chasquearon la lengua.

—Te sorprenderá saber que ya lo habíamos deducido nosotros solos —soltó Beatrice—. De hecho, estábamos comentando temas agrícolas.

—¿Agrícolas? —Evangeline se recostó en la puerta con ambas manos aferradas al pomo detrás de ella—. ¿Por qué diablos habéis decidido hablar sobre agricultura en un momento así?

—Estaba explicando a la señorita Lockwood y la señorita Slate que los campos alrededor de Little Dixby han sido siempre sumamente productivos —respondió Lucas—. Los cultivos crecen muy bien aquí. Los pueblerinos le dirán que se puede cultivar cualquier cosa en estas tierras y así lo han hecho desde hace generaciones. Las rosas de los jardines locales son extraordinarias.

—Oh, comprendo —dijo Evangeline con el ceño fruncido, pensando en lo que acababa de oír—. Supongo que el hecho de que este lugar sea un vórtice tiene algo que ver con la prosperidad de los campos y los jardines de la zona.

Lucas arqueó las cejas.

—¿Sabe que Little Dixby puede ser un vórtice paranormal? —preguntó con un brillo en sus ojos de animal de rapiña.

—Sí, por supuesto; y si mi padre tenía razón, su centro es Crystal Gardens —respondió Evangeline—. Por esto estoy aquí, ¿sabe?

—No. No sé —dijo Lucas pausadamente.

—Da igual, no es importante. —Oyó un repiqueteo de tazas en una bandeja—. Esa debe de ser Molly.

Se volvió y abrió la puerta. Molly entró en la estancia, moviéndose con mucho cuidado con la cargadísima bandeja. Lucas se separó de la pared para enderezarse.

—Parece muy pesada... —comentó—. Permítame que la ayude.

—No se preocupe, señor —dijo Molly, sonrojadísima.

Pero Lucas ya le había quitado la bandeja de las manos. La dejó en la mesita.

—Gracias, señor. —Molly dirigió una mirada esperanzada a Evangeline—. ¿Quiere que sirva, señorita?

—No, gracias, Molly —contestó Evangeline con una sonrisa mientras se sentaba en el sofá y se arreglaba automáticamente el dobladillo del vestido—. Ya me encargo yo. Vete a casa.

—Sí, señorita. Gracias, señorita. —Hizo otra reverencia encorsetada y salió al pasillo, desde donde cerró la puerta sin hacer ruido.

Evangeline tomó la tetera y empezó a servir. Todos los presentes prestaron mucha atención al té hasta que oyeron el ruido sordo de la puerta de la cocina al cerrarse. Un momento después, vieron por la ventana delantera que Molly se alejaba deprisa por el camino.

La noticia de que Lucas estaba tomando el té con la nueva inquilina de la casa de campo y sus elegantes amigas de Londres no tardaría mucho en ser de conocimiento público en el pueblo. Evangeline pensó que era una suerte que Clarissa y Beatrice estuvieran allí. Su presencia garantizaba un halo de respetabilidad.

Las normas sociales que regían las relaciones entre ambos sexos eran más relajadas en el campo que en Londres, pero había ciertos límites, y bastaba muy poco para que la gente empezara a hablar en un pueblo pequeño como Little Dixby. Evangeline era muy consciente de que las últimas dos semanas se había especulado mucho sobre ella. Una mujer soltera que vivía sola siempre era muy observada. Una mujer soltera de Londres que vestía a la moda y que, según los rumores, escribía una novela sensacionalista era todavía más interesante.

—Ya podemos hablar —anunció Evangeline.

—Es una lástima que el espantoso Hobson esté muerto —indicó Clarissa—. Habría sido muy útil interrogarlo. No entiendo muy bien cómo murió. Evangeline dijo algo sobre unas espinas.

—Por desgracia, el señor Hobson entró dando tumbos en una de las partes más peligrosas que hay en los jardines —explicó Lucas—. Su muerte fue debida a un accidente. —Probó una pastita de té—. Algo parecido al accidente de Douglas Mason.

Evangeline se quedó de una pieza. Clarissa y Beatrice parecieron de repente muy atareadas con el té.

Como era previsible, la que recobró antes la compostura fue Clarissa:

—La cuestión es: ¿por qué diablos querría nadie enviar a un criminal a asesinar a Evangeline?

—Lo único que puedo decirles por ahora es que alguien estaba dispuesto a pagar a Sharpy Hobson una suma considerable por ello —dijo Lucas, examinando a Evangeline con la mirada—. Alguien quiere matarla, señorita Ames, y si está segura de que no hay ningún enamorado celoso acechando por ahí...

Evangeline se atragantó con el té. Como le salió un poco por la boca, tomó una servilleta.

—De eso estoy segura.

—Estoy de acuerdo con ella —intervino Beatrice, que había fruncido la boca—. Podemos descartar la idea de un enamorado rechazado. En el caso de Evangeline, simplemente no hay ninguno.

—Y su muerte no beneficiaría a nadie —añadió Clarissa

con ánimo de ayudar—. Por lo que el dinero no puede ser el móvil.

—Siempre es agradable saber lo que vale una —soltó Evangeline a la taza de té.

—Parece que solo nos queda una opción posible —indicó Lucas.

Se zampó la última pasta de té y se sacudió las migajas que se le habían pegado a las manos. Evangeline tuvo la impresión de que le brillaban un poco los ojos. Pero se percató de que no era de deseo. El ansia que percibió en él era muy distinta: el aura peligrosa del cazador que está tendiendo una trampa a su presa. Estaba segura de que no era la primera vez que lo hacía.

Beatrice también detectó el ambiente cargado.

—¿Qué opción es esa? —preguntó, expectante, a Lucas.

—Los hombres como Hobson, a los que puede contratarse para que cometan un asesinato, no abundan tanto como cabría suponer —explicó Lucas—. Los que son expertos en esta particular clase de trabajo son conocidos en los ambientes criminales.

—Me imagino que sí —comentó Clarissa con un escalofrío.

—Tenemos que averiguar quién contrató a Hobson —prosiguió Lucas—. Por suerte, tenemos a Stone.

Evangeline alzó la vista de la taza.

—¿Qué tiene que ver el señor Stone con nada de esto? —se sorprendió.

—Tiene contactos en las calles de Londres. —Lucas contempló el bosque por la ventana—. Conoce a personas de ese mundo. Esta mañana tomó el tren hacia la ciudad, donde indagará sobre Hobson. Con suerte, averiguará algo que nos conduzca a la persona que lo contrató.

Evangeline guardó silencio. Era consciente de que Beatrice y Clarissa estaban tan calladas como ella. Se miraron entre sí y vio las preguntas en sus ojos. Arqueó las cejas y comentó:

—Ya os dije que el señor Sebastian ha estudiado la conducta criminal.

—Sí, tienes razón. —Beatrice irguió mucho la espalda y dejó la taza y el platillo con aire resuelto—. Es una suerte que podamos beneficiarnos de sus conocimientos y sus contactos. El problema es que estamos tratando con criminales profesionales. No es el terreno que nosotras dominamos.

Clarissa repiqueteó con los dedos en el brazo del sillón.

—No, eso es cierto —comentó con una expresión de preocupación en su rostro habitualmente serio.

—Sería bastante insólito que ustedes tres tuvieran alguna experiencia práctica con criminales —se sorprendió Lucas, observándolas pensativo—. Normalmente estos asuntos suelen circunscribirse al ámbito policial.

—Humm... —dijo Beatrice educadamente, y sorbió un poco de té.

—Sí, claro —murmuró Clarissa—. Lo que pasa es que, cuando avisas a la policía, a menudo acabas tratando con la prensa. La policía tiene sus virtudes, pero no es famosa por su discreción.

—Da la casualidad de que el señor Sebastian y yo comentamos exactamente este asunto ayer por la noche —indicó Evangeline tras carraspear.

—¿Cuando estabas en su jardín vestida solamente con ropa de dormir? —Clarissa arqueó las cejas de repente—. Sí, supongo que hablaríais sobre si había que avisar o no a las autoridades.

—Por el amor de Dios —la reprendió Beatrice—. Ahora no es el momento de hablar de esas cosas.

—Tonterías —replicó Clarissa—. Todos en esta habitación conocemos los hechos. Evangeline y el señor Sebastian tomaron la decisión correcta. Imagínate el escándalo que se habría generado si la historia hubiera llegado a los periódicos de Londres.

—Si el intento de asesinato se produjo a raíz del incidente que sucedió poco después de que dejara mi último puesto, como el señor Sebastian cree, dudo que la policía hubiera servido de demasiada ayuda en cualquier caso —dijo Evangeline—. La muerte del señor Mason fue un desafortunado accidente.

—Cierto —corroboró Beatrice en tono neutro.

Se produjo un breve silencio. Evangeline se percató de que Lucas volvía a observarlas con mucha atención.

—Creo que ha llegado el momento de que me cuenten qué hacen para ganarse la vida —dijo este pasado un instante—. Y, en concreto, me gustaría mucho saber algo más sobre lo que pasó mientras ocupaba su último puesto, señorita Ames.

Evangeline miró a Clarissa y a Beatrice.

—Creo que podemos confiar en el señor Sebastian —aconsejó Beatrice.

—No veo que tengamos demasiado elección —coincidió Clarissa—. Está en juego la seguridad, puede que la vida misma, de Evangeline.

—Ya le dije, señor Sebastian, que mis amigas y yo trabajamos para una agencia que suministra damas de compañía a una clientela muy exclusiva —empezó a contar Evangeline, muy erguida, con la taza y el platillo en la mano.

—Ayer por la noche mencionó su profesión —aceptó Lucas—. Pero me ha quedado claro que ninguna de ustedes es la típica desdichada que se ve obligada a dedicarse a esta profesión.

—¿De verdad? —Evangeline lo miró por encima de la taza—. ¿Y a cuántas damas de compañía ha conocido personalmente?

—Ahí sí que me ha pillado, señorita Ames. —Lucas esbozó una ligera sonrisa—. Tengo que admitir que ustedes son las primeras damas de compañía con las que he hablado más de treinta segundos. Suelen ser reservadas y mantenerse constantemente en un discreto segundo plano, tejiendo o leyendo mientras sus patronas hacen su vida. Uno no suele fijarse en ellas.

Evangeline le dirigió una sonrisa fría.

—Y es precisamente por ello que somos tan y tan buenas en lo que hacemos. Nadie se fija nunca en nosotras cuando trabajamos.

—¿Y en qué consiste su trabajo? —quiso saber Lucas.

—Somos investigadoras privadas —anunció Evangeline.

Esperó a que el semblante de Lucas mostrara las inevitables señales de asombro y de incredulidad. Sabía que Clarissa y Beatrice también lo estaban esperando. Las tres iban a llevarse una decepción.

—Qué interesante —dijo Lucas. Curiosamente, parecía satisfecho. Bebió un poco de té y dejó la taza en su platillo—. Desde luego, esto explica unas cuantas cosas.

—¿Qué cosas? —preguntó Clarissa con los ojos entornados.

—Para empezar, el comentario de la señorita Lockwood indicando que los ambientes criminales no es el terreno que ustedes dominan. Ustedes tratan con crímenes de la alta sociedad.

—Con la máxima discreción —añadió Evangeline.

—Evidentemente —Lucas sonrió—, o ya hace mucho tiempo que la agencia Flint y Marsh habría tenido que cerrar. Su trabajo profesional explica también lo ingeniosa y audaz que fue usted ayer por la noche. Era evidente que tenía cierta experiencia conservando la cabeza fría al enfrentarse al peligro.

—Le aseguro que rara vez corremos peligro físico en el desempeño de nuestro trabajo —aclaró Evangeline—. Nuestras jefas tienen mucho cuidado de no ponernos en semejante situación. Después de todo, no somos policías. Por lo general, nuestros clientes son damas que quieren que se hagan indagaciones discretas sobre la personalidad y la situación económica de caballeros que intentan acceder a las finanzas familiares.

—Desenmascaran a cazafortunas. —Los ojos de Lucas brillaron con frialdad al comprender la situación.

—Y a quienes son capaces de estafar a viudas y solteronas —añadió Clarissa.

—Pero tiene razón —prosiguió Beatrice—. De uno u otro modo, la mayoría de nuestros encargos consisten en desenmascarar a cazafortunas. Muy a menudo nos piden que investiguemos los orígenes de hombres que desean casarse con una joven heredera o con una viuda que posee algo de dinero propio que hay que proteger.

—¿Cómo atraen a los clientes? —preguntó Lucas—. No me imagino a la empresa anunciando estos servicios en el periódico.

—La señora Flint y la señora Marsh reciben clientes que les envían otras personas —explicó Evangeline.

—¿Y a las empleadas? —Lucas estaba claramente interesado—. ¿Cómo encuentran a mujeres tan poco corrientes como ustedes tres?

—De la misma forma —contestó Beatrice—. Se corre la voz. No todo el mundo está capacitado para este trabajo. Exige ciertas... aptitudes.

Lucas reflexionó sobre ello con una expresión pensativa.

—Estas aptitudes para el trabajo de las que habla, ¿incluyen por casualidad cierta cantidad de facultades psíquicas?

Clarissa y Beatrice miraron a Evangeline.

—Ya os dije que el señor Sebastian se toma muy en serio lo paranormal —dijo. Y entonces se dirigió a Lucas—: Quiero preguntarle algo. Ayer por la noche había motivos evidentes para no avisar a las autoridades. Pero tarde o temprano tendrá que informar de la muerte. ¿Cómo piensa explicar a la policía la presencia de un cadáver en sus jardines?

—No habrá necesidad de dar ninguna explicación —aseguró Lucas—. Los cadáveres no duran mucho en Crystal Gardens.

8

Lucas observó con mucho interés cómo las tres mujeres asimilaban la noticia de la desaparición del cadáver en el jardín. La impresión se les reflejaba en el semblante. Los ojos desorbitados, la boca ligeramente abierta, las tazas suspendidas en el aire.

Evangeline tragó saliva con fuerza. Pero fue la primera de las tres en reponerse, y Lucas decidió que seguramente sería porque sabía cómo había muerto Hobson.

—Comprendo —dijo—. Bueno, supongo que no tenemos por qué hacer demasiados aspavientos por Hobson. Después de todo, estaba intentando matarme.

—Eso mismo pienso yo —intervino Lucas.

Clarissa cerró la boca y asintió satisfecha.

—Dadas las circunstancias, parece una forma muy oportuna de abordar el problema.

—Eso me pareció a mí —insistió Lucas.

—¿Habla en serio, señor Sebastian? —Beatrice lo miró con cierto recelo—. ¿Espera que el cadáver de Sharpy Hobson simplemente desaparezca en sus jardines?

—No será la primera vez, señorita Lockwood. Cuanto más se adentra uno en los jardines, más agresivas se vuelven las plantas. En el laberinto y en el Jardín Nocturno, la naturaleza actúa muy deprisa, especialmente de noche.

Esta información pareció interesar a Clarissa:

—¿Importa la hora del día que sea?

—He observado que la oscuridad suele aumentar cualquier tipo de energía paranormal —respondió Lucas—. Pero las corrientes que emanan de las fuerzas naturales de la Tierra son siempre más potentes por la noche. Según la teoría de mi tío, la luz del sol interfiere en las longitudes de onda de los extremos del espectro o, lo que es más probable, dificulta que quienes tenemos ciertas habilidades psíquicas captemos esas corrientes.

—Mi padre también llegó a la misma conclusión —coincidió Evangeline.

Lucas se dirigió a ella:

—Mencionó que a su padre le gustaba estudiar los fenómenos paranormales, señorita Ames.

—Sí —contestó Evangeline—. Él mismo tenía algunas habilidades psíquicas, ¿sabe?

—Es algo que suele heredarse —comentó Lucas sin apartar los ojos de ella.

—Fue su interés por los fenómenos paranormales lo que me llevó a decidir pasar el mes aquí, en Little Dixby —explicó Evangeline—. Escribió en uno de sus diarios que creía que esta región era un vórtice.

—Un lugar en el cual las fuerzas paranormales de la Tierra se juntan de tal forma que generan una cantidad considerable de energía —asintió Lucas, pensativo—. Fascinante. El tío Chester estaba convencido de lo mismo. Creía que Crystal Gardens era el centro del vórtice de Little Dixby. —Se detuvo un instante—. ¿De modo que fue su interés por la ciencia lo que la incitó a alquilar la casa de campo, señorita Ames?

—Bueno, no. No exactamente —admitió Evangeline—.

No me apasionan especialmente los temas científicos. Pero cuando tomé la decisión de pasar un mes en el campo, recordé lo que había leído en el diario de mi padre. Vine aquí buscando inspiración para escribir. Pensé que los elementos paranormales de la zona podrían darme ideas para mi argumento.

—Tendría que haberlo imaginado —dijo Lucas con una mueca.

—Los escritores somos muy sensibles, señor Sebastian —comentó, mirándolo con frialdad—. Obtenemos inspiración de toda clase de cosas, incluida la energía del ambiente que nos rodea.

—Muy bien. Lo recordaré en el futuro.

—¿Qué es eso de que las plantas de los jardines de la vieja abadía se vuelven más fuertes y más agresivas? ¿Qué diablos está pasando en Crystal Gardens? —preguntó Evangeline con la mandíbula tensa.

—Ni puñetera idea —contestó Lucas.

Decía mucho de la gravedad de la situación y de la fortaleza de las tres jóvenes sentadas en el salón que ninguna de ellas prestara la menor atención a la ordinariez que Lucas acababa de soltar. Pero este tenía la impresión de que costaría mucho escandalizar a las tres empleadas de la agencia Flint y Marsh.

Evangeline ladeó ligerísimamente la cabeza y entornó los ojos para preguntarle:

—¿De verdad no sabe lo que está pasando?

—Solo puedo suponer que los experimentos de mi tío tienen, en cierta manera, la culpa —respondió—. Un manantial subterráneo de aguas termales genera las fuerzas que existen entre los muros de los jardines. Y estas aguas ya eran sagradas para los antiguos. Cuando los romanos llegaron, construyeron unas termas en ese lugar porque estaban convencidos de que las aguas del manantial poseían propiedades vigorizantes, incluso curativas. Más adelante, se fundó la abadía en ese mismo sitio. Se creía que las aguas del manantial aumentaban el poder de las oraciones y favorecían las visiones religiosas. Con el tiempo, sin embargo, la abadía fue abandonada. Mi tío compró la propiedad hará unos treinta años y empezó a realizar en ella sus experimentos botánicos. Y todo parecía estar más o menos bajo control hasta los dos últimos años.

—¿Qué clase de experimentos llevaba a cabo su tío? —intervino Clarissa, repiqueteando con un dedo en el borde de la taza.

—Sus intenciones eran buenas —aseguró Lucas—. Creó varios híbridos para intentar desarrollar plantas con diversas propiedades psíquicas. Buscaba nuevas fuentes de medicamentos y cultivos que crecieran más rápido y fueran más productivos. Pero en algún momento las cosas empezaron a torcerse. La vegetación se está imponiendo. Los jardines se han convertido en una selva peligrosa. Algunas zonas son prácticamente inaccesibles.

—No me extraña que hablen de ocultismo —comentó Beatrice.

—En estos dos últimos años, por lo menos tres intrusos han logrado llegar hasta el laberinto y puede que hayan accedido incluso al Jardín Nocturno —prosiguió Lucas—. El tío Chester no podía estar seguro porque los cadáveres desaparecieron.

—¿Por qué diablos iba alguien a correr el riesgo de entrar sin permiso en un sitio tan peligroso? —se sorprendió Beatrice.

Lucas dirigió los ojos hacia Evangeline.

—Tal vez a la señorita Ames le gustaría responder esta pregunta.

Vio que Evangeline se ruborizaba como una muchachita a la que han pillado saliendo a escondidas de casa para encontrarse con un chico.

—Estaba aburrida y sentí curiosidad —se justificó con cierta actitud de desafío—. Esa es la única razón de que entrara en los jardines. No fui imprudente. Solo exploré un poco. Desde luego, no intenté entrar en el laberinto.

—Seguramente porque estaba cerrado con llave —replicó Lucas.

Evangeline se puso más colorada aún, pero fingió no haber oído la acusación implícita.

—Aparte de la curiosidad de la señorita Ames —prosiguió Lucas—, el principal motivo de que unas cuantas almas aventureras hayan intentado entrar en el laberinto y en el Jardín Nocturno es la leyenda del tesoro.

—Sí —se animó Clarissa—, la señorita Witton, de la librería, la mencionó hoy. Se cree que hay una gran cantidad de objetos de oro romanos enterrados en algún lugar de los jardines.

—No hay nada como la perspectiva de encontrar un cofre lleno de objetos de oro para atraer a los buscadores de tesoros —indicó Lucas—. Pero, en su mayoría, las fuerzas del Jardín Nocturno asustan a los posibles intrusos.

—A los que consiguen entrar rara vez se les vuelve a ver —finalizó Clarissa.

—Por lo general, no —dijo Lucas.

—He oído las historias sobre fantasmas y fuerzas diabólicas —comentó Evangeline—. Pero descarté la mayoría de las habladurías más dramáticas. De hecho, la idea de que la gente desaparezca en los jardines, consumida por las plantas, es mucho más escalofriante que las explicaciones que hablan de fenómenos sobrenaturales.

—Tiene esa expresión, Bea —dijo Clarissa con el ceño fruncido.

—Sí, ya lo veo —coincidió Beatrice.

—¿Qué expresión? —preguntó Lucas, observando atentamente el semblante pensativo de Evangeline.

—Evangeline siempre adopta esta expresión cuando está pensando en una nueva idea para el argumento de su historia —explicó Clarissa—. Creo que sus comentarios sobre plantas carnívoras la han inspirado.

—Le aseguro que no era mi intención. —Lucas contuvo un gemido.

—No se preocupe —dijo Beatrice—. Al final te acostumbras a los pequeños hábitos de Evangeline. De vuelta al tema del laberinto... si encontró el cuerpo de Hobson en su interior, es evidente que usted pudo entrar.

—Sí. —A regañadientes dejó de mirar a Evangeline—. Mi tío también podía recorrerlo. Es posible moverse por el laberinto si se tiene una buena cantidad de poderes. Pero incluso así, hay varios peligros, como las espinas venenosas y las enredaderas que se te pueden enroscar alrededor de una muñeca o de un tobillo y encadenarte con la misma fuerza que unas esposas o unos grilletes de hierro.

—¿Le importaría que fuera un momento a buscar una pluma y papel? Me gustaría tomar unas notas —soltó Evangeline, animada.

—Sí, me importaría, señorita Ames. —Lucas imprimió cierta dureza en su voz—. Por si no se ha dado cuenta, tenemos otras prioridades.

—De acuerdo —aceptó Evangeline, y tomó su taza con la mirada perdida.

Lucas apretó los dientes. Se percató de que estaba tomando notas mentalmente.

—Evie nos dijo que su tío murió en los jardines... —dijo Beatrice—. ¿Acaso fue víctima de una de esas plantas espantosas?

—En realidad, falleció en la mesa del desayuno. Ya que fue en ese lugar donde la señora Buckley, el ama de llaves, lo encontró.

—Pues yo había oído que se había desplomado por los

jardines —dijo Evangeline sorprendida y con el ceño fruncido.

—Los rumores nunca cuentan bien los hechos —dijo Lucas—. Los lugareños prefieren creer que lo mataron unas fuerzas sobrenaturales. Pero no les quepa la menor duda, estoy convencido de que fue asesinado, pero no por demonios o espíritus del más allá.

Evangeline intercambió miradas con Clarissa y con Beatrice. Lucas notó su curiosidad y su creciente entusiasmo. Comprendió que a todas ellas les encantaba la emoción que conllevaba un misterio. Sin duda, eso tenía algo que ver con sus facultades.

—¿Tiene algún móvil para la muerte de su tío? —preguntó Clarissa.

—Todavía no... —contestó Lucas pensativo—. Pero supongo que está relacionado con su reciente descubrimiento en los jardines.

—¿Y qué descubrimiento es ese? —quiso saber Beatrice, embelesada.

—No lo sé —admitió Lucas—. Lo único que recibí fue un breve telegrama, muy críptico, en el que me decía que había descubierto algo muy importante en el Jardín Nocturno. Murió antes de que encontrara el momento de venir a verlo por mí mismo.

—¿No sintió curiosidad? —se extrañó Evangeline.

—Verán, el tío Chester siempre me estaba informando de nuevos descubrimientos botánicos y de los resultados de sus últimos experimentos —explicó Lucas—. Si hubiera venido a Crystal Gardens cada vez que recibía un mensaje en el que me hablaba de algún nuevo híbrido fantástico, habría estado aquí cada semana.

—Pero puede que esta vez se hubiera topado con algo realmente valioso o importante, ¿es eso lo que cree? —insinuó Evangeline.

—Parece una explicación probable, pero hay otras —dijo Lucas.

—¿Tenía su tío enemigos? —intervino Beatrice.

—Que yo sepa, ninguno —respondió Lucas—. La mayoría de la gente creía que estaba chalado. Pero hay un puñado de botánicos que llevan a cabo experimentos parecidos. No muchos, claro, dada la naturaleza paranormal del trabajo. Aunque sería más adecuado clasificar de rivales a algunos de aquellos a los que él consideraba colegas.

—De modo que los celos profesionales podrían haber sido un factor —dedujo Evangeline.

—Todo esto es fascinante —murmuró Clarissa.

—Me gustaría muchísimo ver sus jardines, señor Sebastian —dijo Beatrice.

—Y a mí también —aseguró Clarissa.

—A mí también me gustaría visitar Crystal Gardens como es debido —se animó Evangeline.

—Y yo estaré encantado de mostrarles todas las partes que todavía me parecen seguras —aseguró Lucas.

—Espléndido —exclamó Beatrice.

—¡Qué emocionante! —añadió Clarissa.

—Gracias. —Evangeline sonrió—. Como ve, la visita genera muchísimo entusiasmo.

—Los jardines son más interesantes después de anochecer —informó Lucas, sin apartar la mirada de Evangeline—. Organizaré una visita esta noche con una condición.

—Quiere más detalles sobre mi último caso, ¿no es cierto? —dijo Evangeline, haciendo una mueca.

—Como estoy involucrado en lo que ocurre como consecuencia de esa situación, creo que es importante que tenga más información al respecto.

Evangeline titubeó antes de hablar:

—Todavía no sabemos si el intento de asesinato está relacionado con el asunto de los Rutherford.

Todos la miraron. Nadie dijo nada.

—Pero tenéis razón. —Suspiró—. Creer que no hay ninguna relación entre ambas cosas es demasiado. Aunque por más que lo intente, no se me ocurre cuál. Le contaré la historia esta noche, cuando visitemos los jardines.

9

Aquella noche, las tres estaban con Lucas en la terraza de la casa de campo observando cómo los jardines y el cenador brillaban a la luz de la luna.

—Espectacular. —Clarissa inspiró hondo—. Absolutamente hermoso.

—Pero pueden notarse las siniestras corrientes subterráneas que existen en este sitio —añadió Beatrice—. Hasta mis sentidos normales las detectan. —Se estremeció de forma visible—. Comprendo que su tío no tuviera demasiados problemas con los intrusos, señor Sebastian.

—No —dijo Lucas, que dirigió entonces la mirada a Evangeline—. La mayoría no llegaba tan lejos como usted, señorita Ames.

—Bueno, tengo ciertas facultades —soltó Evangeline con frialdad—. Y este sitio me resulta fascinante.

Lucas sonrió. En medio de ese esplendor plateado, el rostro de Evangeline quedaba ensombrecido y resultaba misterioso.

—Sí, ya lo veo —comentó antes de hacer una ligera pausa—. Le recuerdo que habíamos llegado a un acuerdo.

—Será mejor que se lo cuentes —sugirió Clarissa.

—Estoy de acuerdo —intervino Beatrice—. Creo que podemos confiar en el señor Sebastian. No cotilleará.

—No hay mucho que contar —dijo Evangeline, cruzando los brazos—. Fue un caso rutinario. La clienta era una mujer mayor, lady Rutherford, que había empezado a tener ciertas sospechas sobre el hombre que deseaba casarse con su nieta. Los padres de la muchacha no la escuchaban. Creían que era un partido estupendo, y la joven consideraba a su pretendiente atractivo y encantador. El señor Mason podía ser muy... convincente.

—La prensa lo comentó —aseguró Lucas.

—Empecé a trabajar como dama de compañía de la clienta. De esa manera, la acompañé a varios actos a los que el pretendiente también asistía: una fiesta al aire libre, una recepción, un baile, este tipo de cosas. La primera vez que vi a Mason supe que era un farsante, claro. El problema era demostrarlo.

—¿Sus facultades le permitieron percibir su engaño? —insinuó Lucas con el ceño fruncido.

Evangeline dudó un momento demasiado largo antes de responder:

—Por así decirlo. Naturalmente, nunca se fijó en mí.

—Porque solo era la dama de compañía de la abuela. —Lucas sonrió.

—Es increíble cómo unas gafas, una peluca gris y un vestido pasado de moda cambian el aspecto de una persona —comentó Beatrice.

—Sé muy bien que la mayoría de la gente solo ve lo que espera ver —dijo Lucas—. Siga contando la historia, señorita Ames. Supongo que informó a su clienta de que sus sospechas eran ciertas.

—Sí, y trató de persuadir a los padres de la chica de que investigaran más a fondo las finanzas de Mason. Pero, como dije, era muy inteligente a la hora de ocultar su verdadera personalidad. Lady Rutherford estaba angustiadísima. Así que me dispuse a encontrar pruebas.

Lucas se dio cuenta de que estaba fascinado, como si estuviera mirando una bola de cristal.

—¿Consiguió esas pruebas? —preguntó.

—Sí. —Evangeline movió ligeramente una mano—. En eso consisten mis facultades, ¿sabe? Se me da muy, pero que muy bien, encontrar cosas. Es una habilidad que tengo, en realidad; una habilidad que a veces resulta útil, eso sí. Pero no era más que un entretenimiento para fiestas y reuniones hasta que me incorporé a la agencia Flint y Marsh.

—Me imagino que puede ser una facultad muy útil en su profesión de investigadora —aseguró Lucas.

—Para abreviar, logré localizar unos documentos que dejaban claro que Mason era un farsante. El padre de la joven estaba horrorizado e indignado. Echó inmediatamente a Mason. Lady Rutherford me despidió discretamente y pagó su factura. Eso tendría que haber zanjado el asunto y haber supuesto la conclusión del caso.

Una sensación fría y sombría se apoderó de Lucas.

—Pero no zanjó el asunto, ¿verdad? Mason descubrió de algún modo que había sido usted quien lo había desenmascarado —dijo.

Evangeline volvió la cabeza, sorprendida. Clarissa y Beatrice estaban igual de asombradas.

—¿Cómo lo ha...? —Evangeline no terminó la frase—. Olvídelo. Tendría que haberme imaginado que sospecharía la verdad. Tiene razón, por supuesto. Debió de espiarme después de que dejara la casa de lady Rutherford. Me tendió una trampa. Recibí lo que creí ser el mensaje de uno de los viejos amigos de mi padre. Decía algo sobre el descubrimiento de unas viejas acciones que tenía mi padre y que de repente habían adquirido valor. Me dirigí inmediatamente a la dirección que me habían indicado.

—El edificio abandonado cerca de los muelles donde más tarde se encontró el cadáver de Mason —indicó Lucas—. Se lo encontró allí.

—Sí —corroboró Evangeline, que tensó los brazos cruzados.

Beatrice suspiró.

—Es usted muy intuitivo, señor Sebastian. —Clarissa se movió, incómoda.

—Siga, por favor, señorita Ames —pidió Lucas.

—Cuando llegué a la dirección que me habían dado, tuve que subir un tramo empinado de escalera. Mason se había escondido en una habitación situada en el rellano. Me puso un cuchillo en la garganta.

—Tal como quiso hacer Hobson ayer por la noche. —Lucas reprimió la furia que lo invadía con una gran fuerza de voluntad—. El muy cabrón —añadió en voz muy baja.

Fue consciente del silencio que había envuelto la terraza. Se percató de que las tres mujeres lo estaban mirando, así que refrenó la energía no canalizada que estaba generando.

Clarissa fue la primera en hablar:

—Estuvo a punto de lograrlo. Incluso ahora me dan escalofríos al pensarlo.

—¿Qué pasó después, Evangeline? —preguntó Lucas.

Con el rabillo del ojo vio que Beatrice y Clarissa intercambiaban una mirada. Cayó en la cuenta de que había usado el nombre de pila de Evangeline. El pequeño acto de familiaridad no había pasado desapercibido. Dadas las circunstancias, era muy probable que la intimidad implícita escandalizara más a las amigas de Evangeline que la palabrota que había usado un momento antes para describir a Mason.

—Mason salió de lo que supuse que era una habitación vacía —explicó Evangeline. Su voz era extrañamente regular y demasiado firme—. Me rodeó el cuello con un brazo. Llevaba el cuchillo en la otra mano. Me dijo que iba a castigarme por lo que había hecho. Me dijo que si no colaboraba en mi propia violación, me mataría. Supe que tenía intención de matarme hiciera lo que hiciese, así que decidí que tenía poco que perder. Forcejeamos. Perdió pie, se cayó por la escalera y se partió el cuello. Hui de allí.

Sin decir una palabra, Clarissa tocó el brazo de Evangeline para reconfortarla. Beatrice se acercó a ambas.

Lucas se quedó muy quieto. La oscuridad rugía y se agitaba en su interior. Se recordó que no había nada que pudiera hacer. Mason estaba muerto. Pero la energía negra aullaba en silencio la pérdida de la presa. Se concentró en controlar sus facultades.

Le llevó unos segundos darse cuenta de que Evangeline, Clarissa y Beatrice lo estaban observando con recelo. Captó su tensión y supo que él era el origen de ella. Se esforzó más en contener la avidez que lo acechaba.

—¿Está segura de que Mason está muerto? —dijo.

La pregunta acabó con la quietud antinatural del ambiente. Evangeline fue la primera en relajarse. Clarissa y Beatrice inspiraron hondo.

«La he hecho buena —pensó Lucas—. Las he aterrado a las tres.»

Pero Evangeline, por lo menos, no parecía asustada, sino simplemente cautelosa.

—Estoy totalmente segura de que Douglas Mason murió ese día —aseguró—. No hay la menor duda de ello.

—Aun así, alguien se tomó la molestia de contratar a un hombre para que la matara —señaló Lucas—. La única suposición lógica es que los dos incidentes están relacionados. Pero aunque estuviera equivocado, es evidente que alguien tiene intenciones muy desagradables hacia usted.

—El señor Sebastian tiene razón, Evie —dijo Clarissa con la boca tensa—. Hobson procedía de los bajos fondos, pero tenemos que suponer que este crimen tiene su origen en el asunto de los Rutherford. Y este es un mundo que la agencia Flint y Marsh conoce bien. Mañana por la mañana Beatrice y yo regresaremos a Londres e informaremos a nuestras jefas de lo que ha ocurrido.

—Iniciaremos inmediatamente una investigación —añadió Beatrice—. Entre los esfuerzos del señor Sebastian en los ambientes criminales y nuestros conocimientos de la alta sociedad, averiguaremos quién está detrás de todo esto.

—Regresaré a Londres con vosotras —anunció Evangeline, que descruzó los brazos e hizo ademán de volver a entrar en la casa—. Tenemos que ir a la casa de campo y empezar a hacer el equipaje enseguida.

—No me parece que eso sea prudente —soltó Lucas.

Evangeline y sus amigas lo miraron.

—¿Por qué no? —se sorprendió Evangeline—. Este caso es mío. Conozco los detalles mucho mejor que nadie. Puedo ayudar en las indagaciones.

—Piense en ello desde el punto de vista de quien quiere acabar con usted —dijo Lucas pacientemente—. En la ciudad será mucho más vulnerable que aquí, en el campo.

—¿Por qué dice eso? —se extrañó Evangeline—. En la ciudad estoy en mi casa. La conozco bien.

—Puede, pero parece que el maleante también. De otro modo no habría sabido cómo hacer negocios con criminales como el tal Sharpy Hobson. Es más, le será más fácil acercarse a usted en un entorno urbano. Aquí, en el campo, la gente se fija en los desconocidos que merodean por el vecindario.

—Me gustaría recordarle que me atacaron aquí, no en Londres —replicó Evangeline.

—De noche —señaló Lucas—. Cuando había la certeza de que estaría sola en la casa de campo. Sharpy Hobson no trató de matarla de día porque corría el enorme riesgo de que alguien se fijara en él yendo o viniendo de la escena del crimen.

—¿Está sugiriendo que Evangeline siga viviendo sola en la casa de campo? —preguntó Clarissa—. Después de lo sucedido, no me parece nada acertado.

—Estoy de acuerdo —dijo Lucas—. Por lo tanto, sugiero que se traslade aquí, a Crystal Gardens.

Hubo un momento de asombro total. Y, acto seguido, las tres mujeres empezaron a hablar.

—Eso es imposible —comentó Evangeline—. Entiendo que se sienta responsable de mi seguridad porque soy inquilina suya, y se lo agradezco. Pero, como comprenderá, no puedo instalarme en esta casa.

—No nos apresuremos —intervino Clarissa—. Puede que seas una investigadora experta, pero nunca te has enfrentado a una situación como esta.

—Clarissa tiene razón —coincidió Beatrice—. Por el amor de Dios, Evie, alguien va a por ti. ¿No lo entiendes? Quienquiera que sea este maleante, es evidente que quiere hacerte daño, seguramente asesinarte. Has tenido mucha suerte de sobrevivir a un ataque, a dos si tenemos en cuenta que Mason trató de matarte. Puede que no tengas tanta suerte la próxima vez.

—Suponiendo que haya una próxima vez —se quejó Evangeline.

—La habrá —sentenció Lucas.

Evangeline debió de presentir lo convencido que estaba de ello porque soltó un suspiro resignado.

—Sí —cedió—. Supongo que es posible.

—Haga caso a sus amigas —pidió Lucas—. Sabe que tienen razón.

—No es eso —dijo Evangeline—. Es solo que...

—Lo indecorosa que sería la situación —se anticipó Lucas—. Lo entiendo. Aunque no lo crea, he tenido en cuenta su reputación. Si lo recuerda, tengo una hermana. Sé muy bien que una dama no puede instalarse en una casa ocupada por un hombre soltero y su sirviente masculino. Esta tarde envié un telegrama a mi tía Florence. Llegará mañana en el tren de mediodía. Le aseguro que será una carabina ideal.

Evangeline abrió la boca, pero no se le ocurrió qué decir. Clarisa, asombrada, soltó un grito ahogado. Beatrice sacudió la cabeza, incrédula.

—Es evidente que le ha dado muchas vueltas al problema —dijo Evangeline cuando recuperó el habla.

—Después de traerla aquí ayer por la noche, me pasé un buen rato reflexionando sobre usted y sobre su situación.

Y se pasaría todavía más preguntándose por qué ella no le contaba toda la verdad sobre lo que había acontecido aquel día en que Douglas Mason había muerto en la escalera.

10

La mañana siguiente Evangeline acompañó a Clarissa y a Beatrice a tomar el tren de las ocho y cuarto hacia Londres. Cuando estaban juntas en el andén, era consciente de que Lucas la estaba esperando a poca distancia.

—Tendrás cuidado, ¿verdad, Evie? —preguntó Clarissa por enésima vez.

—Claro que sí—respondió Evangeline—. Procura no preocuparte por mí. Estoy segura de que estaré perfectamente a salvo con el señor Sebastian. Beatrice y tú tenéis que prometerme que me mantendréis informada por telegrama de todo lo que descubráis, hasta de la pista más insignificante.

—Sí—prometió Clarissa—. Del mismo modo, haznos saber el resultado de las indagaciones del señor Sebastian.

—Lo que averigüe gracias a su empleado, Stone, y a los contactos de Stone en los bajos fondos nos puede ser muy útil en nuestras investigaciones —indicó Beatrice.

—Os mandaré recado de la información que traiga Stone a su vuelta de Londres —dijo Evangeline.

—No me gusta dejarte aquí sola, Evie. Tengo la sensación de que implica un gran riesgo —comentó Beatrice con aspecto triste.

—Tú misma lo viste: Crystal Gardens está construido como una fortaleza. —Evangeline sonrió—. Allí estaré segura. La tía del señor Sebastian llegará esta tarde. Su presencia evitará cualquier posible falta de decoro y estoy convencida de que los jardines me proporcionarán un material maravilloso para mi novela.

—El riesgo que preocupa a Beatrice es de cariz más personal, Evie —soltó Clarissa sin rodeos—. Cuando el señor Sebastian te mira, hay cierta energía en el ambiente.

—Estoy segura de que imagináis cosas —se apresuró a decir Evangeline.

—No, Bea tiene razón. —Clarissa sacudió la cabeza—. Tienes que ir con cuidado, Evie.

Evangeline miró a Beatrice y se volvió después hacia Clarissa.

—¿Por qué? —preguntó con cuidado de hablar en voz muy baja—. Hablemos sin tapujos. Ya hemos comentado antes este tema y hemos coincidido en que no es probable que ninguna de nosotras tenga demasiadas oportunidades de vivir la pasión. Creía que todas habíamos jurado aprovechar la oportunidad si esta se presentaba.

—Sí, pero esto es distinto —insistió Beatrice.

—No veo por qué —dijo Evangeline—. Si el señor Sebastian está interesado en una relación romántica, ¿por qué tendría que preocuparme siempre y cuando seamos discretos? Y no se puede pedir un sitio más discreto para una aventura amorosa que Little Dixby. Por el amor de Dios, una vez que haya vuelto a Londres jamás volveré a ver a nadie de aquí.

Clarissa y Beatrice se miraron, inseguras.

—Visto así —comentó Beatrice—, no hay discusión posible. Solo me gustaría añadir que no es tu honra lo que me preocupa.

—Me alegra oír eso —soltó Evangeline—, porque he decidido que no vale la pena preocuparse por ella.

—Eres tú lo que nos preocupa —aseguró Beatrice.

—¡Oh, por el amor de Dios! —exclamó Evangeline—. A mi edad no es nada probable que me enamore. Eso es para el romanticismo de los dieciocho años. Os aseguro que sé lo que me hago.

—Pero ¿y si cometes el error de enamorarte de él? —preguntó Clarissa—. No queremos verte sufrir, Evie.

Evangeline echó un vistazo a su alrededor para asegurarse de que ninguno de los demás pasajeros se hubiera situado donde pudieran oírla y de que Lucas seguía fuera del alcance del oído.

—Lo que pasa es que me he dado cuenta de que mi falta de experiencia puede entorpecer mi escritura —explicó.

—¿De qué estás hablando? —dijo Beatrice con las cejas arqueadas.

—He llegado a la conclusión de que si quiero escribir sobre la pasión en mis novelas, tengo que vivirla en primera persona. Pero evidentemente una no quiere acostarse con el primero que pasa simplemente para documentarse. Preferiría estudiar el tema con un caballero por el que me sienta atraída y que me encuentre atractiva.

—¿Es por eso que te estás planteando tener una aventura con el señor Sebastian? ¿Por tu escritura? —dijo Beatrice con el alivio reflejado en los ojos.

Evangeline se sonrojó, muy consciente de que Lucas la estaba observando. Sabía que no podía oírlas por encima del rugido del motor de vapor y del alboroto general del andén, pero de todos modos, estaba cohibidísima. Al fin y al cabo, normalmente este tipo de cosas no se comentaban en una estación de tren.

—Estoy intentando explicaros que no hay motivos para que os preocupéis por mi corazón —dijo.

—Si estás segura de saber lo que estás haciendo... —respondió Clarissa.

—Totalmente segura —afirmó Evangeline, mintiendo de forma descarada.

Sonó el silbato que anunciaba la partida inminente del tren.

—Vamos, Clarissa, tenemos que subir a bordo —indicó Beatrice, que se dirigió después a Evangeline—. Prométeme que irás con cuidado.

—Te lo prometo.

Observó cómo Clarissa y Beatrice subían al vagón de primera clase. Lucas se situó detrás de ella.

—Tienes unas amigas muy interesantes, Evangeline —dijo.

—Sí, soy afortunada en ese aspecto.

Pensó que era realmente afortunada porque tanto si tenía una aventura con Lucas como si no, seguramente iba a enamorarse de él. Necesitaría mucho a sus amigas cuando volviera a Londres.

—Míralo ahí, con nuestra Evie —comentó Beatrice. Agudizó sus sentidos y examinó a Evangeline y a Lucas por la ventanilla mientras el tren salía de la estación—. Es como si ella le perteneciera de algún modo. Lo veo en el calor de sus auras. Es como si ya fueran amantes.

Clarissa los observó en el andén.

—Puede notarse la energía que los rodea cuando están juntos. Por más que Evie hable de sacrificar su honra por su escritura, me temo que se está metiendo en aguas muy profundas.

—Ese hombre le romperá el corazón.

—Es muy probable. —Clarissa dio una palmadita con las manos enguantadas—. Pero no puede evitarse. Las tres hemos aceptado esta posibilidad. Una mujer de mucho temple puede sobrevivir a un desengaño amoroso.

—Evie es una mujer de mucho temple.

—Sí —coincidió Clarissa—. Pero en lo positivo, creo que, aunque esté en vías de romperle el corazón, el señor Sebastian la mantendrá a salvo.

—Suponiendo que sea capaz de protegerla.

Evangeline y Lucas desaparecieron. Clarissa se recostó en el asiento y miró a su amiga.

—Hay muchas cosas que no sabemos sobre el señor Sebastian, pero de algo estoy segura: sabe una o dos cosas sobre la violencia. Evie no podría tener mejor guardaespaldas —sentenció.

11

—Genial. —Lucas entró con paso airado en la biblioteca y colgó la chaqueta en el respaldo de una de las butacas—. Estoy intentando salvarte el pellejo y lo único que a ti parece importarte es poner en condiciones esta monstruosidad de casa.

Evangeline lo siguió y cerró firmemente la puerta.

—No toda la casa —se excusó—. Solo esta ala. Parece que la mayoría de la vieja abadía lleva años cerrada. Y para dejar las cosas claras, le agradezco que intente protegerme. Lo que pasa es que no veo por qué tenemos que vivir como si estuviéramos en una caravana del Oeste americano.

Se oyó una serie de golpecitos tenues, apagados. Lucas alzó la vista al techo. Molly, la muchacha que ayudaba en las tareas del hogar a Evangeline, y un surtido de parientes de Molly estaban dedicando sus esfuerzos al suelo del piso de arriba. Además de la furiosa actividad en la planta superior, era como si en la cocina tuviera lugar una batalla de caballeros armados. El ruido del metal contra el metal de los cacharros de hierro y los cubiertos de acero resonaba por todo el largo pasillo.

—Creía haberte explicado que mi tío y su ama de llaves

eran los únicos que vivían aquí —comentó Lucas—. No necesitaban tener abiertas más de una cuantas habitaciones.

—Según Molly, su tío rara vez contrataba a nadie del pueblo. La señora Buckley era la única criada de la casa. No es extraño que cerrara la mayoría de las habitaciones.

—El tío Chester no recibía en casa y no alentaba las visitas —gruñó Lucas—. Estaba dedicado a sus investigaciones y no le gustaban las interrupciones. Yo tampoco estoy de humor para que las haya. Necesito estar concentrado en los problemas que nos ocupan.

—Lo entiendo —aseguró Evangeline—. Pero no se preocupe, el grueso de la limpieza a fondo no llevará más de un par de días.

—¿Un par de días? ¡Caray, mujer! Quiero que todo el mundo se haya ido de esta casa al final del día, ¿está claro?

—Perfectamente claro —contestó Evangeline. De repente había usado un tono bastante gélido.

«Le estoy gruñendo», pensó Lucas.

Enojado con su propio mal genio, se dirigió al escritorio y subió la intensidad de la luz de la lámpara. Aunque el sol brillaba fuera y las cortinas estaban descorridas, la biblioteca estaba sumida en una gran penumbra. Las ventanas daban a los jardines. Una mata de enredaderas retorcidas y entrelazadas cubría prácticamente por completo los cristales. La frondosa vegetación tapaba eficazmente la mayoría de la luz. Lo mismo ocurría con todas las ventanas de aquel lado de la casa.

Lucas se sentó en una esquina de la vieja mesa con un pie apoyado en el suelo y miró a Evangeline. Una intensa sensación de acecho le recorrió el cuerpo. Se estaba habituando a eso porque le ocurría cada vez que estaba con Evangeline. Pero haberse acostumbrado a las punzadas urgentes del deseo no le estaba facilitando nada reprimirlas o ignorarlas. Lo que le indujo a pensar que tal vez por eso estaba tan irritable con ella.

No era culpa de Evangeline que tenerla tan cerca le agudizara los sentidos y lo crispara. Se había convencido a sí mismo de que sentiría que lo tenía todo más controlado y estaría más concentrado en cuanto supiera que estaba a salvo entre las paredes de Crystal Gardens. Era evidente que se había equivocado. Aunque tampoco había tenido otra opción. No habría podido pegar ojo si la hubiera dejado sola por la noche en la casa de campo mientras aquel cabrón desconocido de Londres tramaba asesinarla.

Aquella tarde, Evangeline tenía un aspecto muy diferente al de la mañana. Se había quitado el bonito vestido azul de paseo, los guantes, el sombrerito y los botines a juego que había llevado para despedir a sus amigas en la estación. Ahora, acorde con la mugrienta tarea que estaba supervisando, lucía un sencillísimo vestido de casa y un delantal. Ambas prendas estaba pasadas de moda y le iban demasiado grandes, especialmente en el busto. Se preguntó cuál de las parientes más pechugonas de Molly se las habría prestado. Evangeline llevaba el cabello cobrizo recogido bajo una cofia blanca. El delantal estaba manchado de lo que parecía ser agua sucia de un cubo de fregar, y tenía hollín en las mejillas. En una mano tenía un plumero.

Le pareció que estaba cautivadora.

—Por lo que veo, su tío ni siquiera se molestaba en usar el comedor —indicó Evangeline—. Parece que comía en la cocina, si se lo puede creer.

—Es precisamente lo que Stone y yo estamos haciendo desde que llegamos —dijo Lucas—. Y nos ha ido muy bien. Stone cocina y le resulta mucho más eficiente comer en la cocina.

—Eso está muy bien para Stone, pero no esperará que su tía coma en la cocina y, desde luego, no puede decirle que tiene que dormir en una habitación que lleva años cerrada. —Señaló el techo con un dedo—. Allá arriba hay un dedo de polvo en todas partes. Gracias a Dios, los muebles y las alfombras de todas las habitaciones estaban tapados y, por lo visto, el ama de llaves de su tío había cuidado la ropa de cama. Aun así, hay mucho trabajo que hacer antes de que su tía llegue hoy. Por fortuna, las familiares de Molly han podido venir a echarnos una mano.

—¿Sabes, Evangeline? Creía que había tenido en cuenta hasta el mínimo detalle cuando urdí el plan de trasladarte aquí, pero jamás se me ocurrió que insistirías en fregar la casa de arriba abajo —soltó Lucas tras cruzar los brazos.

—Solo unas cuantas habitaciones, no toda la casa. —Evangeline avanzó hacia la mitad de la habitación y se detuvo—. Da la impresión de estar enojado. Nadie le está pidiendo que friegue nada.

—¿Y por qué tendría que estar enojado? ¿Tal vez porque me han obligado a refugiarme en esta habitación mientras unas desconocidas me ponen la casa patas arriba? ¿Acaso porque cuando te traje hoy aquí pensaba en tu seguridad y no en una limpieza general? ¿O crees que simplemente tenga que ver con que no me gusta enfrentarme con alguien que empuña una escoba cada vez que doblo una esquina? Estoy intentando resolver un asesinato e impedir otro, el tuyo, para ser precisos. Maldita sea, no tengo tiempo de esquivar a personas armadas con cubos y bayetas.

—Ah, es eso —dijo Evangeline con calma—. Me lo imaginaba.

—¿Qué te imaginabas?

—Estoy segura de que hace mucho aprendió a dar por sentado el buen funcionamiento de una casa. Pero, como un piano, una casa tiene que estar bien afinada para que funcione bien y de forma eficiente.

—Esta casa concreta no tiene que funcionar. Con algo de suerte, no estaremos en ella más de unas cuantas semanas como mucho.

—Es demasiado tiempo para dormir en jergones, tomar comidas frías y prescindir de las chimeneas por la noche. Por mí, puede hacer todo eso sin ningún problema si es lo que le apetece, pero mientras yo esté viviendo aquí debo insistir en disfrutar de las comodidades de la civilización. Lo que incluye, como mínimo, una cocina limpia, una despensa bien provista, un baño adecuado y sábanas limpias en las camas. Estoy segura de que su tía coincidirá conmigo.

—Sin ánimo de ofender, Evangeline, pero dada la delicada situación por la que estás pasando en este momento, me sorprende que estés tan obsesionada por mantener unos niveles de exigencia tan altos.

—¿Dónde estaríamos sin unos niveles de exigencia altos, señor Sebastian? —dijo Evangeline tras sonreírle con frialdad.

—Excelente pregunta. Da igual, es evidente que he perdido esta batalla. Lo hecho, hecho está. Procura que ninguna de las parientes de Molly vaya más allá de la terraza, ¿está claro?

—Sí, claro, aunque, en realidad, no creo que vaya a haber ningún problema en este sentido. A los Gillingham, como a la demás buena gente de Little Dixby, les aterran sus jardines.

—Y con razón —dijo Lucas—. Y hablando de los Gillingham, quiero que hasta el último miembro de esa familia se haya ido al anochecer. Como ya te he explicado, los jardines son muy peligrosos después del ocaso.

—Entendido. Confíe en mí, nadie salvo Molly parece tener ganas de quedarse en los jardines por la noche. A Molly le costó mucho trabajo convencer a sus familiares de que vinieran a limpiar durante el día. Tuve que prometerle que les pagaría el doble de lo habitual.

—¿En serio hiciste eso? —Arqueó una ceja—. Estás gastando bastante alegremente mi dinero, ¿no crees?

—Tonterías, sabe perfectamente bien que como dueño de Crystal Gardens se espera que contribuya a la economía local. Contratar a gente es una forma de hacerlo.

—No voy a discutir ese punto.

—¿Por qué es tan contrario a que haya algún sirviente en la casa por la noche? —preguntó Evangeline con el ceño fruncido—. Estoy segura de que podría convencer a Molly de que se quedara. Es mucho más aventurera que sus parientes.

—Tengo intención de llevar a cabo mis investigaciones sobre los jardines después de anochecer, cuando la energía alcanza su punto álgido. Solo faltaría que la joven Molly o alguno de sus parientes me viera saliendo al jardín a medianoche. Ya circulan demasiados rumores sobre actividades ocultas en esta casa.

—Caramba, entiendo qué quiere decir. —Evangeline le dirigió una sonrisa comprensiva—. Pero me temo que ya es demasiado tarde para convencer a los lugareños de que no es excéntrico como su tío.

—Me lo temía —dijo Lucas con una mueca.

—¿Es por eso que estaba fuera anteanoche, cuando llegué a los jardines a las dos de la madrugada? ¿Estaba llevando a cabo sus investigaciones?

—Sí.

—Entiendo. Bueno, eso lo explica entonces.

—¿Qué explica? —preguntó Lucas con el ceño fruncido.

—Clarissa y Beatrice me preguntaron por qué estaba tan oportunamente cerca cuando yo necesitaba ayuda. Me vi obligada a decirles que en aquel momento estaba tan nerviosa que se me pasó preguntarle por qué usted y Stone habían aparecido de una forma más o menos mágica completamente vestidos en los jardines a una hora tan tardía.

—No hay ningún misterio. Como te dije, ya estábamos fuera y te oímos entrar en los jardines.

—Y hablando de Stone, ¿le ha informado ya de algo?

—Envió un telegrama diciendo que llegará en el mismo tren que la tía Florence. Indicaba que había conseguido cierta información.

—Suena prometedor. —El entusiasmo se reflejó un instante en el semblante expresivo de Evangeline.

—Ya veremos.

Evangeline dirigió los ojos a la ventana cubierta de enredaderas y, después, de nuevo a él.

—Sepa que le estoy agradecida por ofrecerme protección, pero no puedo evitar pensar que tendría que estar en Londres con mis amigas.

—No —la contradijo Lucas.

—No me gusta que tengan que realizar indagaciones sobre este asunto sin mí. Al fin y al cabo, yo estoy en la raíz de este problema. Tendría que estar trabajando en él por mí misma. Me siento totalmente inútil perdiendo el tiempo aquí, en Little Dixby, mientras los demás están investigando.

—No se puede decir que estés perdiendo el tiempo. Te has pasado toda la mañana trabajando como un ama de llaves frenética.

—Supongo que estoy intentando mantenerme ocupada —admitió tras soltar un breve suspiro lleno de tristeza—. La actividad me permite dejar de pensar en lo que está pasando en Londres.

—Si te hace sentir más útil, te aseguro que es mucho más probable que obtengamos resultados si tú estás aquí, en el campo —dijo Lucas, que se separó del escritorio para acercarse a ella.

—¿Por qué lo dice? —Le cambió la expresión—. Oh, ya lo entiendo. Cree que la persona que contrató a Hobson volverá a intentarlo y que será más fácil atrapar al maleante si lo hace aquí, en el campo. Sí, comprendo su razonamiento. Pero ¿y si se equivoca? ¿Y si simplemente el asesino decide esperar a que me vaya? Tarde o temprano tendré que volver a Londres. No puedo quedarme aquí para siempre. Y seguro que él lo sabe.

Lucas se plantó delante de ella.

—Estoy convencido de que estamos tratando con un individuo desesperado, Evangeline. A la gente desesperada no se le da bien esperar.

«Mírame a mí, por ejemplo —pensó él—. ¿Cuánto tiempo más podré esperar para tenerte?»

Estaba cada vez más desesperado por tenerla. Se había despertado algo en su interior que lo llenaba de avidez. Era una necesidad que no podría saciar hasta que hubiera hecho suya a Evangeline.

Necesitarla con tanta intensidad tendría que haberlo alarmado más. En la mayoría de las circunstancias se le daba muy bien esperar. Hacía mucho tiempo que dominaba el arte del autocontrol. Se había visto obligado a ello, no por ninguna coacción externa sino por la necesidad de controlar sus poderes.

Había comprendido a muy temprana edad que si no dominaba la parte psíquica de su ser, esta se apoderaría de él del mismo modo que había hecho con el puñado de miembros de su árbol genealógico que habían sido maldecidos con este tipo de facultades. Se había jurado a sí mismo que él sería el que rompería el ciclo, hasta se había atrevido a convencerse de que había logrado su objetivo.

Y ahora Evangeline le estaba llevando a cuestionarse su seguridad en sí mismo. La energía que ella emitía era una potente droga para sus sentidos. Cuando estaba cerca de ella se sentía audaz, lo que sabía que era peligroso, pero no era capaz de mantenerse a distancia.

En aquel momento ella lo miró con un enorme interés en los ojos y le dijo:

—Parece saber muy bien cómo piensan los maleantes. Ya sé que dijo que había estudiado la conducta criminal, pero ¿cómo lo hizo exactamente?

—Es una historia larga, aburrida y bastante complicada.

—Dicho de otro modo, no va a contármelo.

—Puede que algún día. —Lucas sonrió.

—Muy bien, tiene derecho a tener secretos —comentó Evangeline con los hombros muy erguidos—. ¿Puede hablarme por lo menos de su trabajo como asesor para Scotland Yard?

«Estoy perdido», pensó Lucas.

Pero le importó un comino. Se entregó a su destino como quería entregarse, más en concreto, a Evangeline. Se moría de ganas de estrecharla entre sus brazos y recostarla en los cojines del viejo sofá. Quería sentir la suave curva de los pechos de Evangeline contra su tórax desnudo y sujetarle los muslos con las manos. Quería sumergir sus sentidos en su embriagadora energía y perderse en ella.

«Eres idiota, y tarde o temprano lo pagarás», pensó.

—Te mencioné a un conocido de Scotland Yard —dijo, eligiendo con mucho cuidado las palabras.

—Sí, un inspector.

—Donovan tiene también ciertas facultades. Sabe que la energía psíquica es real y que a menudo deja rastros en la escena de un crimen. Suele ser difícil atrapar a los criminales que poseen grandes poderes.

—Sí, ya me imagino —comentó Evangeline.

—Cuando Donovan llega a la conclusión de que puede estar persiguiendo a alguien que posee habilidades paranormales, a veces me pide que le dé mi opinión.

—Comprendo. —Frunció un poco el ceño mientras reflexionaba sobre esta información—. ¿Qué puede saber sobre el criminal a partir de la energía que queda en la escena del crimen?

Como ya había llegado hasta allí, podía, ya puesto, contarle un poco más, no todo, pero algo. Dadas las fuertes facultades que ella tenía, podría por lo menos entender la compulsión que sentía de utilizar sus otros sentidos.

—La mayoría de las veces me piden que investigue un asesinato, Evangeline.—La observó detenidamente, preparándose para ver la primera señal de impresión o de repugnancia—. Suele ser el crimen que deja las emociones más intensas.

—¿Percibe las emociones del asesino?

—Sí. A menudo me indican algo sobre su personalidad y me proporcionan pistas sobre el móvil. Esta es la clase de cosas que Donovan puede utilizar para llevar a cabo su investigación.

La energía brillante de los ojos de Evangeline cambió, pero no como él había previsto. Había impresión, pero no repugnancia ni horror. Lo que vio y captó en ellos fue comprensión, un auténtico reconocimiento de lo que le pasaba en la escena de un crimen.

—Puede vislumbrar lo que piensa el asesino —dijo Evangeline en voz baja.

—Sí, en cierto sentido.

—Comprendo.—Se estremeció—. No me había dado cuenta de ello.

«Acaba de contarlo todo», se dijo Lucas a sí mismo.

—El asesinato es siempre un acto inquietantemente íntimo en el que afloran las emociones más oscuras —comentó con serenidad.

—Sus investigaciones tienen que ser una experiencia horrorosa para usted.

—Me gustaría decirte que es así porque eso me haría parecer decente ante ti —dijo Lucas—. Pero la verdad es que dar caza a un asesino me resulta un reto apasionante. Me resulta satisfactorio, incluso gratificante, de un modo que ningún caballero decente debería admitir.

—Entiendo lo que me está diciendo —susurró.

—¿De veras?

—Sí, por supuesto —aseguró Evangeline—. Que dar caza a un asesino le resulte muy satisfactorio no significa que no sea un hombre decente, honorable. Simplemente significa que está haciendo aquello para lo que nació: encontrar justicia para las víctimas.

—Realmente naciste para escribir ficción romántica, ¿verdad? —dijo Lucas, sonriendo sin ganas.

—No se burle de mí —se quejó Evangeline, con los ojos llenos de rabia—. Usted da caza a asesinos. Lo que hace es algo muy noble.

—Eres muy ingenua, Evangeline —soltó Lucas, sacudiendo la cabeza.

—A mí no me lo parece.

—Lo de dar caza a asesinos no es sano. —Dirigió la vista a los oscuros jardines—. Y quienes asesinan usando medios paranormales son los peores de su clase.

—No lo dudo.

—Es imposible describir lo íntima que es la experiencia. —Ahora que había empezado, no logró reunir la fuerza de voluntad necesaria para detenerse. Quería que Evangeline supiera cómo era aquello para él. Necesitaba que lo supiera—. En el caso de un asesinato por medios paranormales, el aura del asesino tiene que estar en armonía con la de la víctima hasta el último latido de su corazón. Es así como se hace, ¿sabes? El asesino tiene que encontrar las corrientes vulnerables del campo de energía de su víctima e interrumpirlas hasta que el corazón se le detiene. —Miró a Evangeline—. El asesino experimenta la muerte de su víctima de la forma más íntima posible. Lo que hace que sea mil veces más espantoso es que esta clase de asesinos suele disfrutar al cometer el crimen. Para algunos de ellos es una droga, la máxima sensación de poder.

—Sí —dijo Evangeline, hundiendo los dedos en el delantal.

Lucas se volvió hacia la ventana cubierta de enredaderas antes de proseguir su relato:

—Es necesaria mucha energía para parar el corazón de otra persona. Por eso siempre hay rastros de residuos psíquicos en la escena del crimen.

—Y es eso lo que usted percibe —dijo Evangeline en voz baja—. Debe ser como si estuviera dentro de su cabeza en el momento en que ella inflige la muerte. ¡Tiene que ser terrible para usted!

«... En que ella inflige la muerte.» A Lucas le pareció una forma extraña de decirlo. La mayoría de gente habría usado el género masculino al hablar genéricamente de estas cuestiones.

—Afortunadamente no me llaman a menudo a este tipo de escenas del crimen —aclaró—. El asesinato por medios paranormales no es habitual por la sencilla razón de que hay muy pocos asesinos dotados de las facultades suficientes para cometer semejante acto.

—Espero que esté en lo cierto, pero me temo que puede haber otra razón por la que no lo llamen a menudo a este tipo de escenas del crimen. —Evangeline parecía muy pensativa—. Sospecho que en muchos casos los crímenes pasan desapercibidos. Una muerte por medios paranormales sería como el veneno perfecto: imposible de detectar.

—Es una observación excelente, Evangeline. Tienes razón. —dijo Lucas tras volverse hacia ella.

Evangeline lo miró a los ojos.

—Lo llaman para que desempeñe un trabajo duro pero honorable, y sí, decente —aseguró.

—Basta. —Dio dos pasos hacia ella y le sujetó los hombros con las manos—. No me conviertas en un héroe, Evangeline.

Lo dejó pasmado con una sonrisa de complicidad.

—Demasiado tarde. Ya he cambiado de papel a John Reynolds.

—¿Quién diablos es John Reynolds?

—Tenía que ser el malo de mi historia, pero afortunadamente me di cuenta justo a tiempo de que, en realidad, es el protagonista. Lo estoy tomando a usted como modelo.

—Maldita sea, Evangeline... —Ella lo hizo callar poniéndole la punta de los dedos en los labios.

—Para volver al asunto en cuestión... —soltó.

—Tú eres el asunto en cuestión.

—Me refería a sus deducciones sobre el estado mental y emocional de la persona que contrató a Sharpy Hobson para que me asesinara —aclaró Evangeline—. Ayer por la noche no estaba aquí. ¿Cómo ha llegado a la conclusión de que está desesperado?

Lucas se armó de paciencia.

—No siempre se precisan facultades psíquicas para analizar cómo piensa un criminal —explicó sin alterarse—. El sentido común y la lógica van igual de bien, puede que incluso mejor. Te aseguro que nadie encarga un asesinato y envía al asesino a sueldo hasta Little Dixby a no ser que esté sumamente resuelto. El intento fallido sumado a la desaparición de Hobson pondrá sin duda más frenético a quien está detrás de todo esto. Sinceramente espero que al haber perdido a su asesino a sueldo, la persona que quiere matarte venga a por ti en persona. Entonces lo atraparemos.

—Comprendo. Sí, me parece lógico. —Evangeline arqueó las cejas—. Aunque no es una idea lo que se dice optimista. De todos modos, no puedo evitar desear poder participar más activamente en la investigación.

—Pareces una niña a la que sus amigas le han dicho que irán a la feria sin ella. Ya sé que preferirías estar investigando, pero si insisto en que te quedes aquí, en el campo, es por tu propio bien.

—«Por tu propio bien» son las cuatro palabras más irritantes que existen.

—Sí, me lo han dicho varias veces —comentó Lucas con aire divertido.

—¿Quién?

—Beth y Tony, mis hermanos. Y resulta que estoy de acuerdo. Pero no creo que se te esté negando un papel útil en este asunto.

—¿Asegurarme de que los muebles no tienen polvo y de que los suelos están limpios en Crystal Gardens es un papel útil?

—Creo haberlo dejado claro —replicó Lucas—. No me gusta, pero eres el anzuelo que utilizaremos para hacer salir al asesino de su escondrijo.

—Por supuesto —soltó Evangeline, animada de inmediato—. No lo había visto de esa forma. Así que soy el anzuelo, ¿no? Eso suena por lo menos algo útil.

Lucas sacudió la cabeza.

—Una afirmación muy extraña para una dama que las dos últimas semanas se ha enfrentado a dos asesinos, uno de los cuales la atacó en su propia cama —comentó.

—Como no dejo de recordar a todo el mundo, no estaba en la cama cuando aquel maleante llegó a la habitación —dijo Evangeline con el ceño fruncido.

—Sí, ya lo sé. —Le alzó el mentón con el canto de la mano—. Ya habías salido por la ventana y corrías hacia la seguridad de un jardín muy peligroso. Eres una mujer increíble, Evangeline Ames. Creo que ya te había comentado algo parecido antes.

—Usted también me parece increíble —aseguró Evangeline, ruborizada, con una sonrisa trémula en los labios—. De hecho, es el modelo ideal para John...

Lucas le tapó la boca con la mano.

—Te ruego que no vuelvas a mencionar el nombre de tu personaje —pidió.

—Muy bien.

La palma de la mano de Lucas apagó sus palabras. Cuando la apartó cuidadosamente de sus labios, ella lo observó con sus ojos fascinantes, y pareció contener una sonrisa. Pero no dijo nada más.

La energía del ambiente empezó a vibrar entre los dos y encendió la pasión de Lucas, que pensó que seguramente sería un error besarla.

La besó.

Iba, simplemente, a rozarle la boca con sus labios. Se dijo a sí mismo que solo sería un instante para hacerse una idea. Pero el ramalazo de euforia apasionada que le recorrió el cuerpo cuando sus bocas entraron en contacto le aturdió los sentidos.

Sintió que Evangeline se quedaba muy quieta y se dio cuenta de que a pesar de lo dueña de sí misma que se mostraba, el beso la había conmocionado. Pues muy bien. A él también.

Un ruidito suave y ronco se escapó de los labios de Evangeline, que soltó el plumero, le rodeó el cuello con los brazos y se apretujó contra él. Cuando abrió un poco la boca, Lucas la estrechó contra su cuerpo y se abandonó al beso.

El ambiente zumbó cargado de una energía que le despertó todos los sentidos de formas que le eran totalmente desconocidas. El placer, la necesidad y las ansias lo invadieron. El beso no era simplemente seductor y excitante, sino increíble y terriblemente íntimo. Era un hombre de mundo. Había estado con otras mujeres, pero jamás había sentido aquella clase de pasión física y psíquica. Le deslumbraba los sentidos.

Sujetó la cintura de Evangeline con las manos. Gracias a Dios no llevaba corsé bajo el sencillo vestido. A través de la gruesa tela notó la forma esbelta y sensual de su cintura y la curva de sus caderas. Entonces ella le tocó la nuca con los dedos. Su fragancia le nubló la mente.

El golpe de un cubo al tocar el suelo al otro lado de la puerta y el ruido de voces en el pasillo hizo añicos el hechizo. Alzó la cabeza y miró los ojos ligeramente aturdidos de Evangeline. No le pareció que estuviera indignada ni asustada. Asombrada, quizá. No era la única.

—Evangeline —dijo. Le acarició con mucho cariño la mejilla sonrojada con los nudillos. Se calló porque no tenía idea de qué más decir.

—Perdón, tengo que ir a ver cómo van las cosas en la cocina. —Evangeline estaba sin aliento, como si acabara de subir corriendo un tramo de escalera—. La señora Hampton y el señor Stone no tardarán en llegar.

—¿Te he ofendido?

—No sea... no seas ridículo, Lucas. No puede decirse que sea la primera vez que me besan.

—Comprendo. —Le metió un mechón de pelo cobrizo bajo la cofia—. Espero que este beso haya quedado en buen lugar.

—Sí, desde luego. Ha sido apasionante. La verdad es que no sé si sabría encontrar palabras para describirlo.

Un escalofrío recorrió el cuerpo de Lucas.

—Si lo que acaba de pasar entre nosotros aparece descrito en tu novela, no me hará nada de gracia, Evangeline —advirtió con la mandíbula tensa.

Vio que parpadeaba al oírlo y, entonces, para su disgusto, le dirigió una sonrisa burlona.

—Como no lees novelas, nunca sabrás cómo he descrito el beso entre mis dos protagonistas, ¿no?

—Maldita sea, Evangeline...

—Tendrás que disculparme. Hay mucho trabajo por hacer y quiero asegurarme de que Molly y sus familiares se marchen antes del anochecer.

Se agachó, recogió el plumero, abrió la puerta de par en par antes de que Lucas pudiera hacerlo por ella y salió disparada al pasillo con el vestido ondeando tras de sí.

Lucas se quedó en el umbral mirando cómo desaparecía en la esquina. Después, cerró la puerta.

Cruzó la habitación para acercarse a la ventana y se quedó contemplando los jardines a través de una estrecha rendija que habían creado las frondosas enredaderas. Pensó que era como asomarse a través de los barrotes de la celda de un monje.

No era ningún monje, pero supo entonces que, gracias a sus facultades, había pasado la mayor parte de su vida en la versión psíquica de una celda.

Estaba muy seguro de haber encontrado a la mujer que tenía la llave.

12

Evangeline estaba con Molly, haciendo la cama de la habitación destinada a la tía de Lucas, cuando oyó el ruido de las ruedas de un carruaje. Las ventanas del lado de la casa donde Molly y ella estaban trabajando daban al camino de entrada. Echó un vistazo y vio que era el coche de alquiler del pueblo. Mayhew, el dueño del vehículo, iba en el pescante. Stone estaba sentado a su lado, con la cabeza rasurada cubierta con una gorra.

—Creo que la señora Hampton ha llegado —dijo Evangeline.

—Muy oportunamente, desde mi punto de vista. —Molly se reunió con ella en la ventana—. Ya hemos acabado de arreglar su habitación.

Observaron cómo Stone saltaba con facilidad del pescante para abrir la portezuela del carruaje. Cuando se quitó la gorra de forma respetuosa, la luz del sol le brilló en la cabeza calva.

—¡Caramba! —susurró Molly—. ¿Es ese el empleado del señor Sebastian?

—Sí —respondió Evangeline—. Se llama Stone.

—¡Caramba! —repitió Molly—. Me habían dicho que era

un hombre corpulento. Y ya lo creo que lo es. Apostaría a que es fuerte como un toro. Pero muchísimo más guapo.

La aprobación femenina que reflejaba su voz hizo sonreír a Evangeline. Echó un vistazo a su lado y vio que Molly contemplaba a Stone embelesada.

—¿Es la primera vez que lo ves? —preguntó.

—Sí, pero había oído hablar de él en el pueblo.

—Por si te sirve de algo, no creo que el señor Stone sepa mucho sobre el campo. Se crio en Londres.

—Por mí, no hay problema —dijo Molly—. No tengo ningún interés en casarme con un campesino. Conozco esa vida y preferiría evitarla.

—¡Por Dios, mira lo que estás diciendo! —Evangeline rio—. Todavía no has conocido al señor Stone y ya estás hablando de matrimonio.

—Las chicas tenemos que pensar en estas cosas cuando todavía somos lo bastante jóvenes para elegir, señorita. Si esperas demasiado, de repente estás completamente sola.

—Sí, ya lo sé.

—Perdóneme, señorita —se disculpó Molly, horrorizada por el comentario—. No quise decir que fuera demasiado mayor para casarse, es decir, usted no es ninguna solterona, señorita Ames.

—Tranquila, Molly. Las dos sabemos que eso es exactamente lo que soy. En Londres, las mujeres que siguen estando solteras al llegar a mi edad casi nunca se casan, a no ser que tengan algo de dinero.

—Es lo mismo aquí, en el campo. Como la granja será para mis hermanos, tengo que hacer mis propios planes, lo que no incluye acabar siendo la mujer de un campesino. Voy a abrir un salón de té aquí, en Little Dixby. Será un local muy elegante con pastas y emparedados que serán mucho mejores que la comida de mala calidad que sirve la señora Collins en su salón de té. Habrá limonada y helados en verano. Con la cantidad de forasteros que vienen actualmente a ver y dibujar las ruinas, sé que saldría adelante.

Evangeline sopesó su respuesta. Lo último que quería era pisotear los sueños de Molly. Abrir un salón de té costaría dinero y era evidente que los Gillingham no tenían demasiado. Pero Molly tenía brío, energía e inteligencia. Con suerte, estas cualidades serían suficientes para que alcanzara sus metas.

—Parece un buen plan —dijo.

—Gracias, señorita. —Molly volvió a mirar el camino de entrada—. Mire, esa debe de ser la señora Hampton. Impresionante, ¿verdad?

Evangeline observó a la mujer a la que Stone estaba ayudando a bajar del carruaje. Florence Hampton era alta para ser mujer. Se comportaba con la autoridad y el porte de un capitán de barco. Iba tocada con un sombrerito de terciopelo gris adornado con plumas blancas que reposaba sobre un moño de cabello plateado. Llevaba un elegante vestido de viaje gris oscuro y unas botas de paseo de piel gris. Con una mano enguantada sujetaba un bastón con la empuñadura de plata.

—Tengo que bajar a saludarla —anunció, y se volvió para alejarse de la ventana.

—Espere, señorita, alguien más está bajando del carruaje —informó Molly.

Evangeline se detuvo en la puerta.

—Seguramente la señora Hampton trajo a su doncella personal —dijo—. No me sorprende. Esta es una de las razones por las que me pareció mejor abrir toda esta planta.

—No es una doncella, señorita. Es otra dama elegante. Mire ese vestido rosa y verde. Es el vestido más bonito que he visto en mi vida.

—¿Qué diablos...?

Evangeline regresó corriendo a la ventana. Miró abajo y

vio a una atractiva joven rubia de unos diecinueve o veinte años bajando del carruaje.

—Tienes razón —coincidió—. No es ninguna doncella.

—Mire, ahora baja la doncella de la señora.

La última persona que salió del vehículo era indudablemente del servicio. Era de mediana edad y evidentemente experta. Enseguida se puso al mando y empezó a dar instrucciones a Stone y al conductor, que se dispuso a descargar el equipaje.

—Son tres personas más a las que tenemos que dar de comer —comentó Molly—. Será mejor que vaya a encargar más salmón. También necesitaremos dos docenas más de huevos.

—Algo me dice que el señor Sebastian se va a llevar una sorpresa —dijo Evangeline—. Estoy bastante segura de que no esperaba a nadie más que a su tía. Será mejor que lo avise.

Bajó a toda velocidad la escalera trasera porque era la que estaba más cerca de la biblioteca. Pero llegó demasiado tarde para advertir a Lucas del cambio de planes. Llegó a la puerta de la biblioteca justo a tiempo para verle recibir a las visitas.

—¿Qué rayos está pasando aquí? —preguntó con una voz algo fría—. Te mandé llamar a ti, tía Florence. No esperaba que vinieras con Beth y tu servicio.

—Yo también estoy encantada de volver a verte, Lucas —dijo Florence—. Déjame que te aclare algo: no traje a todo mi servicio, solo a Rose. No esperarías que viajara sin ella.

Florence tenía los rasgos duros y la expresión severa de un halcón, y la voz en consonancia. A Evangeline le pareció una mujer formidable.

—¿Qué haces aquí, Beth? —preguntó Lucas—. Tendrías que estar en Londres eligiendo marido.

—Ya he tomado una decisión —respondió Beth con frialdad—. Quiero casarme con el señor Charles Rushton. Cuando se lo dije a mamá, aseguró que no era el hombre apropiado. Así que he decidido que no me casaré con nadie.

Elizabeth Sebastian era una joven atractiva que guardaba un enorme parecido con su hermano mayor. Evangeline pensó que sería interesante ver cómo Lucas la trataba.

—¿Rushton? —se sorprendió Lucas—. ¿El arqueólogo? ¿El que estudia lenguas muertas y no tiene dinero?

—El señor Rushton es un caballero brillante —afirmó Beth—. Además, procede de una familia de lo más respetable. La vez que charlaste con él, después comentaste que parecía muy inteligente y culto.

—¿Y eso qué? Conoces a tu madre tan bien como yo. La inteligencia y la respetabilidad no bastan. Tiene razón en preocuparse por los recursos financieros de Rushton. Prácticamente no tiene.

—Charles no necesita dinero —declaró Beth.

—¡Qué cómodo para él! —dijo Lucas con demasiada educación.

—Yo tendré el suficiente para mantenernos a los dos. Mamá dice que cuando me case, tengo derecho a una parte generosa del dinero de la familia.

—No digas tonterías, Beth —gruñó Florence—. No puedes casarte con un hombre pobre como Rushton. Eres una heredera. Tu madre tiene todo el derecho de recelar de los cazafortunas.

Un rubor airado coloreó las mejillas de Beth.

—Charles no es ningún cazafortunas —protestó.

—No puedes estar segura de eso —la contradijo Florence. Entonces vio a Evangeline en la puerta y su expresión se tensó ostensiblemente para mostrar su desaprobación—. Ya tendremos esta conversación en otro momento, no delante del servicio.

Evangeline decidió que ese era el momento de intervenir. Volvió la cabeza para dirigirse a Molly, que estaba justo detrás de ella.

—Té, Molly. Prepara una tetera grande.

—Sí, señorita. —Molly se marchó apresuradamente hacia la cocina.

—Buenas tardes, señoras —dijo Evangeline, que entró en la habitación.

Florence y Beth la miraron.

—Supongo que es el ama de llaves —soltó Florence—. Parece bastante joven para el cargo, pero me imagino que mi sobrino no tenía demasiado donde escoger aquí, en el campo. Pero no importa. Mi doncella, Rose, le informará de mis necesidades. Le advierto que soy muy especial en cuanto al desayuno. Quiero que me lo sirvan en mi habitación a las ocho en punto exactamente. ¿Confío en que tendrá café? Nunca tomo té por la mañana.

13

—Le pido disculpas de nuevo por el malentendido, señorita Ames —dijo Beth.

—No es necesario —Evangeline rio—. Llevaba puesto un vestido viejo, un delantal sucio y una cofia, y empuñaba un plumero. La conclusión a la que llegó su tía era perfectamente lógica.

Estaban sentadas juntas en la pequeña terraza que daba al cenador cubierto de enredaderas y al estanque de aguas oscuras. Florence y su doncella, Rose, se habían ido al piso de arriba. Lucas se había retirado a la biblioteca.

—Debo decir que está siendo muy amable al respecto —insistió Beth—. Me temo que a Lucas no le pareció divertida la situación. Estaba furioso porque la habíamos insultado.

—Le aseguro que no me sentí insultada.

—Me alivia oírlo, pero sospecho que Lucas estará cierto tiempo echando chispas por este incidente.

Sorprendentemente para Evangeline, Lucas se había molestado mucho por la pequeña confusión de su tía.

—Su hermano tiene varios asuntos apremiantes entre manos. En este momento está algo irascible —explicó.

—Lo que no es nada propio de él —comentó Beth.

Evangeline parpadeó y observó otra vez a Beth.

—No bromea, ¿verdad? —preguntó.

—¡No, cielos! Le aseguro que mi hermano es el hombre más apacible del mundo. A veces puede ser muy frío y reservado. También tiene tendencia a ser terco e inflexible. Pero rara vez monta en cólera. No recuerdo la última vez que lo vi tan irritado como parece estar hoy.

—Me temo que usted y su tía le han trastocado los planes. No esperaba a tres personas esta tarde.

—Insistí en acompañar a la tía Florence y no se la puede culpar por traerse a Rose —comentó Beth—. No sabíamos muy bien qué esperar en cuanto al servicio en esta casa. No teníamos idea de lo que estaba pasando. El telegrama de Lucas era de lo más críptico, algo completamente típico en él. Decía algo sobre una carabina para una dama que se alojaría en Crystal Garden. Era muy misterioso y muy interesante ya que la familia desconocía que Lucas tuviera ninguna relación romántica actualmente.

La alarma y algo que podría haber sido pánico invadieron a Evangeline. Era divertido que la confundieran con el ama de llaves. Pero era algo totalmente distinto que la tomaran por una posible prometida.

—¡Dios mío! ¿Es eso lo que usted y su tía dedujeron? —soltó con voz entrecortada—. ¿Que Lucas mandó llamar a la señora Hampton porque estaba relacionado románticamente conmigo y quería proteger mi reputación?

—Era la conclusión lógica —respondió Beth con el ceño fruncido—. Vaya por Dios, ahora resulta que he arruinado la sorpresa, ¿verdad? Le pido perdón una vez más.

—Viajaron hasta aquí en tren con el señor Stone. ¿No les explicó nada?

—Stone habla pocas veces con nadie que no sea Lucas, y cuando lo hace, utiliza frases muy cortas, se lo aseguro —contestó Beth, riendo entre dientes—. En cualquier caso, él iba en un vagón de segunda clase, mientras que la tía Florence y yo íbamos en primera. Ni siquiera lo vimos hasta que llegamos a Little Dixby.

—Entiendo. En ese caso, debo decirle que...

—Fue toda una sorpresa, claro.

—¿Qué fue una sorpresa?

—Averiguar que por fin Lucas se había interesado seriamente por alguien. Hasta ahora no ha dado ninguna muestra de que estuviera planteándose siquiera casarse.

—Por favor, Beth, permítame que le diga...

—Le gusta la compañía femenina. Tony y yo estamos seguros de eso. Pero siempre ha llevado sus relaciones de la forma más discreta imaginable. Por lo general, prefiere las viudas independientes que tienen menos interés que él incluso en casarse. Naturalmente, todos sabíamos que lo más seguro era que tarde o temprano se casara.

—Comprendo. —A su pesar, Evangeline se desanimó. Por supuesto que Lucas se casaría algún día. Conocía las realidades del mundo en que vivía un caballero como Lucas—. Se espera que un hombre de la posición de su hermano se case por el apellido familiar.

—Sí, aunque en el caso de Lucas no es, estrictamente hablando, necesario. Después de todo, está mi hermano mellizo. Hace poco los dos cumplimos diecinueve. Creo que mamá había empezado a esperar que Lucas decidiera no casarse, en cuyo caso la responsabilidad de transmitir el apellido familiar y supervisar la fortuna recaería finalmente en Tony. Eso le habría gustado mucho. Es, sin duda, su máximo sueño.

—Comprendo.

—Me duele admitirlo, pero mi madre y Lucas nunca han tenido una relación cordial —explicó Beth con el ceño delicadamente fruncido—. Se toleran uno a otro, pero nada más. Lucas tenía quince años cuando su madre murió. Su padre volvió a casarse casi de inmediato, claro.

—Es lo que hace la mayoría de los viudos —comentó Evangeline—. La sociedad lo espera de ellos. —El único motivo por el que su padre no se había casado de nuevo tras la muerte de su madre había sido que estaba demasiado ocupado con sus inventos en el laboratorio del sótano para darse cuenta de que, después de diecisiete años, su esposa ya no estaba.

—Mamá apenas tenía dieciocho años cuando se casó —siguió contando Beth—, solo tres menos que Lucas. Estoy segura de que tuvo que ser violento para los dos. Además, las facultades psíquicas de Lucas empezaban entonces a manifestarse. Mamá me confió que, poco después de la boda, le tenía bastante miedo. Todavía la inquieta. Ella no cree en la existencia de los fenómenos paranormales, ¿sabe? Creo que, incluso pasados todos estos años, sigue sospechando que Lucas es un perturbado y que puede ser muy peligroso.

—¡Vaya por Dios! —exclamó Evangeline. Y, pasado un instante, añadió—: Deduzco que usted no tiene ningún problema con las facultades de su hermano.

—No, en absoluto. —Beth movió elegantemente una mano—. Las encuentro fascinantes. Y Tony también. Hemos rogado a Lucas que nos permita estudiar y evaluar sus poderes psíquicos, pero él se niega. Siempre ha sido muy generoso e indulgente con nosotros. La verdad es que nos hizo de padre más que nuestro propio padre, que murió cuando teníamos tres años. Pero en cuanto a someterse a experimentos científicos, Lucas siempre se ha mantenido firme.

Evangeline sopesó brevemente el problema y sacudió la cabeza.

—No sé si sería posible evaluar sus facultades —dijo—. ¿Cómo se demuestra la existencia de energía paranormal? No hay instrumentos que la detecten.

—Todavía no, pero Tony está trabajando para resolver ese problema. Él y yo estamos muy interesados en los fenómenos paranormales debido a nuestra relación con Lucas. Nos gustaría probar algunos experimentos aunque solo fuera para demostrar que sus facultades son auténticas.

—¿De qué serviría eso?

—Tony y yo pensamos que si podemos demostrar que las habilidades de Lucas son reales y que los fenómenos paranormales son normales, por así decirlo, no tendría que ocultar sus facultades a los demás —dijo Beth, inclinada hacia delante, muy seria.

—Entiendo.

Beth se volvió hacia la casa cubierta de enredaderas para asegurarse de que no se acercaba nadie y bajó la voz.

—Entre usted y yo, estoy segura de que las facultades de Lucas son la razón de que haya tardado tanto en encontrar esposa.

—¿De veras?

—Mamá está de acuerdo conmigo, pero por motivos diferentes. Según mi teoría, Lucas nunca tuvo la suerte de encontrar a una mujer que pudiera aceptarlo con sus facultades. Mamá, sin embargo, está convencida de que las jóvenes damas respetables y educadas le tienen miedo, aunque no sepan por qué. Asegura que su intuición les advierte de lo que ella insiste en llamar su excentricidad, lo que las inquieta.

—Diría que tanto usted como su madre tienen razón —dijo Evangeline, intentando abordar el tema diplomáticamente—. Los poderes paranormales son bastante desconocidos.

—Sí, exacto, eso es lo que Tony y yo llevamos años diciendo. —El entusiasmo iluminó el semblante de Beth—. ¿Cuánto tiempo hace que conoce a mi hermano?

—Solo unos días —admitió Evangeline—. Pero sé que posee un don muy poderoso.

—Él no lo considera un don, se lo aseguro —dijo Beth con la boca tensa—. Ni tampoco nadie más de la familia.

—¿Por qué lo dice?

—Lucas no es el primer hombre de la familia Sebastian que

tiene unas enormes facultades psíquicas —respondió Beth con una mueca—. Hay quienes creen que el linaje está mancillado de algún modo por lo paranormal, aunque no lo llaman así, por supuesto.

—Lo llaman locura —sentenció Evangeline, hundiendo los dedos en el brazo de la silla.

—Sí. Tomemos al tío Chester, por ejemplo. —Beth movió una mano para indicar los siniestros jardines—. Mamá y prácticamente todos los demás que conocen sus experimentos aquí, en Crystal Gardens, están convencidos de que estaba loco y de que al final fue víctima de sus propias creaciones.

—¿Sabe que su hermano cree que su tío podría haber sido asesinado? —preguntó Evangeline con mucho cuidado.

—No, ¿en serio? —Beth arqueó de golpe sus elegantes cejas—. Eso explica por qué está aquí, en Crystal Gardens. Tony y yo habíamos imaginado algo. Pero ahora está clarísimo.

—¿Qué quiere decir? —preguntó Evangeline con cautela.

—Cuando se produce una muerte repentina, es natural que Lucas tenga tendencia a suponer lo peor, por lo menos hasta que se demuestre lo contrario. Es así por naturaleza.

—Sí, claro, por su trabajo para la policía —dijo Evangeline con el ceño fruncido.

—Ajá, de modo que le ha hablado de eso, ¿verdad? —Beth parecía complacida—. Qué interesante. Ya verá cuando se lo cuente a Tony.

—¿Por qué le parece tan extraño que Lucas me mencionara su trabajo como asesor?

—Porque se lo cuenta a muy pocas personas —contestó Beth con una mirada de complicidad—. Casi nadie fuera de la familia sabe que asesora sobre asesinatos, y mucho menos que utiliza sus facultades al hacerlo. Pero tenía la sensación de que podía habérselo contado a usted.

—¿Por qué?

—Hay algo en la forma en que usted y Lucas están cuando los dos están juntos en la misma habitación. —Beth hizo otro movimiento vago con una mano—. Una especie de conocimiento que solo ustedes dos tienen. Es como si se comunicaran entre sí en un silencioso código secreto. Lo siento. No puedo explicarlo. Simplemente sabía que era muy probable que Lucas le hubiera hablado sobre sus investigaciones policiales. Es uno de sus secretos mejor guardados.

—Entiendo —dijo Evangeline con una sonrisa—. Puede que usted también tenga ciertas facultades psíquicas.

—Ojalá fuera verdad. —Beth rio—. Por desgracia, ni Tony ni yo hemos mostrado el menor indicio de habilidades paranormales. —Se puso otra vez seria—. No sé cómo Lucas puede hacer lo que hace. Es duro para él; estoy segura de ello. Pero siempre que su conocido de Scotland Yard lo llama, él acude.

—Quizás es algo que siente que tiene que hacer —apuntó Evangeline, eligiendo con cuidado las palabras.

—Creo que tiene razón. Los crímenes que le piden que investigue son casi siempre asesinatos de lo más espantosos. Mamá dice que la gente normal y respetable no se involucra en semejantes asuntos. Siempre ha creído que si la fascinación de Lucas por crímenes tan horrorosos llega a saberse fuera de la familia, será de lo más vergonzoso. Teme que la buena sociedad ya no nos acogería a Tony y a mí. ¡Bah! Como si a él o a mí nos importara la vida social.

—¿Y el señor Rushton...? —preguntó Evangeline—. ¿Le afectaría conocer la verdadera personalidad de Lucas?

—Estoy segura de que no. Charles Rushton es un hombre de mentalidad moderna con un interés enorme por la ciencia y ninguno por la alta sociedad. Si se entera, que se enterará, de las facultades de Lucas, estoy segura de que querrá estudiarlas, tal como Tony y yo esperamos hacer.

—¿No ha hablado al señor Rushton sobre las habilidades de Lucas?

—¡No, por Dios! —Beth le guiñó el ojo—. Es un secreto familiar, ¿sabe? Por lo que resulta más fascinante aún que usted conozca sus facultades. Pero bueno, sospecho que también debe de tener habilidades psíquicas.

—Sí, las tengo —corroboró Evangeline.

—Estaba segura de ello. Hace ya bastante tiempo que Tony y yo estamos convencidos de que Lucas no se enamoraría hasta que encontrara a una mujer que lo comprendiera, una mujer que poseyera también facultades.

Evangeline decidió que había llegado el momento de aclarar las cosas.

—Está equivocada —dijo—. Su hermano no me trajo aquí porque se esté planteando casarse conmigo.

—¿Por qué la trajo entonces? —Beth parecía escéptica.

—Porque alguien está intentando matarme.

—¡Dios mío! —La sorpresa de Beth fue evidente—. ¿Habla en serio?

—Muy en serio —contestó, y decidió contar a Beth una versión resumida de los hechos—. Alquilé Fern Gate Cottage todo este mes, ¿sabe? Anteayer por la noche me atacó un hombre con un cuchillo, un delincuente callejero contratado por una persona desconocida.

—No sé qué decir. Es realmente horrible. No tenía ni idea.

—Logré huir hasta aquí, hasta Crystal Gardens. Su hermano me salvó y ahora cree que tiene la responsabilidad de protegerme hasta que encontremos a la persona que contrató al asesino. Es por esta razón que Stone viajó a Londres. Para hacer indagaciones en las calles.

Beth asimiló esa información en un silencio sorprendentemente pensativo.

—Humm... —dijo por fin.

—¿Qué? —preguntó Evangeline, cautelosa.

—Puede que no tenga facultades psíquicas, señorita Ames —contestó Beth con los ojos brillantes de especulación—, pero hasta yo puedo ver que lo que Lucas siente por usted va mucho más allá del sentido de la responsabilidad hacia su inquilina.

—De verdad que no lo creo.

—¿Qué le pasó al hombre que la atacó con el cuchillo? —quiso saber Beth.

Evangeline carraspeó y dirigió los ojos al cenador.

—Cuando Lucas apareció, huyó corriendo hacia los jardines. Tuvo un accidente.

—Ah, o sea que las plantas acabaron con él —dijo Beth, que parecía sumamente satisfecha—. Lucas mencionó una o dos veces que aquí, en Crystal Gardens, crecían algunos interesantes híbridos carnívoros. Tony y yo expresamos nuestro deseo de estudiarlos, pero Lucas dijo que la vegetación se estaba volviendo demasiado peligrosa.

—Perdóneme, Beth, pero parece tomarse estos hechos tan extraños con mucha calma.

—Supongo que es mi carácter científico —dijo, y le guiñó el ojo de nuevo—. Además, he conocido a Lucas toda mi vida. Cree que nos ha ocultado a Tony y a mí la mayoría de sus secretos, pero somos sus hermanos. Sabemos mucho más de lo que él se imagina.

14

—¿Qué rayos está pasando, Lucas? —Florence avanzó por la biblioteca como un buque de guerra que llegara a puerto y arribó a una de las butacas. Dio varios golpecitos en la alfombra con el bastón con la empuñadura de plata—. Creo que tengo derecho a algunas explicaciones.

Lucas se sentó tras el escritorio.

—Te pasaste más de dos horas en el tren con Stone. Estoy seguro de que te resumió lo sucedido —dijo.

—Pues no. Stone iba en el vagón de segunda clase. Y, en cualquier caso, no es demasiado hablador. Dudo de que si hubiera ido sentado delante de nosotras, nos hubiera contado algo.

—Muy bien. En resumen, anteayer por la noche la señorita Ames fue atacada en Fern Gate Cottage.

—¡Dios mío! —exclamó Florence dirigiéndole una mirada de asombro.

—Como puedes ver, salió ilesa del ataque, pero la tengo alojada aquí, donde estará segura hasta que pueda localizar a la persona que contrató al asesino.

—¡Dios mío! —repitió Florence—. Es... increíble. —Parpadeó, y lo contempló con su mirada de rapaz—. Pero ¿por qué crees que es responsabilidad tuya protegerla? Seguro que es algo de lo que tiene que encargarse la policía.

—Creí haberlo dejado claro. La señorita Ames había alquilado Fern Gate Cottage cuando sufrió el ataque.

—Sí, ya lo sé —aseguró Florence con el ceño fruncido—. Oh, entiendo. ¿Crees que tienes la obligación de protegerla porque es inquilina tuya? Es un poco excesivo, ¿no te parece?

—Los de la policía no son guardaespaldas. No hay nadie más que pueda mantenerla a salvo hasta que este asunto se termine.

—Tendría que haberme imaginado que la situación sería mucho más complicada de lo que era de suponer.

—Necesitaba una carabina en Crystal Gardens para darle un aire de respetabilidad.

—Sí, sí, lo entiendo. —Florence dio un par de golpecitos en la alfombra con el bastón—. Y pensar que Beth y yo vinimos corriendo porque creíamos que por fin habías conseguido una prometida.

—Tía Florence...

—Mira que eres imprevisible, Lucas. ¿Tienes idea de por qué querría alguien asesinar a la señorita Ames?

—Todavía no. Espero que Stone me haya traído noticias. Viajó a Londres para hacer indagaciones. Tengo previsto hablar con él en cuanto haya terminado de explicarte la situación. ¿Por qué rayos trajiste a Beth contigo?

—No tuve más remedio. Cuando le mencioné tu telegrama y le dije que estaba haciendo el equipaje para venir aquí en tren, insistió en acompañarme. Ya sabes lo terca que puede ser.

—Maldita sea. —Pero estaba más resignado que enojado—. Puede ser difícil cuando se fija un objetivo.

—Igual que su hermano mayor —observó Florence—. Ahora bien, en esta ocasión, creo que la curiosidad solo la guio en parte. Me temo que intervinieron otros factores.

—Judith.

—Está obsesionada por encontrar un marido a Beth. Después de todo, tu hermana tiene diecinueve años.

—Ya chochea. ¡Qué pena!

—No es divertido —replicó Florence—. No sería prudente esperar demasiado más tiempo. La siguiente temporada tendrá que enfrentarse a una enorme competencia de la nueva tanda de señoritas que serán presentadas en sociedad.

—Al parecer, Beth ya ha tomado una decisión. He conocido a Charles Rushton. Es un joven recto, inteligente y moderno y es evidente que está perdidamente enamorado de Beth.

—Puede que sea todas esas cosas, pero no tiene ni un penique a su nombre —dijo Florence de manera inexpresiva—. Judith nunca permitirá a Beth casarse con él. Volvamos al tema de la señorita Ames.

—¿Qué quieres saber?

—¿Tiene algo que ver con lord y lady Ames de la plaza Pemberton?

—Estoy bastante seguro de que no. Que Evangeline sepa, no tiene a nadie en el mundo.

—¿No tiene nada de familia? —preguntó Florence con el ceño fruncido.

—Evidentemente, no.

—Comprendo. ¡Qué mala suerte! Bueno, a juzgar por el vestido que se puso después de quitarse el de ama de llaves y el delantal, parece tener ciertos ingresos. Alguien tiene que haberle dejado algo de dinero. La mayoría de las jóvenes en sus circunstancias acaban trabajando como amas de llaves o como damas de compañía.

—De hecho —Lucas sonrió—, Evangeline se gana la vida como dama de compañía.

—Bromeas, claro. Es imposible que pudiera permitirse semejante ropa, y mucho menos alquilar la casa de campo con los ingresos obtenidos como dama de compañía.

—Evangeline es una mujer de muchos recursos.

Se dio cuenta demasiado tarde de cómo podría Florence interpretar sus palabras.

—Lucas Sebastian —dijo, horrorizada, con los ojos desorbitados—, no intentarás decirme que es de esa clase de mujeres. No puedo creerme que hayas perdido la decencia hasta el punto de tener a tu amante aquí, bajo tu propio techo.

—Ni una palabra más, tía Florence. —Lucas se había levantado, lleno de rabia. Apoyó las manos en la mesa—. No voy a permitir que nadie, ni siquiera tú, insulte a la señorita Ames. ¿Está claro?

—Pero bueno, Lucas, estás reaccionando de una forma un poco exagerada, ¿no te parece? Me disculpo si interpreté mal la situación, pero comprenderás que...

—¿Está claro? —repitió con los dientes apretados—. Si no, pediré a Stone que te acompañe a Little Dixby inmediatamente. Puedes pasar la noche en una posada y tomar mañana el tren de vuelta a Londres.

Florence se lo quedó mirando, mientras sujetaba con mucha fuerza la empuñadura del bastón con la mano enguantada.

—Por favor, Lucas, me estás asustando.

Lucas cerró los ojos y se contuvo. Tardó uno o dos instantes, pero sofocó el fuego que ardía en su interior. Cuando estuvo seguro de tener un dominio total de sí mismo, abrió los ojos y se sentó con mucha parsimonia.

—Tal vez sería mejor que regresaras a Londres de todos modos —sugirió con frialdad—. La presencia de Beth en la casa es suficiente para proteger la reputación de la señorita Ames.

Florence estuvo unos segundos sin decir nada. Finalmente carraspeó.

—No será necesario enviarme de vuelta a Londres —dijo—. Me quedaré aquí. Te pido disculpas de nuevo por el malentendido.

—Como quieras —soltó Lucas—. Pero si te quedas, tiene que quedarte muy claro que no quiero oír más insultos, ni velados ni de ningún otro tipo, a la señorita Ames.

—Has expresado tus deseos al respecto de forma muy clara. —Florence se levantó—. Si me disculpas, iré arriba a asegurarme de que Rose lo tiene todo bajo control. Tu joven ama de llaves parece muy diligente, pero es evidente que no es demasiado experta.

Lucas se levantó de nuevo. Rodeó el escritorio, cruzó la habitación y abrió la puerta. Florence se dirigió a la puerta, se detuvo delante de él y lo observó con atención.

—¿De verdad se gana la vida como dama de compañía la señorita Ames?

—Sí.

—Sin ánimo de ofender —dijo Florence—, no tiene el aspecto típico de una dama de compañía.

—No —coincidió Lucas—. No es la típica dama de compañía.

—Humm... Imagino que uno de sus clientes le dejó un buen legado. Eso explicaría el vestido caro.

Salió majestuosamente al pasillo. Lucas pensó en llamarla y explicarle que Evangeline era, en realidad, una investigadora que trabajaba para una agencia privada y que había empezado una segunda carrera como escritora de novelas sensacionalistas. Decidió no hacerlo. A veces era más sencillo y más eficiente dejar que los demás sacaran sus propias conclusiones.

15

Una hora después, Evangeline entraba en la biblioteca para hablar con Lucas. Cuando vio que estaba apoyado en el escritorio, hablando con Stone, se quedó dudando en la puerta. Los dos hombres parecían serios.

—Veo que está ocupado, señor Sebastian —dijo—. Ya regresaré más tarde.

—No hace falta —aseguró Lucas—. Stone ya ha terminado su informe. Al parecer, sabemos algo más que antes. Stone ha contratado a uno de sus antiguos conocidos en las calles para que siga haciendo averiguaciones.

—¿Es eso todo? —preguntó Evangeline a Stone.

—No, señorita Ames —contestó este antes de mirar a Lucas y esperar.

Lucas siguió a partir de ahí.

—Stone descubrió que Sharpy Hobson creció en las calles, como suponíamos. Evidentemente, era miembro de una pequeña banda formada por tres chicos que sobrevivían de la forma tradicional: robando carteras y traficando con artículos robados. Más adelante empezaron a cometer delitos más violentos. Pero, en algún momento, dos de los muchachos desaparecieron de las calles. Nadie sabe qué fue de ellos.

—Todo el mundo sabe que en los ambientes criminales impera la violencia —comentó Evangeline—. Tal vez los dos muchachos tuvieron un final trágico. No sería nada extraño.

—Stone pudo averiguar que circulan rumores de que los dos compinches de Hobson consiguieron prosperar. Eran hermanos y los demás chicos de las calles los consideraban muy inteligentes. Evidentemente, eran lo bastante listos como para dejar aquel ambiente. Hobson, sin embargo, no tenía ganas de ascender en el mundo. —Lucas cruzó los brazos—. Según dicen, le gustaba la clase de trabajo que hacía en las calles.

Evangeline se volvió hacia Stone.

—Espera encontrar a los antiguos compinches de Sharpy Hobson, ¿verdad? —preguntó.

—Sí, señorita —contestó Stone.

—¿Por qué? ¿De qué servirá eso?

Stone miró a Lucas, quien contestó la pregunta.

—Según los rumores que oyó Stone, hace poco Hobson aceptó el encargo de un trabajo para el que tuvo que comprarse un billete de tren. Alguien le preguntó por qué se iba de Londres y él respondió que iba a hacer un favor bien pagado a uno de sus antiguos socios.

El entusiasmo invadió a Evangeline.

—Excelente trabajo, señor Stone —le dijo con una sonrisa—. Si su investigador consigue encontrar a ese antiguo compinche de Hobson, tendremos al hombre que lo contrató para matarme.

—Lo encontraremos, señorita Ames —aseguró Stone, completamente sonrojado.

—Gracias, señor Stone. —Evangeline le sonrió de nuevo—. Le agradezco mucho sus esfuerzos.

Stone agachó la cabeza, se marchó de la habitación con su habitual elegancia felina y cerró la puerta.

—Creo que has hecho ruborizar a Stone. —Lucas sonrió.

—Sí, bueno, no era mi intención avergonzarlo. La verdad

es que ha hecho un trabajo excelente en Londres. Por lo menos, tenemos una pista.

—Eso parece. ¿Para qué querías verme?

—Sé que no es asunto mío, pero creo que estuviste un poco cortante, por decirlo suave, con tu tía y con tu hermana —indicó, enderezando los hombros—. Se han tomado muchas molestias para venir corriendo a Little Dixby para complacerte. Lo menos que podrías hacer es ser educado con ellas.

—Que mi hermana se presentara con mi tía no formaba parte del plan. Estoy intentando llevar a cabo una investigación, no celebrar una fiesta de varios días en mi casa.

—Lo entiendo. Pero eso no excusa la mala educación.

—No conoces a mi familia, Evangeline —gimió Lucas—. Tengo que llevar los asuntos de mis familiares con mano firme, créeme.

—¿Eres tú quien lleva sus asuntos? —preguntó mientras se acomodaba en una butaca.

—Para mi castigo, sí. —Lucas extendió los brazos y se sentó tras el escritorio—. Tras la muerte de mi padre, mi abuelo me cargó con esa tarea. Aunque no puede decirse que tuviera demasiadas opciones. Tony era demasiado joven y a mi abuelo no le gustaba demasiado ninguno de sus sobrinos.

—Pero si hubieras podido escoger, habrías preferido dar otro rumbo a tu vida —insinuó Evangeline, que había comprendido la situación.

—No hay demasiada gente que pueda elegir sus responsabilidades. Son las que son.

—Sí —admitió Evangeline—, pero no todo el mundo lo acepta.

—No vivo en un mundo imaginario, Evangeline. Y da la casualidad de que se me da muy bien ganar dinero.

—No lo había dudado ni un segundo —dijo Evangeline con una sonrisa.

—Resulta que realizar buenas inversiones tiene mucho en

común con dar caza a asesinos. Se precisan habilidades y facultades parecidas.

—¿Qué habilidades y facultades? —quiso saber Evangeline.

—La habilidad de encontrar y predecir pautas, cierta falta de piedad y un gran instinto de supervivencia —explicó, mirándola a los ojos.

—Lo recordaré por si alguna vez tengo dinero suficiente para invertir.

16

Los jardines brillaban débilmente en la penumbra de la noche. La luz luminosa procedía de la vegetación y la oscura superficie reluciente de la laguna.

Evangeline estaba junto a la ventana de su habitación, en bata y zapatillas, contemplando el misterioso paisaje. Las enredaderas que cubrían la parte inferior de las paredes de la vieja casa no crecían con tanta densidad en los pisos superiores. Era como si en su ascenso, cuanto más se alejaba aquella vegetación extraña de su fuente de nutrientes paranormales, menos florecía. Desde su cuarto no alcanzaba a ver los jardines en toda su extensión, pero sí una parte más amplia de los terrenos de la casa que desde ninguna de las ventanas de la planta baja.

Un rato antes había percibido, más que oído, que Lucas pasaba ante su puerta. Sabía que había ido abajo y que, sin duda, saldría a los jardines para iniciar sus investigaciones.

No había podido dormir a pesar de la habitación y las sábanas limpias. El beso de aquella tarde, en la biblioteca, la había desconcertado. Una vez que estuvo sola en su cuarto, no había podido dejar de pensar en él. Al recordarlo, un nuevo escalofrío de energía gélida y ardiente a la vez le recorrió el cuerpo. Se dijo a sí misma que ya la habían besado antes. Pero con Lucas todo era diferente.

Una luz deslumbradora apareció en los jardines. Lucas salió de la casa y avanzó por la terraza. Llevaba un farol e iba solo. Stone también estaba fuera, en alguna parte, patrullando en la penumbra el gran muro que rodeaba los jardines. Por la tarde, Evangeline había oído a Lucas hablándole en voz baja, diciéndole que vigilara la casa con sus huéspedes dormidos. «Pidiéndole que me proteja», pensó.

Lucas se detuvo en los peldaños de la terraza. La iluminación potente del farol reveló brevemente la expresión dura y resuelta de su rostro. En aquel momento se reflejaba claramente su temple. Evangeline contuvo el aliento. Era un hombre que haría lo que le pareciera necesario para cumplir lo que consideraba responsabilidad suya. Ahora se estaba preparando para entrar en el peligroso Hades verde que era el Jardín Nocturno para averiguar la verdad sobre la muerte de su tío.

Observó cómo bajaba los peldaños, rodeaba la laguna color obsidiana y se metía en el reluciente cenador cubierto de enredaderas. Vio cómo salía por el otro lado y desaparecía casi inmediatamente entre el frondoso follaje luminoso.

Sabía que se dirigía hacia la entrada del laberinto. Durante uno o dos segundos pudo seguir su avance gracias a los destellos esporádicos de la luz del farol en el interior de la vegetación.

De repente, el último hilo de luz se extinguió. Sospechó que Lucas había apagado el farol porque preferiría confiar en sus sentidos paranormales para orientarse por las zonas más oscuras de los jardines.

Se alejó de la ventana el tiempo suficiente para tomar la silla del tocador. La acercó a la ventana y se sentó para esperar a que Lucas saliera tras terminar su misión nocturna. Sabía que no podría dormir hasta que él estuviera a salvo de nuevo en el interior de la casa.

Un tenue centelleo que captó con el rabillo del ojo la llevó a dirigir la mirada al Jardín Diurno. Esperaba ver a Stone haciendo sus rondas. El brillo del farol, de muy poca intensidad, era visible cerca del muro. El hombre que lo sujetaba apenas era una silueta oscura a la luz de la luna, pero enseguida vio que no era lo bastante corpulento como para tratarse de Stone.

Había un intruso en los jardines.

Se levantó de golpe y se aferró al alféizar de la ventana, esperando, muy tensa, que Stone apareciera para enfrentarse con el recién llegado.

Pasaron los segundos. Un segundo hombre se reunió con el primero. El farol se apagó, pero la luz de la luna bastaba para permitir a Evangeline observar las dos sombras oscuras. Se dirigían hacia el cenador y la entrada del Jardín Nocturno.

No había ni rastro de Stone. Algo andaba muy mal. Su intuición envió una frenética señal de alarma a sus sentidos ya agudizados.

Encendió la vela de la mesita de noche. Con el candelabro en la mano, salió al pasillo y bajó la escalera. Una vez en el piso inferior corrió hacia la habitación que Stone ocupaba cerca de la cocina. Pensó que quizá no estaba fuera, después de todo. Tal vez dormía.

Llamó con fuerza a la puerta. No obtuvo respuesta.

—Señor Stone —dijo en voz baja—. ¿Está ahí, señor Stone?

El silencio retumbó.

Rodeó el pomo con una mano y lo hizo girar muy lentamente. La puerta se abrió fácilmente. Vaciló. Tanto ella como Stone pasarían el mismo mal rato y la misma vergüenza si resultaba que el hombre estaba en la cama.

Pero daba igual. No podía perder ni un momento más. Se asomó a la puerta con el candelabro en la mano. La luz parpadeante de la llama reveló la cama vacía, todavía hecha. Stone no estaba.

Su primera reacción fue de alivio. Al fin y al cabo, estaba fuera, en el jardín. Seguro que detendría a los intrusos. Lucas y él eran perfectamente capaces de cuidar de sí mismos.

Pero ¿y si Stone no se daba cuenta de que habían entrado dos hombres?

La sensación de que iba a suceder algo terrible en los jardines fue más fuerte y la inquietó aún más.

Cerró la puerta de la habitación de Stone y recorrió rápidamente el pasillo hacia la cocina. Tras apagar la vela, abrió la puerta y salió a la terraza. El aire frío de la noche jugueteó con el dobladillo de su bata.

El cenador relucía imponente a la luz de la luna. Buscó a Stone con la mirada y no vio ni rastro de él. Buscarlo le llevaría un tiempo valioso, pero él era su mejor esperanza. Stone sabría cómo proteger a Lucas.

No había alternativa posible. Se le daba muy bien encontrar lo que estaba perdido. Aquella noche era Stone. Evocó sus impresiones psíquicas sobre él y concentró sus sentidos en la búsqueda. Cuando bajó la mirada, vio que una tenue niebla de energía le rodeaba los pies. De una forma que no podía explicar supo que era lo que estaba buscando: el rastro psíquico de Stone.

Con los sentidos agudizados, rodeó la laguna con cuidado de no mirar directamente sus aguas plateadas bajo la luz de la luna. La perturbadora energía se aferraba a ella, pero suprimió la necesidad de acercarse a la orilla y contemplarlas.

Recorrió a toda velocidad el camino que bordeaban dos setos imponentes sin prestar atención a las inmensas flores nocturnas que brillaban en las paredes verdes.

Dejó el camino de los setos y rodeó un rosal exageradamente cubierto de flores que emitían una luz iridiscente. Estaba en el Jardín Diurno y no en el Jardín Nocturno, más peligroso, pero su intuición le decía que no sería prudente rozar las pequeñas espinas ni pararse para inhalar la fragancia.

Estaba tan concentrada manteniéndose alejada de las rosas que no se percató de las corrientes de energía pulsátil del suelo hasta que su pie chocó con un objeto largo, inmóvil. Tropezó y cayó bruscamente a cuatro patas. Sobresaltada, inspiró profundamente. Tardó uno o dos segundos en darse cuenta de lo que había en el suelo.

Stone.

Se agachó y examinó la figura quietísima de Stone con todos sus sentidos. Las corrientes fuertes y constantes de energía que lo rodeaban le aseguraban que estaba vivo, pero el calor mitigado de algunas de las longitudes de onda clave le indicaba que estaba sumido en un sueño profundo, antinatural. Le temblaron un poco los dedos. Stone nunca se quedaría dormido durante una patrulla y, desde luego, no tan profundamente.

Se arrodilló y buscó en su cuerpo indicios de alguna herida. Para su alivio, no había ninguno, pero algo traumático le había ocurrido. Yacía boca arriba con los ojos cerrados a la luz de la luna. No se movía.

—Señor Stone —susurró.

Le zarandeó con cautela el inmenso hombro. Al no obtener ninguna reacción, le puso la punta de los dedos en el cuello. Sintió un alivio enorme al descubrir que su pulso era regular y fuerte. Pero estaba claro que esa noche no iba a serle nada útil a Lucas.

No tenía sentido perder tiempo regresando a la casa para llamar a Florence y a Beth. Ninguna de las dos podría dar de noche más de unos cuantos pasos en los jardines sin desorientarse.

Regresó por el camino de los setos, siguió la orilla de la laguna y se abrió paso entre una cortina de orquídeas y de enredaderas para entrar en el cenador. Tenía los sentidos completamente agudizados, concentrados en la nueva búsqueda. Tenía que encontrar a Lucas.

No le costó nada detectar la energía fría y furiosa de sus pisadas en el suelo reluciente de piedra.

Salió por el otro lado del cenador y siguió el rastro de las pisadas hasta la entrada del laberinto. La verja de hierro estaba abierta. El interior del laberinto estaba iluminado con una energía oscura.

Se adentró cautelosamente en el pasillo luminoso que formaban las paredes vivas de plantas. En su elevado estado de percepción, podría haber jurado que oía cómo la vegetación respiraba y susurraba a su alrededor. Sabía que era imposible, pero no podía quitarse de encima la sensación de que el laberinto sabía de algún modo que ella estaba allí.

Se detuvo nada más entrar para oír pasos o voces. Pero no oyó nada. El ambiente era extrañamente silencioso, como si la vegetación paranormal absorbiera y apagara el ruido normal.

El suelo del laberinto estaba cubierto de una alfombra de hojas verdes de formas curiosas. El techo y las paredes estaban formados por un follaje frondoso, repleto de espinas de punta roja y de flores que recordaban bocas abiertas.

Aunque la luz de la luna no penetraba en el laberinto, la luminiscencia paranormal de las hojas y de las amenazadoras flores que salpicaban las paredes proporcionaba la luz suficiente para que pudiera ver por dónde iba.

Siguió los pasos furiosos de Lucas hacia el interior del laberinto. Su rastro dibujaba un recorrido extremadamente complicado, lleno de giros y cambios de sentido. No había ni rastro de los intrusos.

Poco después llegó a otra intersección y vio que Lucas había girado a la izquierda. Lo siguió, apresurándose aún más. Sus zapatillas no hacían el menor ruido en la alfombra verde.

Dobló la esquina y chocó con Lucas, que le rodeó la cintura con un brazo y le tapó la boca con una mano antes de que pudiera dar un grito de sorpresa.

—¿Qué diantres crees que estás haciendo? —le dijo al oído.

Por lo menos podía oírlo ahora que estaba tan cerca. Trató de contestar, pero le resultó imposible con la palma de la mano sobre los labios.

—Mmppff... —soltó.

—Habla en voz baja —le advirtió él—. Aquí el sonido no llega muy lejos, pero si se acercan lo suficiente, podrán oírnos.

Le quitó cautelosamente la mano de la boca.

—¿Sabes que dos hombres te han seguido hasta aquí? —susurró.

—Los percibí hace unos minutos. ¿Qué haces aquí?

—Los vi entrar en el jardín. Vine a avisarte.

—Tendrías que haber enviado a Stone.

La irritación de su voz era de lo más molesta.

—Aunque no lo creas, lo pensé —explicó con frialdad—. Por desgracia, el señor Stone está incapacitado.

—¿Qué?

Evangeline notó que se lo preguntaba con la cabeza puesta en otra parte y se percató de que estaba concentrado en oír a los intrusos.

—Stone yace inconsciente en el Jardín Diurno —respondió en voz baja.

—¿Qué?

Ahora sí que Lucas le prestaba toda su atención.

—Creo que esos dos hombres le han hecho algo —añadió—. Por eso vine yo a avisarte.

—Silencio. —Volvió a taparle la boca con la mano—. Ya vienen. No han tardado mucho en darse cuenta de que se han equivocado de dirección hace un rato.

Evangeline asintió para que viera que entendía que el silencio era necesario y le destapara la boca. Ahora podía oír unas voces fantasmagóricas en el laberinto. Había una distorsión inquietante, como si los hombres estuvieran hablando en otra dimensión. Era imposible predecir lo cerca que estaban y mucho menos calcular su posición en el laberinto. Pero a medida que se acercaban, sus palabras se fueron distinguiendo.

—¿Y si el guarda está muerto? —La voz era masculina y estaba cargada de ansiedad—. Mañana por la mañana, cuando lo encuentren, iniciarán una búsqueda.

—Ya no hay nada que hacer. Si está muerto, parecerá, sin duda, que murió de un infarto o de un derrame cerebral.

Este segundo hombre había hablado con impaciencia y autoridad. Era el que estaba al mando.

Evangeline se percató de que había esperado oír el acento tosco de los delincuentes callejeros. Pero los intrusos parecían hombres respetables, educados.

—Ya te dije que era peligroso venir aquí de noche —insistió el hombre nervioso.

—No puede decirse que pudiéramos elegir. Una cosa era esperar unos días con la esperanza de que Sebastian no se quedara demasiado tiempo. Pero en el pueblo dicen que ha abierto toda un ala de la vieja abadía. Ahora se hospedan en ella tres mujeres y una doncella, maldita sea. Ha contratado servicio externo. Es evidente que piensa pasar aquí el verano.

—Podemos esperar hasta que se vaya —sugirió, esperanzado, el hombre ansioso.

—No podemos correr ese riesgo. Todo indica que tiene pensado convertir Crystal Gardens en su casa de campo y los lugareños aseguran que está tan loco como su tío. Tenemos que encontrar el oro antes de que empiece a buscarlo él mismo. Al ritmo que está acumulando invitados y aumentando el servicio, pronto será imposible acceder a los jardines. Esta noche hemos tenido suerte de superar al guarda. Puede que no tengamos ninguna otra oportunidad.

—Lo entiendo, pero tenemos que irnos de aquí lo antes posible.

—Tengo las mismas ganas de quedarme aquí que tú, créeme.

—En estos jardines nada es natural —advirtió el hombre ansioso—, especialmente este laberinto.

—No te quejes —replicó el otro hombre—. Si no fuera por la energía paranormal de los alrededores y por los experimentos botánicos de Chester Sebastian, hace tiempo que habrían encontrado el oro y se lo habrían llevado.

Los dos hombres doblarían la esquina en unos segundos. Evangeline se fijó que no había donde esconderse, lo que les dejaba dos opciones: o se enfrentaban a los intrusos o huían adentrándose más en el laberinto.

Lucas le sujetó el brazo con una mano y la condujo hacia otra intersección del laberinto, donde doblaron la esquina.

—Quédate aquí —le susurró al oído—. No toques la vegetación.

Evangeline asintió de nuevo para indicarle que había entendido las instrucciones.

Vio que Lucas se dirigía entonces a la entrada del pasillo y se quedaba a un lado de la abertura, de modo que supo que quería enfrentarse a los intrusos. Su intuición le envió una advertencia.

—Creo que no es un buen plan —susurró.

Lucas no le hizo caso. Tal vez no la había oído. No había tiempo para decir nada más. Las voces fantasmagóricas se acercaban.

Observó cómo uno de los intrusos pasaba de largo la entrada. Con la iluminación etérea del laberinto, apenas era una silueta. Lo vio lo suficiente para distinguir que era alto y delgado, con un perfil anguloso y estrecho. Sujetaba con ambas manos un farol diminuto con una forma muy curiosa, que llevaba delante de él, como si lo estuviera ofreciendo. El aparato emitía un haz delgado de luz paranormal. El hombre tenía toda su atención puesta en el haz. Ni siquiera echó un vistazo al pasillo que estaba cruzando.

Lucas lo dejó pasar.

—Espera. —Dio la impresión de que el hombre nervioso sucumbía al pánico—. Si te pierdo de vista, no podré salir de este maldito laberinto.

—Pues apúrate entonces, Horace —le aconsejó el otro hombre.

—Ya voy. No me atrevo a moverme deprisa aquí dentro. Por las espinas, ¿sabes?

El hombre llamado Horace pasó velozmente ante la entrada del pasillo. Era una cabeza más bajo que su compañero y más bien rollizo. La luz se le reflejaba en los cristales de las gafas que llevaba apoyadas en la nariz. Era evidente que sudaba copiosamente porque no dejaba de llevarse un pañuelo a la frente.

Lucas se deslizó hacia el exterior del pasillo detrás de Horace. Evangeline sintió el repentino aumento de energía amenazadora, y se percató de que no procedía de la vegetación. Quien generaba las corrientes oscuras de poder era Lucas. Se estremeció aunque las ondas de energía no iban dirigidas a ella. El ambiente estaba cargado de pesadillas.

—¿Qué coño...? —La voz de Horace se elevó en medio de un miedo creciente—. Espera, Burton. Aquí hay algo, algo espantoso...

Sus palabras se interrumpieron bruscamente. Las siguió un golpe sordo, y Evangeline supo que el intruso se había desplomado en el suelo del laberinto.

—Hijo de puta, usted debe de ser Sebastian. —La voz de Burton resonó de modo fantasmagórico—. Había esperado evitar usar esto otra vez esta noche, pero no me deja otra alternativa.

—No me gustan los buscadores de tesoros —dijo Lucas—. Tendría que dejar que los jardines se encargaran de ustedes, pero estas malditas plantas no necesitan más alimento. Tal como están las cosas, ya prosperan demasiado.

Un haz penetrante e intenso de energía paranormal verde brilló en el pasillo. Evangeline se dio cuenta de que era una versión más potente del rayo que emitía el extraño farol. Al mismo tiempo, la energía cargada de pesadillas de Lucas agitó el ambiente.

Un fuego psíquico explotó en el pasillo. Las ondas de choque reverberaron a través de la frondosa vegetación. Las hojas y las enredaderas se bambolearon como si unos esqueletos largo tiempo inmóviles se hubieran despertado y se hubieran puesto a bailar.

Empezaron a soplar unos fantasmagóricos vientos huracanados.

Evangeline corrió hacia la entrada del pasillo. Se estaba formando una tormenta sombría que lo llenaba todo.

—Lucas —gritó. Pero su voz se perdió en el estruendo del tornado paranormal que se estaba desarrollando rápidamente.

Una figura oscura avanzó a través del vendaval. Un segundo después, Lucas salió de la violenta tormenta. Entró tropezando en el pasillo donde ella estaba. Lo rodeaba un abrasador arcoíris de energía. Evangeline dedujo que era su aura, que había usado de algún modo para protegerse de las poderosas fuerzas desatadas. Pero presintió que el escudo psíquico le costaría caro. Tenía que estar utilizando una cantidad enorme de energía para mantenerlo.

—Lucas. —Los terribles vientos de poder no le permitieron oír siquiera su propia voz. Le sujetó un brazo. Lucas tropezó e hincó una rodilla en el suelo, pero logró levantarse de nuevo.

Un pequeño objeto cruzó rodando la entrada tras él. Evangeline reconoció el farol que el intruso había llevado. Sin pensárselo, se agachó y lo tomó por el asa.

Lucas le rodeó la otra mano con sus fuertes dedos y tiró de ella hacia arriba. Evangeline notó su palma cálida en la piel.

Demasiado cálida. Por lo menos el arcoíris caliente había desaparecido.

—Corre —ordenó Lucas.

No necesitaba que se lo dijera. Lucas tiró de ella hacia el final del pasillo y dobló la esquina para introducirse en otra avenida del laberinto. A Evangeline le pareció oír un grito de pánico, pero no se volvió para mirar. En aquel momento notaba la energía de la tormenta detrás de ella. Los vientos violentos eran canalizados hacia los distintos pasillos del laberinto. La vegetación se retorcía como si hubiera nidos de serpientes por todas partes.

Lucas tiró rápidamente de ella hacia otra intersección.

—Hagas lo que hagas, no te pinches con ninguna de las espinas de punta roja —advirtió Lucas. Su voz era áspera, como si le costara un esfuerzo enorme hablar.

—Estoy haciendo todo lo posible para evitar tocar nada, créeme. ¿Qué pasó antes?

—Creo que esos dos utilizaban la energía de su farol para orientarse por el laberinto. Entonces uno de ellos la dirigió hacia mí e hizo algo para intensificar el haz. Así se convirtió en un arma. Pero aquí hay mucha energía inestable en el ambiente. Sospecho que el haz del farol desencadenó la tormenta paranormal.

Evangeline notó que la mano con la que le sujetaba la muñeca estaba cada vez más caliente, como si tuviera mucha fiebre.

—Lucas —dijo jadeando mientras tropezaba para seguirle el paso—, ¿estás bien?

—No podemos salir por la verja debido a la tormenta. Tenemos que llegar a las termas del Jardín Nocturno.

—Te lastimó la explosión, ¿verdad? Noto que tienes fiebre. Dime qué está pasando, te lo suplico.

—No sé qué pasó —contestó Lucas—. Fue como si mis sentidos psíquicos se hubiesen debilitado. —Sacudió la ca-

161

beza y parpadeó varias veces, como si intentara enfocar la vista.

—Tengo que llevarte de vuelta a la casa.

—Esta noche, no —soltó.

—¿Qué quieres decir?

—Estamos atrapados aquí hasta mañana por la mañana. Ya te lo dije, la tormenta bloquea la única salida. Dada la cantidad de energía que hay en este sitio y que las fuerzas son tan potentes de noche, las cosas tardarán horas en calmarse lo suficiente para permitirnos pasar sin peligro.

—¡Dios mío!

Tiró de ella hacia otra intersección. El farol que Evangeline había recogido del suelo tintineó.

—¿Qué es ese ruido? —preguntó Lucas.

—El arma que ese hombre usó contra ti. Se le cayó y rodó hacia el pasillo donde te estaba esperando. Creí que podríamos querer examinarlo.

—¿Qué diablos...? —Lucas bajó los ojos hacia el farol—. Ten cuidado con ese trasto. No sabemos cómo funciona o qué puede hacer.

—Claro que tengo cuidado —aseguró con mucha frialdad—. No soy idiota, Lucas. Crecí en casa de un inventor. Siempre manejo con precaución cualquier artefacto desconocido.

Lucas tensó la mandíbula. Recorrió rápidamente otro pasillo estrecho, arrastrándola con él.

—Te pido disculpas. Efectivamente, querré echarle un vistazo cuando hayamos salido de aquí.

—No hace falta que te disculpes. Comprendo tu preocupación. Y me doy cuenta de que no estás habituado a trabajar con una mujer que también es una investigadora cualificada.

—Te agradezco que seas tan comprensiva conmigo —dijo, esbozando una sonrisa forzada.

—¿Tienes idea de quiénes eran esos dos hombres?

—No. Nunca los había visto. Buscadores de tesoros, al parecer. Creo que podemos suponer sin riesgo a equivocarnos que estuvieron involucrados en la muerte de mi tío.

Evangeline iba a hacerle más preguntas, pero en aquel momento doblaron una última esquina y accedieron a la selva en que consistía el Jardín Nocturno.

—¡Dios mío! —susurró—. Este sitio es increíble.

Las hojas inmensas y las ramas retorcidas de la alta vegetación tapaban por completo la luz de la luna, pero el jardín relucía con una energía iridiscente. El brillo era mucho más fuerte que la luz de medianoche del Jardín Diurno. El ambiente era más cálido también. Pero intuitivamente supo que lo que volvía tan peligrosa esta parte de los jardines eran las demoledoras ondas de poder paranormal.

Las corrientes de energía fluían a su alrededor de formas imprevisibles. Presintió que algunos de los ríos de poder podían arrastrar a una persona y sumergirla en las profundidades paranormales que aguardaban bajo la conciencia.

Un sinfín de sueños la aguardaba ahí, en la oscuridad; sueños de mundos maravillosos y de placeres infinitos, sueños en los que conocería un poder y una pasión inimaginables.

—Evangeline. —Lucas la zarandeó—. Despierta.

—Pero si estoy despierta —aseguró y, sobresaltada, parpadeó un par de veces mientras agudizaba sus sentidos. La sutil sensación de trance se desvaneció. Captó el delicado y tenue olor de un irresistible perfume exótico—. ¿Hueles algo?

—La Rosa de los Sueños. —Lucas la instó a recorrer una mata de helechos radiantes—. Una de las últimas creaciones de mi tío. Esperaba producir una variedad que pudiera usarse para inducir el sueño. Como muchos de sus demás experimentos, le salió mal. Procura no respirar hondo hasta que estemos dentro de las termas.

—¿Qué puede tener una flor que huele tan bien que sea tan horrible?

—De lejos ejerce un efecto seductor en los sentidos. A medida que te acercas el efecto se vuelve hipnótico, irresistible. Una sola flor libera el perfume suficiente para sumir a una persona en un trance. Pero no es un auténtico sueño. Pero se sueña, y los sueños son pesadillas.

—Hablas como si hubieras experimentado los efectos de las flores.

—Lo hice una vez. Y una vez es más que suficiente, créeme.

—Te creo. —Bajó los ojos y vio un macizo de flores espectacularmente luminosas—. Mira estas flores. Son increíbles.

—Hagas lo que hagas, no las toques, especialmente ahora, de noche.

—¿También son peligrosas?

—Aquí, todo es peligroso. Creía habértelo dejado claro. Esta planta concreta es carnívora. Las jóvenes comen insectos. La versión más grande atrae ratones y ratas, y los mata.

—¡Dios mío!

—Otro experimento botánico que debía tener una aplicación práctica. —Lucas estaba sudando. Se secó el sudor de los ojos—. Mi tío estaba convencido de que unas cuantas macetas de estas plantas situadas en el interior de una casa controlarían las plagas de bichos. Su teoría era correcta. ¿Te has fijado en que, a pesar de que una gran parte de la casa lleva años cerrada, no hay ratones ni telas de araña?

—Ahora que lo mencionas, me alivió descubrir que no había rastros de bichos en la cocina y la despensa —comentó Evangeline con un escalofrío—. Lo atribuí a la diligencia del ama de llaves desaparecida.

—El perfume atrae a los bichos a este jardín. Muy pocos escapan.

—He conocido a muchas amas de llaves y esposas que pagarían una fortuna para adquirir una planta así. Pero no me estarás diciendo que las plantas devoradoras de ratas devorarían a una persona viva, ¿verdad?

—No, pero las flores producen una sustancia tóxica que es lo bastante potente como para producir una especie de quemadura química. La lesión tarda días en curarse. —Lucas sacudió la cabeza como para despejársela—. Ya no falta mucho. La entrada de las termas está aquí delante. Una vez que estemos dentro, estarás a salvo mientras yo duermo hasta que se me vaya esta condenada fiebre.

Tras desviar la atención de un hermoso conjunto de orquídeas que brillaban enigmáticamente, Evangeline vio la entrada a las antiguas termas. El alma se le cayó a los pies al darse cuenta de repente de que el interior parecía estar lleno de una noche densa, infinita.

—Lucas, ya sé que quieres protegerme de los peligros del jardín —comentó—, pero debo decirte que no soporto la idea de pasar el resto de la noche ahí. No sin un farol. —Miró el artefacto parecido a un farol que llevaba en la mano—. No creo que esto sirva. Preferiría arriesgarme aquí fuera, donde hay algo de luz.

—La falta de luz es engañosa —aclaró Lucas—. Cuando estemos dentro, verás a qué me refiero. En cualquier caso, no puedo permitirte quedarte aquí fuera. Prepárate. Cruzar la entrada puede afectar un poco. Mi tío la diseñó para mantener fuera los animales y los insectos que logran sobrevivir al jardín. También quería que desanimara a los intrusos que pudieran llegar hasta aquí.

—Los dos que encontramos esta noche parecían conocer muy bien estos jardines —comentó Evangeline.

—Sí —admitió Lucas con voz monótona—. Es verdad.

A regañadientes lo siguió a través de la oscura abertura. Era como cruzar una pequeña tormenta de energía, aunque de una intensidad mucho menor que la que estaba barriendo el laberinto. Se le erizó el vello de la nuca. Sus sentidos reaccionaron como si hubiera recibido unas cuantas pequeñas descargas eléctricas.

Inspiró rápidamente. Lucas le apretó la mano con fuerza.

—Un paso más y ya estamos dentro —le prometió.

Y ya estaban al otro lado de la entrada. Lucas se detuvo y le soltó la muñeca. Evangeline miró a su alrededor, asombrada.

Una piscina de agua cristalina iluminaba suavemente el interior de la habitación donde estaban. Tardó un instante en darse cuenta de que era la energía del agua lo que iluminaba la sala abovedada. Pero, a diferencia de las corrientes absolutamente inquietantes de los jardines, era una energía suave, tranquilizadora. De la superficie de la antigua piscina se elevaban volutas de vapor humeante que llenaban el espacio de un calor húmedo, agradable.

—Es asombroso —dijo, encantada—. Precioso. Y se está muy bien aquí. Por favor, no me digas que la sensación es engañosa y que oculta alguna forma de energía peligrosa.

—La piscina de esta habitación y la de la siguiente sala son seguras. La peligrosa es el tercera.

Miró por el pasillo la sala de al lado y vio otra piscina brillante.

—No veo una tercera piscina, solo dos.

—La tercera está en una sala anexa a la segunda. Pero el tío Chester quiso impedir su acceso con una puerta cerrada con llave. Aunque no esperaba que ningún intruso llegara tan lejos, tomó precauciones adicionales con esa piscina.

—¿Qué tiene la piscina de la tercera sala que sea tan peligroso?

—Ya te lo explicaré otro día. —La guio por el pasillo hasta la sala de la segunda piscina—. Pero no esta noche. La fiebre me ha dejado exhausto. Apenas pude cruzar la entrada hace un momento. No podré estar demasiado rato más despierto.

—Comprendo —dijo Evangeline, cada vez más preocupada.

Lo siguió hasta la segunda sala y lo observó en medio de las corrientes fluctuantes de luz paranormal. Tenía el semblante tenso debido al esfuerzo que estaba haciendo por mantenerse de pie. Unas pronunciadas patas de gallo le enmarcaban espantosamente los ojos enfebrecidos. Le tocó el brazo, activó sus sentidos y se concentró en su aura. Se quedó sin aliento al ver el calor elevadísimo de las longitudes de onda más oscuras.

—Esta fiebre parece ser de origen paranormal —comentó.

—Ya lo sé. —Se quitó la chaqueta y la tiró en un banco de piedra—. ¡Qué calor tengo! Es como si estuviera ardiendo por dentro.

—¿Tal vez podrías refrescarte en una de las piscinas?

—No. —Se peleó con los botones de la camisa con unos dedos anormalmente torpes—. Son demasiado cálidas. Ya no aguanto más el calor.

Cuando tenía la camisa medio desabrochada, abandonó la tarea. Se dirigió con paso vacilante hacia un pequeño hueco.

—Espera. ¿Adónde vas? —preguntó Evangeline, siguiéndolo.

Lucas se detuvo, aferrado con una mano al borde del hueco. Tenía los nudillos blancos.

—Voy al excusado —contestó sin alterarse—. Resulta que los romanos eran unos fontaneros excelentes.

—Oh, muy bien —dijo, avergonzada, y se alejó de inmediato.

Lucas salió enseguida, recogió la chaqueta y se sentó en el suelo de piedra con la espalda apoyada en la pared. La miró con los ojos enfebrecidos.

—Pudiste seguir a esos dos hombres y a mí hasta el interior del laberinto —comentó—. Supongo que esa habilidad forma parte de tus facultades.

—En realidad, te seguí a ti. Si necesito mucho encontrar algo y me concentro, normalmente lo encuentro.

—Dicho de otro modo, ¿sabrías encontrar la salida del laberinto?

—Sí, creo que sí. Pero ¿por qué me lo preguntas?

—Si no me despierto de esta fiebre, tendrás que salir sola.

—Por el amor de Dios, no digas eso.

—Si no me despierto al alba —prosiguió, resuelto a no dejarse vencer—, o si no parezco yo mismo cuando me despierte, tendrás que volver sola a la casa. El Jardín Nocturno será mucho menos peligroso por la mañana, pero ten cuidado de todos modos. En cuanto salgas del laberinto, ve a buscar a Stone. Cuéntale lo sucedido. Él te mantendrá a salvo.

—Lucas, ¿estás intentando decirme que no esperas recuperarte de esta fiebre?

—Que me aspen si lo sé. —Se secó la cara con una mano—. He estado antes ardiendo, pero nunca de esta forma.

—No estoy del todo segura —comentó Evangeline, acercándose a él despacio—, pero es posible que pueda ayudarte.

—No hay nada que puedas hacer —la contradijo en voz baja—. Con suerte, se me pasará durmiendo. Prométeme que pase lo que pase, no saldrás de aquí hasta que sea de día.

—Te doy mi palabra. Pero, por favor, déjame intentar bajarte la fiebre.

La sorprendió con una ligera sonrisa pícara.

—Mi querida señorita Ames, ¿no sabe que he estado ardiendo desde el momento en que la conocí?

—No es una buena señal —soltó Evangeline—. Tienes la fiebre tan alta que te está provocando alucinaciones.

—Pues esta alucinación concreta me está gustando mucho. —Dejó de sonreír—. Pero, por desgracia, parece acabarse. Creo que me estoy sumiendo en alguna especie de noche. Tengo que descansar.

Se preparó una almohada improvisada con la chaqueta y prácticamente se desplomó de lado. Alzó los ojos hacia ella, entornándolos un poco como si le costara distinguirla.

—Lo siento, Evangeline —dijo—. Quería protegerte, pero te he puesto en peligro. Es culpa mía y moriré con ese peso en la conciencia.

—No, Lucas. —Se agachó a su lado y le tomó la mano—. No voy a dejar que hables así.

—Confío plenamente en ti, Evangeline —aseguró mientras le apretaba convulsivamente la mano con los dedos—. Eres la mujer de más recursos que he conocido. Encontrarás la salida del laberinto. Y Stone te protegerá de quien está intentando matarte.

Cerró los ojos. Evangeline percibió que se estaba sumiendo en un sueño profundo. Tenía que descansar, pero sabía que no podía dejar que se adentrara demasiado en la oscuridad. El calor que desprendía abandonaba su cuerpo en corrientes violentas. Su mano le ardía al tacto.

Solo tenía una idea vaga e intuitiva de lo que había que hacer. De lo único de lo que estaba totalmente segura era de que tenía que ir con mucho cuidado. La conexión física entre los dos potenciaría los efectos de lo que intentara hacer para bajarle la fiebre. Si se excedía, mataría a Lucas igual que el fuego que ardía en su aura.

Agudizó con precaución sus sentidos y empezó a concentrar sus facultades en las corrientes excesivamente calientes. El impacto de la energía centelleante que recorría el cuerpo de Lucas fue tan intenso que casi tuvo que soltarle la mano. Le privó los pulmones de aire unos segundos. Temió que pudiera pararle el corazón.

La combatió instintivamente, enfriando las longitudes de onda llameantes con su energía refrescante y balsámica. Lo hizo con cuidado, por miedo a excederse. El doloroso recuerdo de lo que había hecho la última vez que había utilizado sus facultades de esta forma todavía era muy vívido.

Pero Lucas no era Douglas Mason. Su campo de energía era mucho más potente. Pensó que quizá sus facultades lo hacían psíquicamente fuerte, o tal vez fuera el dominio de sí mismo que había desarrollado para controlar el aspecto paranormal de su ser. Fuera cual fuera la explicación, el miedo que tenía a congelar sin querer el aura de Lucas fue desapareciendo. Vio que sería necesario muchísimo poder para extinguir las fuertes corrientes de energía que irradiaba, puede que incluso más del que ella podía utilizar.

Saber que no iba a hacerle daño le hizo sentir un alivio estimulante. Más audaz, aumentó la intensidad y se concentró más. La fiebre empezó a remitir. Lucas estaba más frío al tacto. La mano que ella le sujetaba dejó de arder. Ya no sudaba copiosamente.

Los segundos pasaron eternos.

Al cabo de un rato, le pareció que la energía del aura de Lucas volvía a ser normal y estable. Lucas dormía, pero ya no estaba al borde del abismo de lo que podía haber sido un estado permanente de inconsciencia o incluso la muerte. Estaba agotado, pero disfrutaba ahora del sueño reparador que tanto necesitaba.

Evangeline se sentó en el suelo de piedra, sujetándole la mano para controlarle el aura y asegurarse de que la fiebre no volvía a subirle. Pasado un rato, convencida de que ya no corría peligro, se puso de pie.

Se acercó a la orilla de la segunda piscina y contempló sus aguas luminosas. Podían verse claramente el antiguo suelo de piedra, los peldaños y los bancos sumergidos en el agua. La energía sutil, vigorizante, le estimuló los sentidos.

Se quitó las zapatillas húmedas, se remangó un poco el camisón y la bata y se agachó en el borde de la piscina. Con cuidado, sumergió los dedos en el agua. Una deliciosa sensación de bienestar le hormigueó por todo el cuerpo.

Se sentó en el borde de piedra, balanceó los pies en el agua agradablemente cálida y pensó en lo que había pasado cuando le había bajado la fiebre a Lucas.

Desde el día en que se había encontrado a Douglas Mason en la escalera, había vivido con el terrible conocimiento de que podía matar a alguien tocándolo.

Pero gracias a Lucas, ahora sabía que también podía sanarlo.

17

Se despertó con la seguridad y la certeza de que había ocurrido lo inesperado. Todavía estaba vivo.

No solo vivo, sino que se sentía fuerte y lleno de vida otra vez. La fiebre ya no le inflamaba los sentidos. Por algún increíble capricho de la fortuna, había sobrevivido a la devastadora calentura.

La memoria le regresó de golpe, y con ella, la última imagen enfebrecida de Evangeline arrodillada a su lado, sujetándole la mano. Recordó el suave calor en sus ojos.

Fue Evangeline quien le había salvado la vida, no la fortuna. Lo sabía con tanta seguridad como que volvía a poseer y controlar plenamente sus facultades. No tenía idea de cómo Evangeline había calmado la energía psíquica que ardía en su interior, pero no había la menor duda de que ella era la razón de que todavía dispusiera de todos sus sentidos, la razón de que todavía estuviera vivo.

Abrió los ojos y volvió la cabeza tratando de localizarla. Estaba sentada en el borde de la piscina, con las manos apoyadas en el suelo a su espalda, deslizando lentamente los pies adelante y atrás en el agua. Tenía la bata y el camisón de chintz remangados por encima de las rodillas, y el cabello suelto le cubría la espalda. Parecía contemplar absorta la piscina reluciente: una ninfa en su laguna del bosque. Casi le daba miedo hablar por si el sobresalto la sacaba de algún sueño mágico.

Y de repente no solo estaba vivo, sino que estaba total, dolorosa y vorazmente excitado.

Se incorporó despacio, dejando que el ruido de la ropa anunciara que estaba despierto.

Evangeline volvió la cabeza muy deprisa, con una sonrisa de alivio y, a su entender, también de otra emoción. Agudizó un poco sus facultades y podría haber jurado que veía el calor del deseo sexual en sus ojos. Una fantasía, sin duda, producto de lo mucho que la deseaba.

—¿Cómo te encuentras? —preguntó Evangeline.

—Mucho mejor de lo que esperaba, dado lo que pasó en el laberinto —respondió. Y, tras reflexionar un momento, añadió—: Me encuentro muy bien.

—Me alegro.

Lucas se levantó mientras trataba de encontrar algo inteligente que decir. Se dio cuenta de que llevaba desabrochada la camisa. Evangeline le miraba el tórax desnudo con sumo interés. También se fijó en que no había hecho el menor esfuerzo por sacar los pies del agua o taparse las rodillas con la ropa.

Se metió la mano en el bolsillo de los pantalones y extrajo el reloj. Las manecillas estaban paradas a medianoche, más o menos cuando había entrado en el laberinto. Luego, cerró la tapa.

—Se me ha parado el reloj —anunció—. La energía de los jardines es tan fuerte que suele afectar a mecanismos delicados como los relojes. ¿Tienes idea de cuánto rato habré dormido?

—No, lo siento. Un par de horas, quizá. —Chapoteó un poco con los pies en el agua y se reclinó, esbozando una son risa misteriosa—. He observado que las corrientes de las aguas tienden a dejarlo muy relajado a uno. El tiempo no parece importar demasiado aquí dentro.

—No —confirmó Lucas, que miró el pasillo de piedra que conducía a la entrada de las termas. La entrada de energía seguía estando oscura como boca de lobo. No había ni rastro de luz al otro lado—. No pueden faltar más que unas pocas horas para que amanezca.

—No. —Dejó de mirarle el tórax y se fijó directamente en su cara, examinándolo como si fuera una curiosidad rara y fascinante.

Como los dedos no parecían obedecerle, Lucas dejó de intentar abrocharse la camisa.

—Evangeline, tenemos que hablar —dijo.

—¿Ahora? —preguntó Evangeline con una expresión melancólica.

—Pronto amanecerá.

—Sí, ya has mencionado la hora —dijo mientras chapoteaba un poco más con los pies en el agua. Y entonces hizo un gesto de impaciencia con la mano y se levantó el pelo de la nuca—. Aquí hace mucho calor, ¿no?

La curva delicada y vulnerable de su cuello fascinó a Lucas.

—Las piscinas desprenden mucho calor —dijo. Su voz le sonó un poco pastosa incluso a él.

—Y energía... —añadió Evangeline, sonriendo como si le hiciera gracia algo.

—Sí. —Dejó la chaqueta en el suelo de piedra y se acercó despacio a la piscina donde estaba sentada—. También energía.

—Es muy estimulante. Y chispeante. Como el champán, aunque admito que no he tenido ocasión de beber demasiado champán. Es muy caro. Por lo general, las damas de compañía se limitan al jerez. Aunque he conocido a una o dos que se han pasado a la ginebra. La mayoría de las damas de compañía se aburre mucho, ¿sabes?

—Pero tú no.

—No, yo no. Rara vez me aburro. Me gusta mi trabajo para la agencia, y cuando estoy sola, tengo mi escritura. Nunca deja de fascinarme. Pero admito que hay veces en que me he sentido muy sola.

Lucas se debatía entre la frustración y la diversión.

—Creo que ahora mismo te sientes un poco achispada también, ¿no?

—Pues sí, la verdad —contestó con una risita—. Pero te aseguro que tengo las ideas muy claras.

—¿Ah, sí?

—Ya lo creo. De hecho, me parece que no he percibido las cosas con tanta claridad en toda mi vida. Me siento libre, Lucas, y es gracias a ti.

—¿Yo te liberé?

—Sí, señor.

—¿Y cómo lo hice?

—Es complicado —respondió Evangeline, ladeando la cabeza—. La verdad es que no quiero hablar de ello en este momento.

—¿Cuánto rato llevas con los pies metidos en el agua de esta piscina?

—No tengo ni idea. —Chapoteó de nuevo con ellos—. Ahora me toca a mí hacerte una pregunta. ¿Cuántas mujeres ha traído a estos baños, señor Sebastian?

Lucas sonrió. Estaba flirteando con él y eso le gustaba. Pensó que era un pasatiempo peligroso, pero qué demonios, la suerte estaba echada. Evangeline pronto sería suya. Ella lo sabía tan bien como él. Por eso estaba utilizando sus artimañas femeninas; por eso decía que se sentía libre. Lo más estimulante de todo era que él también se sentía como si hubiera sido liberado de su cárcel autoimpuesta.

175

Pensó que estaban hechos el uno para el otro. Puede que fuera la suerte, el destino o el karma lo que los había conducido hasta aquel momento. No creía en ninguna de estas fuerzas sobrenaturales, y lo que había ocurrido aquella noche en los jardines no era el método que había tenido intención de usar para conquistarla. Pero lo hecho, hecho estaba. Lo sucedido aquella noche había sellado su destino.

—Nunca he invitado a ninguna otra mujer al Jardín Nocturno, y mucho menos a estas termas... —contestó. Se acercó un poco más y se puso en cuclillas junto a la piscina—. Te diré un secreto.

—Estupendo —soltó Evangeline con una risita—. Adoro los secretos.

—El motivo de que jamás haya invitado a nadie a venir conmigo a esta piscina es que jamás había conocido a ninguna mujer que me pareciera que podría disfrutar esta experiencia conmigo, una mujer con facultades.

—¿Qué quieres decir?

—Según consta en documentos antiguos, es evidente que estas aguas tienen efectos muy fuertes sobre las personas como nosotros, Evangeline.

—¿Las que tienen poderes paranormales?

—Cuantos más poderes, más fuerte es el efecto.

—Supongo que tiene sentido. —Se inclinó hacia delante y recorrió el agua con los dedos de una mano—. Si las propiedades del manantial son de cariz paranormal, es lógico que afecten más a quienes poseen fuertes habilidades psíquicas que a quienes no, simplemente porque podrán percibir la energía con más intensidad.

—Esa fue siempre la teoría de mi tío. —Lucas sonrió, saboreando el momento.

Evangeline le dirigió otra sonrisa tentadora y lo miró con los ojos entornados.

—Si tu tío tenía razón, dos personas con fuertes habilidades psíquicas que tuvieran una relación romántica en esta sala seguramente la vivirían de una forma muy intensa.

Para Lucas aquel era el mejor mundo posible. Aunque quizá lo que pasaba era que, después de todo, no se había recuperado de la fiebre paranormal. A lo mejor estaba alucinando. Fuera como fuese, su futura esposa estaba tratando de seducirlo. Si era un sueño, solo esperaba no despertarse nunca.

—Es la suposición lógica... —dijo—. ¿Te cuento otro secreto?

—Sí, por favor.

—Mi tío demostró esa suposición con su ama de llaves, la señora Buckley. Ella también tenía cierta cantidad de facultades, ¿sabes?

—¿Qué...? —A Evangeline se le desorbitaron los ojos. Después, soltó una carcajada cantarina—. No me digas que tu tío y la señora Buckley eran amantes.

—Lo fueron durante varios años. Por supuesto, era un secreto familiar. Pero sospecho que pasaron varias noches en este lugar.

—Vaya, vaya, vaya. —Evangeline se inclinó hacia delante y paseó de nuevo una mano por el agua—. Pero ¿y tú? No me puedo creer que nunca encontraras a una mujer a la que quisieras traer aquí.

—Tú eres la primera —aseguró Lucas mientras le apartaba un mechón de pelo sedoso del hombro.

—Excelente. —Evangeline sonrió con cierto aire de suficiencia y le guiñó el ojo—. Me alegra saberlo.

Salpicó un poco de agua fuera de la piscina y las gotitas centellearon como diamantes líquidos. Mojaron las botas y las vueltas de los pantalones de Lucas.

—Se está bañando en aguas peligrosas, señorita Ames —le advirtió en voz baja—. Literalmente.

—Creía que nos tuteábamos, Lucas.

—Gracias por recordármelo. —Sonrió.

—Creo que hay que vivir la vida con todos los sentidos.

—¿De veras?

—Sin lugar a dudas.

Se remangó la bata y el camisón, y se puso de pie en uno de los bancos sumergidos. El agua le llegaba hasta la curva elegante de las pantorrillas. Alargó una mano y lo contempló con aire expectante.

Lucas se incorporó despacio y le tomó la mano. En cuanto notó el contacto de los dedos de Evangeline lo invadió una sensación eufórica de complicidad. Era como si todas las fuerzas del universo se hubieran conjurado para que aquella noche, aquel momento tuviera lugar.

Tras salir delicadamente de la piscina, Evangeline le soltó la mano y se sacudió brevemente la ropa. Los pliegues de las prendas de dormir le cayeron hasta los tobillos mojados. Lucas se preguntó si se habría dado cuenta de que llevaba la bata abierta.

—Creo que sé el verdadero motivo por el que nunca has traído a ninguna enamorada a este lugar —comentó Evangeline.

—¿Ah, sí? ¿Y qué motivo es ese? —preguntó mientras le recorría suavemente la mandíbula con un dedo.

—En una palabra: control. —Sonriente, se alejó de él y giró sobre sí misma como una bailarina de ballet. Al pararse, lo miró de nuevo—. No te gusta la idea de perder el control, y eres demasiado noble para aprovecharte de una señorita a la que el ambiente de este lugar podría haber embriagado un poquito.

Se acercó a ella hasta que la parte inferior de la bata y el camisón mojados le rozó el empeine de las botas. Le sujetó el mentón con la mano.

—Tienes razón en parte... —aseguró—. El autocontrol es importante para mí porque de él depende mi habilidad para dominar y concentrar mis facultades. Pero me crees mucho más caballeroso de lo que soy.

—Bah. Mantengo mi veredicto. Nunca te aprovecharías de una señorita.

—Ya lo creo. Ahora verás —dijo, y sonrió lentamente.

Le cubrió despacio la boca con los labios de modo deliberadamente provocativo. Se dijo a sí mismo que quería darle una pequeña lección; algo que recordara, pasadas unas horas, cuando los efectos de la piscina se hubieran desvanecido. Creía que dominaba la situación. Que lo tenía todo bajo control.

Pero no había contado con los efectos electrizantes que la reacción de Evangeline podría tener en él.

—Lucas —le susurró en los labios—. Dios mío, Lucas.

Le rodeó el cuello con los brazos y se apoyó en él, devolviéndole el beso con una energía y una pasión femenina que le incendió los sentidos. Había estado parcialmente excitado desde el inicio de esta escena temeraria, pero su dominio de sí mismo había sido total. Ahora era evidente que había cometido un enorme error de cálculo. Notaba una gran tensión en la entrepierna y empezaba a sudar otra vez. Pero esta fiebre era completamente distinta.

La acercó más a él e imprimió más pasión a su beso. Cuando los dedos de Evangeline le recorrieron el pelo, lo invadió una energía eufórica. No era solo que jamás hubiera estado tan excitado físicamente, sino que también se sentía más fuerte, más poderoso, más consciente a todos los niveles. Era como si la pasión femenina de Evangeline estuviera de alguna forma en armonía con las corrientes de su propia fuerza vital y le realzara los sentidos.

Evangeline se estremeció en sus brazos y se aferró a él con más ímpetu. Su boca se abrió bajo sus labios y, por primera vez en su vida, Lucas comprendió el increíble poder metafísico de la pasión. Hasta que la había conocido, había estado seguro de que sabía todo lo que había que saber sobre el deseo. Él controlaba su lujuria, aunque la lujuria no lo controlaba a él.

Pero Evangeline lo había cambiado todo. Con ella podría ser libre.

Alzó la cabeza, abrió los ojos y vio que ella los tenía cerrados. Como tenía la cabeza echada hacia atrás, le quedaba visible la curva del cuello. Así que abandonó el seductor néctar que había estado bebiendo en los labios de Evangeline, le rodeó la nuca con las manos y le besó la delicada zona de detrás de una oreja. Ella le clavó las uñas en los hombros mientras emitía un ruidito suave, ansioso.

—Atravesaría el infierno para que fueras mía esta noche —confesó con los labios en el cuello de Evangeline.

—Sí, ya lo sé, pero no hace falta. —Abrió los ojos—. Estoy aquí y esto no es el infierno. Es el cielo. Te juro que no puedo pensar en nada más que en esta sensación. Es tan emocionante. Siempre me había preguntado cómo podía una perderse totalmente en la pasión. Ahora ya lo sé.

El reto provocativo en sus ojos le resultó exultante. Soltó una carcajada que sonó ronca, más como un gruñido dolorido de necesidad.

—Da la casualidad de que acabo de tener una revelación parecida —dijo Lucas.

La fragancia de Evangeline era embriagadora, excitante, irresistible. Deslizó las palmas de las manos hacia abajo hasta que el peso suave de sus pechos descansó en sus manos. Usó la yema de los pulgares para acariciarle los pezones tersos a través de la tela de la bata y el camisón.

Evangeline le puso las palmas abiertas en el tórax y le besó el hombro mientras él bajaba las manos hacia la cintura y las metía bajo la bata de chintz. Entonces, con un ligero suspiro, Evangeline enredó los dedos en el vello rizado que le cubría el tórax.

Era demasiado. No podía soportar más aquel dulce tormento.

La cargó en brazos, se dirigió al banco de piedra más cercano y se sentó con ella rodeándole los muslos, de modo que la bata le resbaló por los hombros. Agachó la cabeza para besarla y le deslizó una mano bajo el camisón. Le recorrió con ella el interior de la pierna, deteniéndose para saborear la increíble suavidad de su piel.

Evangeline se le aferró a la boca un momento y después, con un gemido entrecortado, se soltó y le hundió la cara en un hombro. Lucas notaba la tensión sensual, tanto física como metafísica que la tenía subyugada. Tenía los sentidos puestos en la necesidad de complacerla. Quería verle la cara cuando alcanzara el clímax.

Subió más la mano. Cuando llegó al pequeño manantial secreto de la entrepierna, la encontró mojada y preparada. Solo el perfume exótico del cuerpo excitado de Evangeline bastaba para que él alcanzara el clímax. Apenas podía conservar el último vestigio de control.

Le acarició el delicado capuchón de su sexo. Evangeline cerró con fuerza los ojos mientras se le aferraba a la camisa con los dedos.

—Lucas —jadeó—. No puedo soportarlo más. Me está pasando algo.

—Deja que pase, mi vida. Déjate ir. Goza para mí.

Le deslizó un dedo hacia dentro. Estaba tensa y húmeda. Notó cómo los músculos de la entrada lo oprimían para intentar resistirse a su intrusión. Prosiguió cuidadosamente su ascenso por el interior a la vez que seguía excitándole el clítoris.

Supo cuándo iba a alcanzar el clímax antes que ella incluso. Estaba tensa y rígida, oprimiéndole una y otra vez el dedo, y, acto seguido, se estremeció en medio de pequeñas oleadas convulsivas.

Su grito apagado, entre sorprendido, asombrado y maravillado, resonó en la sala de piedra.

—Lucas.

Saber que tenía su nombre en los labios al llegar al orgasmo fue casi tan gratificante como hacerla completamente suya. Casi.

Se abrió la parte delantera de los pantalones.

Cuando la penetró cuidadosamente, Evangeline estaba empezando a relajarse después de su clímax.

—Lucas —jadeó mientras se ponía tensa debido a la sorpresa. Parpadeó varias veces, confundida y alarmada—. Algo va mal.

—¿Todavía me quieres, cariño?

—Sí, claro, pero no estoy segura...

—Intensifica otra vez tus sentidos —le indicó.

El ambiente se cargó de energía. Los ojos de Evangeline volvieron a llenarse de pasión. El aura de Lucas reaccionó aumentando también su intensidad.

Lucas sujetó la parte posterior de la cabeza de Evangeline con una mano, acercó la boca a la suya y superó con un empujón rápido la delicada barrera.

Evangeline se liberó de su beso y soltó un pequeño grito. Le arañó los hombros y Lucas supo que le quedarían las marcas. Eso lo excitó. Pero de repente notó que había muchísima más energía arrolladora en la sala y que procedía de Evangeline. Sus ojos ya no brillaban ligeramente de deseo femenino. Ardían.

Notó que las corrientes de sus auras se habían encendido de golpe y estaban en armonía. La exquisita sensación, casi insoportablemente íntima, lo dejó sin aliento.

Se obligó a sí mismo a contenerse un momento más, muy consciente de la respiración agitada de Evangeline y de su pulso rápido y excitado. Le besó la mandíbula, la mejilla, los labios.

Cuando vio que se había adaptado a la sensación de tenerlo tan dentro de su cuerpo, empezó a moverse. Había planeado empujar despacio y con cuidado, pero el contacto húmedo, agradable y caliente del cuerpo de Evangeline fue demasiado para él. Perdió el poco dominio de sí mismo que le quedaba. La penetró hasta el fondo, en medio de un clímax demoledor.

Estaba perdido en la tormenta, pero daba igual. Evangeline estaba con él.

18

Sharpy Hobson había fallado. Estaba exasperantemente clarísimo.

Habían pasado dos días desde que el navajero había ido en tren a Little Dixby. Hobson no había vuelto para cobrar la parte restante de su dinero, y la prensa no había informado de ninguna muerte violenta ocurrida en el campo. Ni tampoco había ninguna noticia de que hubieran detenido a un delincuente de Londres en algún pueblo.

Solo había una explicación. Hobson no había podido llevar a cabo el trabajo para el que lo había contratado. Seguramente había vuelto a Londres y estaba en aquel preciso instante ahogándose en ginebra en su taberna favorita porque no le apetecía tener que darle la mala noticia a su viejo compinche.

Garrett Willoughby andaba impaciente de arriba para abajo por el reducido camerino. Seguía llevando puesto el maquillaje y el vestuario de la obra. El local solo se había llenado hasta la mitad esa noche, lo que no le parecía nada extraño. El ridículo melodrama con su mala escenificación del fuego simulado y de los restos del tren accidentado había llegado al final de su recorrido en menos de un mes. El director del teatro decidiría pronto que se dejara de representar la obra.

Se detuvo delante del espejo y se miró en él. Había sido actor el tiempo suficiente para saber cuándo había llegado el momento de buscar otro papel. Pero las cosas no tendrían que haber ido así. El plan era casi perfecto. Si se hubiera llevado a cabo tal como lo habían previsto, ahora Douglas estaría prometido con la heredera de los Rutherford. En unos meses, él se habría casado con una joven dama.

La heredera estaba predestinada a morir en un trágico accidente poco después del día de su boda, y su afligido esposo se habría convertido en un hombre rico. Garrett y Douglas siempre lo habían compartido todo. Tenían intención de repartirse también el dinero de la chica. Todo había parecido muy fácil y sencillo. Pero el plan había salido mal. Era Douglas quien estaba muerto, y la culpa era de Evangeline Ames. Garrett no sabía cómo una simple mujer había vencido a su hermano, que se había curtido en las calles, pero de algún modo lo había hecho. Quizás había conseguido poner la zancadilla a Douglas en lo alto de la escalera. Fuera como fuese, ella tenía la culpa de que Douglas hubiera sido desenmascarado, de que estuviera muerto, de que el plan se hubiera ido al garete.

Ella tenía la culpa de que él pronto se viera obligado a encontrar otro papel mal pagado en otro melodrama malo en lugar de llevar la vida de un caballero.

La rabia lo carcomía por dentro como un veneno terrible. La única cura era la venganza.

Había contratado a Hobson porque los tres, Douglas, Sharpy y él mismo, se habían conocido durante casi toda su vida. Habían crecido juntos en las calles. Pero mientras que Douglas y él habían podido sacar provecho de su aspecto físico y de su inteligencia para ascender en la vida y abandonar los ambientes criminales, Sharpy había sido demasiado corto para seguirlos. Aunque a Sharpy no le había importado. Se había conformado con dominar su pequeño rincón del infierno, regodeándose en su fama de asesino a sueldo. Nunca fallaba.

Se preguntó cómo habría sobrevivido Ames. Sharpy no era el delincuente más listo de Londres, desde luego, pero se le daba muy bien lo que hacía y era despiadado. Disfrutaba con su trabajo, especialmente cuando la víctima era una mujer. Costaba creer que no hubiera podido con Evangeline Ames.

Pero se recordó a sí mismo que se trataba de la misma zorra que de algún modo había logrado matar a Douglas arrojándolo escalera abajo. La furia lo envolvió.

Tomó un tarrito de maquillaje de teatro y lo lanzó contra el espejo. El cristal se rompió en añicos, que cayeron sobre el tocador.

Cuando pudo volver a respirar, abrió el cajón del tocador y sacó la pistola.

19

Evangeline tardó unos minutos en recuperar el aliento y serenarse. Cuando abrió los ojos, vio que Lucas la estaba observando con una expresión inquietante, tremendamente íntima y cariñosa, pero que contenía también una actitud de posesión masculina. Era como si hubiera averiguado su secreto mejor guardado y quisiera que ella viera que lo sabía.

Todavía algo aturdida, levantó la cabeza, que tenía apoyada en el hombro de Lucas. ¿Qué diablos decía una mujer en un momento así?

—Lucas —susurró mientras le recorría la fuerte mandíbula con las yemas de los dedos, maravillada por lo que acababa de pasar.

Lucas le tomó los dedos con una mano y se los besó.

—¿Estás bien? —le preguntó, mirándola a los ojos.

—Creo que sí. —Sonrió—. Ha sido... extraordinario.

—Sí —corroboró Lucas—. Ha sido extraordinario. —Sonrió a su vez—. Pero es que tú eres una mujer extraordinaria, Evangeline Ames.

Sobresaltada, se dio cuenta de que todavía le rodeaba los muslos con las piernas de la forma más inmoral que se pueda uno imaginar. La bata le había resbalado de los hombros y llevaba el camisón remangado por encima de los muslos.

Se separó de su regazo como pudo y, avergonzada, se puso de pie. No era la única que iba medio desnuda. Lucas llevaba la camisa desabrochada y la parte delantera de los pantalones, todavía abierta. Le exigió una enorme fuerza de voluntad no quedarse mirando el estupendo tórax musculoso de Lucas, pero no osó bajar más la mirada.

—No sé qué decir —soltó.

—No hace falta decir nada. —Lucas se agachó y se quitó las botas—. Eres una mujer apasionada. La pasión es una emoción normal. No necesita palabras. Salvo, supongo, en las novelas sensacionalistas.

—No soy una jovencita ingenua —protestó, fulminándolo con la mirada—. Por si no lo recuerdas, te diré que he leído muchas novelas sensacionalistas y soy autora de este tipo de historias. Soy una experta en la materia.

—Por supuesto. —Se levantó y se quitó la camisa—. Te pido disculpas.

—No puede decirse que ignorara el deseo antes de nuestro... —Evangeline, muy erguida, agitó una mano mientras buscaba la palabra adecuada—. Antes de nuestro encuentro. Me habían besado varias veces —explicó con el ceño fruncido mientras intentaba recordar la cifra exacta—. Por lo menos tres veces, creo.

—Ah, sí, esto explicaría tu pericia.

—Aunque debo admitir que hasta esta noche tenía que usar la imaginación cuando se trataba de describir ciertas sensaciones —dijo con el ceño fruncido de nuevo—. La verdad es que la experiencia de esta noche ha sido muy instructiva. Esclarecedora, de hecho.

—Me alegra haberte ayudado, mi querida autora. —Le dirigió una sonrisa perezosa, la clase de sonrisa que un león podría lucir después de zamparse una gacela rolliza—. En el futuro, ten la seguridad de que estaré encantado de estar a tu disposición para que te sigas documentando. Espero que me consideres una fuente de inspiración.

—Te estás burlando de mí —se quejó Evangeline con una mueca.

—Eso nunca, señorita Ames. —Se quitó los pantalones—. Bueno, puede que un poquito.

Finalmente, Evangeline cayó en la cuenta de que se estaba desnudando delante de ella. Estaba escandalizada; casi, pero no del todo, sin habla.

—¿Qué estás haciendo? —exclamó.

—Preparándome para bañarme en la piscina que tienes justo detrás. ¿Quieres acompañarme?

Estaba horrorizada. Se dijo que por lo menos tendría que estarlo.

—¿Esperas que me bañe contigo?

—Diría que después de la relación íntima que acabamos de disfrutar, no puede decirse que bañarnos juntos sea una sugerencia escandalosa. De hecho, suena bastante agradable. Ya vamos desnudos.

Desde luego, él iba desnudo. A Evangeline le resultaba instructivo mirarlo. Los únicos otros desnudos masculinos que había visto eran estatuas de mármol. La realidad era mucho más interesante. Los músculos portentosos y bien delineados de los hombros y los muslos de Lucas la incitaban a tocarlo.

—Solo uno de los dos está desnudo —señaló.

—Un descuido por mi parte. —Se acercó a ella—. La próxima vez tenemos que intentar encontrar una cama. Sería mucho más cómodo que un banco de piedra, ¿no crees?

«La próxima vez.» Esas palabras le retumbaron en la cabeza, resonándole sin parar. Estaba hablando de una próxima vez. Era emocionante a la vez que desconcertante. Oyó de fondo la advertencia de Clarissa y Beatrice: «No queremos verte sufrir, Evie.»

189

Lucas se detuvo justo delante de ella y la sujetó por las solapas de la bata.

—He estado pensando en lo que dijiste antes sobre las propiedades de las aguas de estas piscinas —comentó Evangeline tras carraspear.

—¿Sí? —Le pasó la bata por los hombros y dejó que la prenda cayera al suelo—. ¿Qué dije? Parece que lo he olvidado.

—Algo sobre cómo las corrientes distorsionan los mecanismos delicados como los relojes de bolsillo y el sentido del tiempo de uno mismo.

—¿Y qué? —Le rozó la boca con los labios.

Evangeline volvió a sentir la misma pasión fascinante que antes. Se esforzó por conservar el sentido común. Pero fue inútil. Lucas le estaba besando el cuello. Fue vagamente consciente de que le estaba subiendo el camisón por encima de las caderas.

—Mencionaste que la piscina de esta sala era conocida por provocar una excitación peculiar.

—Intenté avisarte —dijo mientras le pasaba el camisón por la cabeza y lo lanzaba a un lado.

—Sí, es verdad. —Suspiró—. Puede que las corrientes de esta sala me sobreexcitaran un poco.

—Evangeline...

—No tienes por qué disculparte. —Alargó una mano para indicarle que callara—. Lo hecho, hecho está, y tengo que admitir que lo único que lamento es haberme aprovechado de ti.

—Dejemos algo claro entre nosotros. No te aprovechaste de mí.

La cargó en brazos.

—¿Estás seguro? —preguntó Evangeline, aferrándose al hombro de Lucas—. Me porté de una forma que solo puede describirse como extremadamente atrevida.

—Te aseguro que estaría encantado de que te portaras de esa forma en cualquier momento.

—Te estás burlando de mí otra vez, Lucas.

—Puede. —Se dirigió hacia el borde de la piscina—. Pero solo porque estás haciendo un gran melodrama por nada.

—¿Nada?

—Nada —repitió Lucas.

Un ligero pavor le enturbió los sentidos. Quizás el apasionado encuentro había significado poco para él. Al fin y al cabo era un hombre de mundo.

Lucas empezó a bajar los peldaños para sumergirse en el agua chispeante. Ella se repuso enseguida. Ahora también tenía experiencia en la pasión y el deseo. Gracias a Lucas había conocido la máxima relación con un hombre. Su escritura sería mucho mejor gracias a ello.

—Puede que tengas razón —dijo—. Estoy sacando las cosas de quicio, ¿verdad?

—Creo que sí —respondió Lucas—. Pero eso es, sin duda, porque eres escritora y, por tanto, usas expresiones dramáticas.

—Sin duda —aceptó Evangeline.

Lucas se sumergió más en la piscina caliente con ella en brazos. Entonces, Evangeline pensó que no volvería a pasar otra noche como aquella. Si no se permitía saborearla al máximo, lo lamentaría toda su vida.

Se abandonó al momento y a la caricia sedosa del agua de la piscina con un suave suspiro.

Lucas se sentó en uno de los bancos sumergidos y Evangeline se meció en sus brazos. Las aguas cálidas y embriagadoras se arremolinaron dulcemente a su alrededor.

—¿Cómo me bajaste la fiebre que me consumía esta noche? —preguntó él al cabo de un rato.

—No puedo explicarlo —admitió—. No del todo. Percibí el calor antinatural en tu aura y... enfrié las corrientes hasta que parecieron estar normales.

—¿Lo habías hecho antes?

—No exactamente. —Era lo último de lo que quería hablar. Solo Beatrice y Clarissa conocían su oscuro secreto. ¿Qué pensaría Lucas de ella si supiera lo que había hecho, lo que era capaz de hacer?—. Bueno, sí, por así decirlo. Pero solo una vez y los efectos fueron los contrarios. En aquella ocasión tampoco sabía que podía hacer lo que hice. No hasta que llegó el momento.

—¿A quién bajaste la fiebre en esa ocasión?

La sospecha la invadió. Lucas la estaba interrogando.

—¿Por qué quieres saberlo? —preguntó.

—Puede que esté celoso —dijo Lucas con una sonrisa.

—No tienes motivos para estar celoso, te lo aseguro —indicó con un escalofrío.

—¿Quién era, Evangeline?

—Un caballero que una vez había afirmado amarme. Pidió mi mano en matrimonio. A simple vista, parecía ser todo lo que siempre había esperado encontrar en un marido. Inteligente, atento, considerado. Me traía flores y me escribía poemas. Admiraba mi escritura.

—¿De veras?

—Me dijo que tenía un don para describir las sensaciones metafísicas de las pasiones más oscuras así como la trascendencia del amor. Aseguró que estaba convencido de que solo personas excepcionales podían experimentar las cotas máximas de pasión.

—¿Personas excepcionales como tú?

—Humm... Sí.

—Pero nunca alcanzaste esas cotas con él —comentó Lucas—. Después de lo de hoy lo sé con certeza.

—Te dije que me habían besado antes. Desde luego, Robert era muy experto.

Le pareció que estaba hablando con demasiada libertad. Si tuviera algo de juicio, pararía. Se preguntó vagamente si las aguas de la piscina la estarían afectando como si bebiera demasiado champán, que la volvía parlanchina.

—¿Usaba realmente el tal Robert palabras como «la trascendencia del amor»? —preguntó Lucas.

—Sí. —Movió distraídamente una mano hacia atrás y hacia delante en el agua—. Era de lo más encantador. Siempre sabía qué decir. Nos reíamos juntos. Y teníamos mucho en común. Íbamos a museos y a galerías de arte.

—¿Era tu enamorado ideal? —Los ojos de Lucas brillaron, pero no de pasión.

—Resultó que no era tan ideal. —Sacó una mano del agua y acercó el pulgar al índice hasta que los dos dedos casi se tocaron para ilustrar lo que dijo a continuación—: Pero estaba cerca de serlo, muy cerca. Por aquel entonces yo no podía percibir la energía del aura de una persona con tanta claridad como ahora, ¿sabes? Solo era capaz de ver una gama muy limitada de luz. Así que se me escapó totalmente la oscuridad de Robert.

—¿Qué pasó? —preguntó Lucas.

—Visto a posteriori, podría decirse que hubo un par de pistas que revelaban su verdadera personalidad.

—¿Qué pistas?

—Estás empezando a sonar mucho como un inspector de policía, Lucas —se quejó Evangeline, cada vez más recelosa.

—¿Qué fue lo que delató la verdadera personalidad de Robert? —insistió Lucas con un esfuerzo evidente por parecer más paciente, aunque no lo logró del todo.

—La primera fue que desapareció cuando se enteró del suicidio de mi padre y de sus pérdidas económicas. Me dije a mí misma que estaba en todo su derecho de terminar nuestro noviazgo. Después de todo, creía que iba a recibir una herencia considerable.

—Pero sus actos arruinaron la imagen romántica que tenías de él, ¿es eso? Dejaron claro que estaba más interesado en tu dinero que en ti.

—Sí, pero no puede decirse que sea el único pretendiente que hace eso, ¿no?

—No —admitió Lucas—. ¿Y la segunda pista?

La energía cálida y efervescente del agua la distraía y le dificultaba concentrarse.

—¿Perdona? —dijo.

—Dijiste que hubo una segunda pista de la verdadera personalidad de Robert.

—Oh, es verdad. Descubrí el segundo indicio de su falsedad cuando trató de asesinarme.

—¿Douglas Mason, el cazafortunas al que desenmascaraste en el asunto de los Rutherford? —Lucas la miró sin pestañear.

—Sí —respondió Evangeline, que estaba muy quieta, algo temerosa de lo que ocurriría a continuación y, aun así, queriendo que Lucas supiera la verdad sobre ella—. Cuando me cortejaba a mí, se hacía llamar Robert.

—Cabrón —soltó Lucas en voz muy baja.

—No podía creerlo cuando me di cuenta de que él era el hombre al que mi clienta quería investigar. Poco después de asumir mi papel como dama de compañía de lady Rutherford asistí a una recepción en una galería de fotografías con su nieta. Me quedé de piedra cuando Robert entró en la sala. No solo usaba otro nombre, sino que se había concedido a sí mismo un título.

—¿Te reconoció?

—No. —Sonrió irónicamente—. Llevaba gafas y un vestido muy sencillo. Un gran sombrero, con velo de viuda, me cubría el pelo. Yo también utilizaba un nombre ficticio. Es mi disfraz habitual. Mason no se fijó en mí. Al fin y al cabo, yo solo era la dama de compañía de una señora mayor.

—Es increíble lo poco observadora que es la mayoría de la gente.

—Las empleadas de Flint y Marsh contamos con ello.

Como sabes, seguí mi investigación y descubrí la prueba que lady Rutherford pudo usar para desenmascarar a Mason.

—Quien más adelante se enteró de que tú tenías la culpa de ello y trató de asesinarte.

—Sí.

—Sé que es difícil, pero ¿recuerdas algo que pudiera haber dicho que nos ayude a identificar a su hermano? —preguntó Lucas.

—No. Le he dado muchas vueltas desde que Stone te trajo la información de Londres. Pero nunca supe que Robert... quiero decir, Douglas tuviera un hermano. Nunca me lo mencionó cuando me cortejaba.

—Dime qué sucedió el día que intentó matarte.

—Cuando se enfrentó a mí en lo alto de la escalera, estaba furioso. Era como si se hubiera vuelto loco. Solo hablaba de las cosas terribles que me haría antes de cortarme el pescuezo.

—Cabrón —dijo Lucas de nuevo en voz muy baja. La rodeó con más fuerza con los brazos—. Me alegra mucho que esté muerto, por supuesto. Lo único que lamento es que su muerte fuera un accidente. Me habría gustado mucho ayudarle a irse al otro mundo.

Se quedó tan estupefacta que estuvo unos segundos sin habla. Nadie había querido nunca protegerla.

—Es muy... caballeroso por tu parte —susurró.

Para su horror, apoyó la cara en el hombro de Lucas y se echó a sollozar.

Lucas la abrazó un rato, dejándola llorar. No dijo nada. Era como si supiera que no había palabras.

Al final, se sorbió la nariz varias veces, alzó la cabeza y se echó algo de agua en la cara.

—Perdona —dijo—. Te aseguro que no tengo por costumbre echarme a llorar como una Magdalena a la menor ocasión.

—Aunque parezca extraño, ya lo sabía.

—Sí, bueno —comentó Evangeline, que había recobrado la compostura con algo de esfuerzo—, ya sabes toda la historia de mi sórdido gran romance. Como ves, no terminó bien. Dios mío, supongo que ya estará a punto de salir el sol. Pronto podremos salir de esta sala.

—Otra cosa antes de que dejemos el tema de Douglas Mason —pidió Lucas.

—¿Sí?

—No tropezó y se cayó por la escalera, ¿verdad? Le hiciste algo a su aura, algo parecido a lo que le hiciste a la mía, pero fuiste más allá. Le congelaste el aura.

La seguridad de su voz indicó a Evangeline que no tenía sentido intentar mentirle. Tampoco quería andarse con más rodeos. Necesitaba que supiera la verdad sobre lo que podía hacer con sus facultades; necesitaba que aceptara o rechazara a la verdadera Evangeline Ames.

—Le paré el corazón —susurró.

—Tienes una habilidad psíquica muy útil. —Lucas esbozó su sonrisa depredadora.

Le impresionó que aceptara con tanta tranquilidad su poder letal.

—Lucas, maté a un hombre con mis facultades —recalcó para asegurarse por completo de que lo había entendido—. Te juro que cuando empecé a rebajar la rabia de su aura, no sabía lo que pasaría, por lo menos al principio, pero los últimos segundos sabía lo que estaba haciendo y no me detuve.

—No, estoy seguro de que no entendías todo el poder de tus facultades hasta que tuviste la ocasión de utilizarlas. No es exactamente la clase de habilidad que puedes practicar, ¿verdad? Desesperada como estabas, todos tus sentidos estarían agudizados al máximo y concentrados exclusivamente en tu supervivencia. Fue entonces cuando te percataste intuitivamente de lo que podías hacer.

—Todavía no sé muy bien qué hice. Solo sé que cuando

me puso las manos encima, noté el calor de su furia asesina. Percibí la distorsión de las longitudes de onda. Sabía que podía atenuar esas corrientes con mi propia energía mental. Y lo hice. Y lo seguí haciendo hasta que... se desplomó en lo alto de la escalera.

—Y fue entonces cuando le diste un empujoncito que lo envió escalera abajo, de modo que pareció un accidente, lo que evitó tanto una investigación policial como el terrible escándalo que supondría una acusación por intento de violación y de asesinato.

—Parecía la mejor manera de manejar la situación —admitió.

La besó brevemente. Fue un beso rápido, posesivo, que le hizo estremecer los sentidos. Cuando Lucas alzó la cabeza, vio que los ojos le brillaban llenos de admiración y de un oscuro deseo.

—Bien hecho, cariño. ¿Dónde has estado toda mi vida, Evangeline Ames?

—El caso es que aquel día algo cambió en mí. Fue como si usar tanta energía me abriera un nuevo canal de visión psíquica. Después de aquello podía ver más cantidad del aura de una persona. —Se estremeció—. Mucha más de la que quería ver la mayoría de las veces. Es inquietante, si quieres que te diga la verdad.

—Sea lo que sea lo que has visto, recuerda que yo he visto cosas mucho peores.

—Sí, no sé cómo haces lo que haces, Lucas.

—Lo único que me importa es que no te inquieta lo que ves en mi aura.

—No, ni hablar. —Lo miró con una creciente incertidumbre—. ¿Pero no te preocupa que sea capaz de matar a una persona con mis facultades?

—No. —A Lucas se le ensombrecieron los ojos—. He llevado hombres a la muerte con las mías.

—Aun así, estoy segura de que a muchos hombres les horrorizaría saber que acababan de tener un... encuentro sexual con una mujer que es capaz de algo semejante —dijo tras sopesar un momento lo que Lucas acababa de decirle—. Pensar en ello provocaría visiones de la viuda negra a un caballero normal y corriente.

—¿Te parezco un caballero normal y corriente?

—No, Lucas. —Evangeline sonrió—. Eres cualquier cosa menos normal y corriente. Eres el hombre más extraordinario que he conocido.

—Lo único que me horroriza, Evangeline, es que solo he disfrutado de un encuentro sexual contigo. —Deslizó la mano bajo el agua para cubrirle un pecho—. Me gustaría mucho tener otro.

De repente, Evangeline fue consciente de que Lucas volvía a estar muy excitado. Su erección le presionaba con urgencia las caderas. Cuando la hizo girar entre sus brazos, vio cuáles eran sus intenciones.

—¿Aquí? —preguntó, sorprendida a la vez que fascinada—. ¿En la piscina?

—Aquí —corroboró Lucas—. En la piscina.

—¡Caramba! No tenía ni idea que algo así fuera posible.

—Te dije que estaría encantado de ayudarte a documentarte.

20

—¿Cómo podía haber salido todo tan terriblemente mal? —preguntó Horace Tolliver—. Toda la planificación, toda la investigación, todo para nada. Y, encima, hemos perdido el artefacto.

Pero estaba hablando solo. Bajó los ojos hacia su hermano mayor, que estaba despatarrado sobre unas sábanas empapadas de sudor. Burton siempre había sido más alto, más fuerte que él. Y ahora estaba a las puertas de la muerte.

Horace todavía no sabía muy bien qué había pasado en el laberinto, pero había logrado reconstruir la mayor parte de lo sucedido a partir de sus recuerdos y de lo poco que Burton le había contado antes de sucumbir a la fiebre.

Cruzó la pequeña habitación para acercarse al tocador. Empapó otro paño en el agua fría de la jofaina que había colocado en él, lo escurrió y regresó junto a la cama. Quitó el paño que había aplicado a la frente caliente de Burton unos minutos antes y lo sustituyó por el frío.

Echó el paño usado en la jofaina y se dirigió hacia la sillita que había al lado de la cama. Se sentó en ella con un suspiro cansado y recordó los espeluznantes hechos de aquella noche.

—Todo salió mal desde el principio, Burton. Pero ¿cómo íbamos a saber que Sebastian podía orientarse por el laberinto y mucho menos que ya estaba dentro de él cuando nosotros entramos?

Tenía un recuerdo borroso de lo que había pasado exactamente dentro del laberinto. Recordaba haberse vuelto y haber visto que Sebastian estaba detrás de él en el pasillo. Y después se habían apoderado de él unas pesadillas tan terribles que su cerebro había buscado refugio en la inconsciencia. Había vuelto en sí un rato después y se había encontrado en el suelo frío y húmedo del camino, mirando la luna. Burton lo estaba llamando.

«Despierta, Horace. Tienes que despertarte. No puedo cargarte más. Me ha pasado algo. Me siento débil y tengo fiebre. Esa maldita tormenta de energía me ha afectado los sentidos. Tendrás que andar el resto del camino hasta la casa de campo.»

Horace se había levantado como había podido, vagamente sorprendido de estar vivo. Burton, sin embargo, apenas podía mantenerse de pie. Horace había rodeado los hombros de su hermano con un brazo y así, juntos, habían logrado recorrer tambaleándose los aproximadamente ochocientos metros que los separaban del final del camino, donde Burton se había desplomado.

De algún modo, Horace había reunido la fuerza suficiente para cargarse a Burton a la espalda y transportarlo el resto del camino hasta la casa de campo que ocupaban. Para entonces, tenía una fiebre altísima.

Le había aplicado compresas frías toda la noche, pero no presentaba señales de mejoría. Poco antes del amanecer, ya desesperado, había ido al pueblo para despertar al médico, quien, por el doble de su tarifa habitual, había accedido a atender al enfermo.

El médico se había ido poco tiempo después, sacudiendo la cabeza.

«Nunca había visto una fiebre así. No puedo ayudar a su hermano», dijo antes de marcharse.

Le había aconsejado que siguiera con las compresas frías y le había dado una botella de láudano por si había indicios de que Burton sufría mucho dolor. Pero estaba claro que no esperaba que el paciente se recuperara.

—Te fallé, Burton. —Horace hundió la cabeza entre sus manos—. Tú siempre me cuidaste a mí, hasta el final. Me sacaste de aquel laberinto y de aquellos condenados jardines. Pero ahora que me necesitas, yo no puedo hacer nada por ti.

Burton se movió en medio de un sueño enfebrecido. No abrió los ojos.

21

Lucas le hizo otra vez el amor allí, en las aguas centelleantes de las termas. Después, la sacó en brazos y usó la camisa como toalla para secarlos a los dos. No quería que aquella noche terminara. Le habría encantado pasarse uno o dos días más, o lo que le quedaba de vida, en aquel lugar idílico con Evangeline. Pero no era posible.

Cuando terminó de secar las últimas gotitas relucientes del cuerpo suave y deliciosamente ardoroso de Evangeline, arrugó la camisa mojada y empezó a vestirse. Evangeline se puso deprisa el camisón y la bata, y dirigió la vista hacia la entrada del largo pasillo.

—Ya habrá amanecido —comentó.

—Sí. —Lucas se abrochó los pantalones y se sentó en un banco de piedra para calzarse las botas—. Vamos a averiguar qué le pasó a Stone y a los dos hombres que entraron sin ser invitados.

—Espero que el señor Stone esté bien —dijo Evangeline.

—A nadie le sería fácil matarlo.

—¿Crees que los intrusos habrán sobrevivido a la explosión del laberinto?

—Nosotros lo hicimos —le recordó. Levantó el pequeño

farol y le echó otro vistazo, preguntándose de nuevo cómo funcionaría y cuál sería su función—. Pero necesitaban este artefacto para orientarse por el laberinto, por lo que es posible que todavía estén dentro, dando vueltas. Si es así, lo estarán unas horas más. Me encargaré de ellos después de haberte acompañado hasta la casa.

—¿Qué haremos si la tormenta de energía todavía no ha amainado? —quiso saber Evangeline.

Lucas esbozó lentamente una sonrisa tras sopesar las distintas posibilidades.

—Si ese fuera el caso, puede que nos viéramos obligados a pasar otra noche aquí —dijo.

—¡Por Dios! —exclamó Evangeline, que parecía alarmada.

—¿Tan horrible te parece la idea?

—Te estás volviendo a burlar de mí —se quejó Evangeline con la nariz arrugada.

—Pues sí. —Se acercó a ella y le besó la frente—. Desafortunadamente, me temo que la tormenta ya habrá amainado y, por más que me gustaría pasar otra noche aquí contigo, sospecho que no tendré ninguna excusa para poder hacerlo.

—Sí, bueno —soltó Evangeline, coloradísima, muy atareada de repente en abrocharse la bata—. Date prisa, Lucas. Tenemos que regresar a la casa antes de que nadie se despierte. No estaría bien que tu tía y tu hermana nos vieran volver de los jardines a estas horas, por no decir nada del servicio. —Le miró el pecho desnudo—. Desde luego, no en este estado.

—No quiero que pases vergüenza —aseguró Lucas, serio de nuevo.

—Pues por lo que más quieras, date prisa.

Evangeline se puso las zapatillas, se volvió con rapidez y recorrió el pasillo hacia la entrada de las termas. Lucas pensó que todavía no habían hablado sobre lo que ocurriría cuando estuvieran fuera. Había querido comentarlo con ella antes de salir del laberinto, pero ahora no parecía ser el momento adecuado. Había otras prioridades.

Evangeline se detuvo un momento y echó un vistazo al pasillo de piedra que conducía a la sala donde estaba la tercera piscina.

—¿Qué pasa? —preguntó Lucas.

—En esa sala tiene que haber una cantidad enorme de energía —comentó Evangeline—. La noto desde aquí.

—Estás captando, sin duda, las corrientes de la entrada de energía que impide el acceso. Es muy potente. Que yo recuerde, el tío Chester jamás encontró la forma adecuada para cruzarla, aunque estaba obsesionado con entrar en esa sala.

—¿Por qué?

—Según figura en documentos antiguos, es la piscina más potente de las tres. Muy pocas personas han podido entrar en esa sala.

Evangeline cambió de rumbo y recorrió el largo pasillo. Lucas la siguió hasta la puerta de la sala.

—La puerta es nueva.

—La instaló el tío Chester. Pero la verdadera barrera es la tormenta de energía del otro lado.

—La energía que hay tras la puerta parece antigua —indicó Evangeline tras poner la palma de la mano extendida en la madera.

—Sí. La entrada de energía ya existía cuando el tío Chester compró la vieja abadía.

Evangeline separó la mano de la puerta y lo miró con una expresión angustiada para decirle:

—Creo que hay algo importante oculto en esta sala, pero no tengo ni idea de qué. Puede ser simplemente el poder de la piscina que hay en ella.

—Ahora no tenemos tiempo para abordar este tema. Ya regresaremos en otro momento.

—Pronto, Lucas —dijo Evangeline, observando la puerta.

—Pronto.

Le tomó la mano y la sacó de la sala de la Piscina de las Visiones.

Una vez cruzada la cortina de energía vio que, efectivamente, el sol ya había salido. De hecho, ya estaba a cierta altura. Los efectos desorientadores de la energía de las termas, sumados al reloj de bolsillo roto, le habían hecho calcular mal la hora.

Pero esta excusa no era válida. Sonrió para sus adentros, consciente de que solo él tenía la culpa de que salieran más tarde de lo necesario. Había sido incapaz de resistirse a hacer el amor a Evangeline una última vez.

El Jardín Nocturno era un sitio totalmente distinto de día. El efecto fosforescente era prácticamente imperceptible a no ser que uno intensificara unos cuantos grados sus facultades. Las flores nocturnas habían cerrado sus pétalos al salir el sol. No volverían a abrirse hasta que cayera la noche. Pero las amenazadoras corrientes oscuras de energía que impregnaban el ambiente todavía estaban ahí, acechando bajo la superficie.

—Ten cuidado —avisó Lucas—. Que todo esto parezca menos peligroso de día no significa que lo sea. Si acaso, este sitio es, de hecho, más peligroso de día precisamente porque las amenazas son menos evidentes para los sentidos.

—No te preocupes —lo tranquilizó Evangeline, dirigiendo una mirada recelosa a un macizo de orquídeas—, no voy a cortar ninguna flor para ponerla entre las páginas de un libro de poesía.

—¿Has puesto alguna vez una flor entre las páginas de un libro de poesía?

—Pues no —admitió ella—. Pero la protagonista de mi novela, sí.

—¿Por qué?

—Porque el malo, al que había destinado inicialmente el papel de protagonista masculino, le regaló flores tras robarle un beso. Como cree que nunca volverá a verlo, conserva una de las rosas en el libro de poesía que también le regaló él. Pero hace poco me di cuenta de que me había equivocado al elegirlo como protagonista.

—¿Confundiste al protagonista con el malo de tu propia historia?

—Son cosas que le pasan a un escritor —dijo Evangeline—. Forma parte del proceso creativo.

—Ya veo.

—Por fortuna, lo arreglé antes de terminar el cuarto capítulo. Es el problema de escribir para los periódicos, ¿sabes? No puedes cambiar lo que contaste antes. No puedes volver atrás y revisar nada porque los capítulos anteriores ya se han publicado.

—Suena agobiante —comentó Lucas.

—No tanto como estar a punto de ser asesinada en lo alto de una escalera.

—Tienes razón. —Lucas sonrió.

La tormenta de energía del laberinto había amainado. Las corrientes de poder seguían siendo desorientadoras, pero volvían a ser las normales. Lucas condujo a Evangeline por el laberinto hasta el pasillo donde había tenido lugar la explosión.

—No veo ningún cadáver —comentó Evangeline, mirando con aprensión a su alrededor—. No es posible que la vegetación haya hecho desaparecer a dos personas a estas horas.

—No. Tarda dos o tres días en digerir a un ser vivo del tamaño de una rata. Dos cadáveres tardarían un período más largo de tiempo en desaparecer. O los intrusos siguen dando tumbos aquí dentro o escaparon.

—Dejaste inconsciente al más bajo. No habría vuelto en sí a tiempo para huir.

—El otro pudo llevárselo de aquí —sugirió Lucas.

—¿No habría sucumbido a los efectos de la explosión como tú?

—Sí, pero quizá no inmediatamente. Recordarás que conseguí llegar hasta las termas.

—Pero ya no podías seguir más —dijo Evangeline—. No puedo imaginarme que el hombre alto lograra alejarse demasiado de los jardines, especialmente si cargaba a su compañero.

—En cuyo caso, encontraremos a uno de ellos o a los dos por aquí cerca, puede que todavía en los jardines.

Poco después, salieron del laberinto. No había ningún cadáver cerca de la entrada. Ahora bien, había un grupo considerable de personas en la terraza. Stone, Florence, Beth, Molly y una gran cantidad de familiares de Molly Gillingham se habían reunido, muchos de ellos armados con picos, hachas y guadañas.

Molly fue la primera que los vio.

—Señor Sebastian, señorita Ames. Están vivos —exclamó con cara de alivio.

A Stone, que se volvió enseguida, se le iluminó la cara.

—Señor Sebastian.

—Lucas —soltó Florence—. Gracias a Dios que estáis ambos a salvo. Me temía lo peor.

—Yo no —aseguró Beth, que sonrió a Lucas—. Sabía que saldrías ileso y que traerías a la señorita Ames contigo. Dije a todo el mundo que esperarías a que fuera de día antes de salir del Jardín Nocturno. Pero Stone quería estar preparado para entrar a buscarte si no aparecíais.

—¿Qué pensabais hacer? ¿Destrozar el laberinto? —preguntó Lucas tras observar a los reunidos.

—Era eso o intentar incendiarlo, y no me pareció que pudiéramos encender demasiado fuego en esa masa sólida de follaje —explicó Stone.

—No —confirmó Lucas, que sintió un alivio inmenso.

Era una suerte que Stone y los demás no hubieran tratado de incendiar el laberinto o destrozarlo a hachazos. El follaje tenía muchas formas de protegerse a sí mismo. Miró a Molly y a los demás Gillingham.

—Gracias a todos por venir a rescatarnos. Por el bien de todos, me alegra que no fuera necesario intentar destruir el laberinto, pero no olvidaré que estaban dispuestos a realizar esa tarea. Tengo suerte de tener unos vecinos tan buenos. Por favor, si puedo corresponderles de algún modo, no tienen más que pedírmelo.

Hubo una serie de «Faltaría más, señor Sebastian», «Un placer ayudarlo» y «Me alegra que usted y la señorita estén a salvo».

Y entonces un silencio incómodo se cernió sobre el grupo. Lucas se dio cuenta de que todos ellos se estaban esforzando mucho por no mirar a Evangeline, que estaba a su lado vestida con ropa de dormir.

—Beth —dijo Florence, que fue la primera en reaccionar—, acompaña a la señorita Ames a su habitación. Tiene que estar exhausta.

—Sí, claro. —Beth dirigió a Evangeline una sonrisa amable—. Vamos dentro.

—Gracias —dijo Evangeline.

Evidentemente aliviada ante la perspectiva de escapar, empezó a andar hacia la casa con Beth.

—Sí —soltó Lucas, alzando la voz lo suficiente para asegurarse de que todos los Gillingham pudieran oírlo—. Mi prometida ha vivido una experiencia terrible, como se imaginarán. Por favor, encargaos de que esté bien atendida. Necesitará algo de té y de descanso.

Por un instante, todos, incluida Evangeline, se quedaron

helados. Ella fue la primera que salió del trance. Se volvió y miró a Lucas con la expresión de quien acaba de oír su sentencia.

—¿Qué has hecho? —preguntó en voz baja, y acto seguido echó a correr hacia la casa como si la persiguiera el mismísimo diablo.

22

—Le fallé, señor Sebastian. —Stone estaba de pie, muy rígido, delante de la mesa de la biblioteca—. Ayer por la noche me dijo que montase guardia y dejé que esos cabrones me dejaran dormido como un bebé.

—No exactamente como un bebé. —Lucas levantó el pequeño farol y lo acercó a la lámpara de gas que había sobre la mesa—. Esta arma genera alguna clase de radiación que no es normal. No tenías forma de protegerte de los efectos de las corrientes.

—No es más que un condenado farol —comentó Stone, observando el artefacto con el ceño fruncido—. Recuerdo que la luz era verdosa. Pero cuando la miré directamente, de repente no pude moverme. Y eso es lo último que recuerdo.

—La luz procedía de este cristal —explicó Lucas mientras abría la puertecita de cristal del farol y examinaba más detenidamente el apagado cristal gris del interior—. Percibo su poder —añadió—, pero no sé muy bien cómo activarlo. Por desgracia, no tengo tiempo para llevar a cabo los experimentos adecuados. En este momento nuestras prioridades son otras. Identificar a los intrusos es la primera de ellas.

—Sí, señor.

Lucas dejó el farol. Señaló una silla cercana.

—Siéntate y cuéntame todo lo que recuerdes sobre lo que pasó ayer por la noche —dijo.

—Sí, señor. —Stone hizo lo que se le pedía, con expresión concentrada—. Estaba haciendo la ronda, atento a cualquier señal que indicara la presencia de un intruso, pendiente de las voces y los ruidos que hace una persona al moverse.

—Continúa —pidió Lucas, acercándose a la ventana cubierta de enredaderas.

—Recuerdo haber oído un murmullo en la oscuridad, al otro lado del muro, cerca de la vieja verja. Me pareció ver un destello de luz. Luego, oí el chirrido de las bisagras.

—¿Entraron por la verja? —Lucas se había vuelto para mirarlo.

—Sí, señor.

—Vaya. Creía que era imposible forzar esa cerradura.

—Sonó como si usaran una llave. La oí girar en la cerradura.

—Interesante. Continúa.

—No hay mucho más que contar —dijo Stone, que se encorvó y se desplomó, abatido, en la silla—. Fui a comprobar si la verja estaba abierta. Llegué a tiempo de pillar a dos hombres colándose en los jardines. Estoy muy seguro de que no me oyeron llegar hasta que les di el alto.

—¿Qué ocurrió entonces?

—El más bajo se puso muy nervioso al verme. —Stone cerró un puño y miró fijamente el pequeño farol—. Creo que habría tratado de huir si el más alto no lo hubiera detenido.

—¿Cuál de los dos usó el farol para atacarte?

—El alto. Se lo arrebató al otro de las manos y me apuntó con él como si fuera una pistola. Vi el haz de luz y lo siguiente que recuerdo es despertar justo antes del amanecer. Fui a buscarlo de inmediato. Cuando no pude encontrarlo, ni tampoco a la señorita Ames, me temí lo peor. Me imaginé que estaban atrapados en el Jardín Nocturno. Para entonces, Molly había llegado a fin de preparar el desayuno. La acompañaba una de sus primas. La prima fue corriendo a pedir ayuda y yo desperté a su tía y a su hermana. Ya sabe lo demás.

—Sí.

—¿Cree que podríamos haber entrado a hachazos en el Jardín Nocturno? —preguntó Stone con expresión de curiosidad.

—No lo sé —admitió Lucas—. De día no es tan peligroso, pero esas plantas poseen muchas propiedades desconocidas. Como mínimo, habríais tardado días en penetrar la vegetación, y hacerlo habría sido extremadamente arriesgado para cualquiera que entrase en contacto con el follaje.

—Como le dije, pensé en incendiar el laberinto, pero no estaba seguro de que fuera a arder bien.

—Tenías razón. Además, un incendio podría haber desencadenado una explosión de energía paranormal que podría resultar peligrosa para la gente que estuviera cerca.

—Si no es posible segar ni incendiar los jardines, ¿cómo los destruirá? —dijo Stone con el ceño fruncido.

—No tengo ni idea. —Lucas regresó a la mesa—. Pero lo primero es lo primero. Ayer por la noche averiguamos un par de cosas importantes.

—¿Qué cosas?

—Los intrusos eran buscadores de tesoros que entraron en pos de los objetos de oro romanos que, según se dice, están ocultos en el Jardín Nocturno. No eran los primeros que han entrado sin permiso en busca del tesoro. Pero estos dos llegaron mucho más lejos que la mayoría gracias a sus habilidades psíquicas, este pequeño farol y una llave de la verja.

—Sí, señor —admitió Stone con el ceño más fruncido aún—. ¿Qué más averiguamos?

—Que sabían por dónde iban y tenían una llave que los convierte en los principales sospechosos del asesinato de mi tío.

—¿Cree que volverán?

—Quizá —respondió Lucas. Levantó otra vez el farol y pensó en la violenta tormenta que se había desatado en el laberinto—. Suponiendo que lograran sobrevivir a los efectos de la explosión. Los buscadores de tesoros no suelen rendirse fácilmente. Suelen estar obsesionados.

—Si salieron del laberinto, seguro que también lo hicieron de los jardines —indicó Stone—. Esta mañana he recorrido hasta el último palmo del viejo muro y no había ningún cadáver.

—Puede que salieran de los jardines, pero eso no significa que la tormenta no los afectara. Yo mismo apenas la sobreviví.

—¿Cómo dice? —Stone alzó la cabeza, estupefacto—. No me había dado cuenta de que estuviera herido. Esta mañana, cuando salió del laberinto, parecía sano y fuerte.

—Debo mi buena salud y mis sentidos intactos a mi prometida —explicó Lucas.

—¿La señorita Ames lo salvó?

—Sí —contestó Lucas—. Ella me salvó.

—Bueno, pues si los intrusos no contaban con la ayuda de la señorita Ames, hoy podrían estar muy mal.

—Una observación excelente, Stone —dijo Lucas, esbozando lentamente una sonrisa—. Por favor, haz venir inmediatamente a uno de los familiares de Molly.

—Sí, señor. —Stone se levantó de un salto y se dirigió hacia la puerta. Se detuvo a medio camino—. ¿Cuál de ellos quiere que venga?

—No tengo ninguna preferencia. Solo necesito a alguien que pueda ir al pueblo a averiguar si esta noche el médico tuvo que ir a visitar a dos hombres que tenían una fiebre muy alta.

23

A las once de la mañana, Evangeline andaba arriba y abajo por la biblioteca, con una frustración que rozaba el pánico. Estaba tan tensa que se estremeció violentamente cuando se abrió la puerta. Se volvió y vio a Lucas.

—¿Te has vuelto loco? —soltó, y tuvo que esforzarse mucho en hablar en voz baja para que no la oyera alguien que estuviera pasando por el pasillo en aquel momento.

Lucas cerró la puerta y la miró con cautela.

—Diría que no. Pero bueno, no sé cómo sabe alguien que ha perdido la cabeza. La pregunta es complicada, ¿no te parece? Los locos suelen creerse cuerdos.

—No es ninguna broma, Lucas. Nos has llevado al desastre.

—Tranquilízate, mi vida. —Lucas cruzó la habitación hasta donde estaba Evangeline. Le levantó el mentón y le dio un beso rápido. La soltó antes de que pudiera protestar y siguió avanzando hasta su mesa—. Si no te conociera mejor, juraría que estabas a punto de sucumbir a un ataque de histeria femenina.

—No estoy histérica.

—No, claro que no. —La miró desde el otro lado de la

mesa—. Creía que estabas arriba, recuperándote de tu terrible experiencia.

—Me he recuperado la mar de bien, muchas gracias —soltó entre dientes—. Tu hermana no ha parado de ofrecerme té. Molly hizo que me subieran una bandeja con huevos escalfados y tostadas. Y tu tía me informó de que quiere hablar conmigo a solas cuando me haya recuperado de mi «terrible experiencia».

—Siento oír eso —dijo Lucas—. Pero estoy seguro de que puedes defenderte sola de la tía Florence. Hagas lo que hagas, no dejes que te intimide.

—¿Y qué sugieres que le diga? —preguntó Evangeline, muy erguida.

—Ya se te ocurrirá algo. —Se acercó a una de las estanterías y tomó un volumen encuadernado en cuero—. Como es evidente que te has recuperado la mar de bien de tu terrible experiencia, sugiero que pasemos a un tema más urgente.

—¿Puede saberse qué tema consideras más urgente que este desastre? —dijo, cruzando los brazos.

—Cuando estaba arriba afeitándome y cambiándome de ropa, pensé algo. —Lucas llevó el tomo a la mesa—. Se me ocurrió que podría ser útil repasar los diarios de mi tío, especialmente los que escribió los meses previos a su muerte. Si conocía a esos dos hombres que nos encontramos en los jardines ayer por la noche, lo que creo que es muy posible, y si lo visitaron antes del asesinato, lo más probable es que los mencionara en sus anotaciones. Seguía muy de cerca al puñado de botánicos que, como él, estudiaban los fenómenos paranormales. Al fin y al cabo, no hay tantos, y me apuesto lo que quieras a que el tío Chester los conocía a todos.

Distraída, Evangeline observó las hileras de diarios en los estantes.

—No tienes tiempo para hacer esa clase de investigación. ¿Por qué no le pides a Beth que lo haga?

—¿A Beth? —preguntó Lucas con el ceño fruncido.

—Estoy segura de que le encantaría ayudarte en la investigación.

—Creo que es una idea excelente. La mandaré llamar enseguida —dijo mientras alargaba la mano hacia el tirador de terciopelo que colgaba junto al escritorio para hacer sonar la campanilla.

Fue demasiado. Evangeline corrió hacia el escritorio con el vestido azotándole con furia los tobillos y golpeó el tablero con las palmas abiertas de ambas manos.

Lucas alzó los ojos del diario con el ceño fruncido de sorpresa primero y de preocupación después.

—¿Qué diablos...?

—Maldita sea, Lucas, creo que el asesinato de tu tío puede esperar.

—No creo. Sobre todo después de lo que pasó ayer por la noche.

—Tenemos una crisis entre manos debido a lo que pasó ayer por la noche, y tú eres quien la ha provocado. Lo menos que puedes hacer es hablar de ello con el interés suficiente.

—Muy bien. —Lucas cerró el diario. Las patitas de gallo se le marcaron un poco—. Pero ten antes la amabilidad de decirme de qué crisis estamos hablando si no se trata de lo del asesinato.

—¿Cómo puedes preguntarme eso? Ya sabes la respuesta.

—Ah, así que ese es el problema —dijo, relajándose un poco—. Es tu situación lo que te inquieta. Es totalmente comprensible. No te preocupes, no he olvidado que alguien va a por ti, cariño. Pero aquí, en Crystal Gardens, estás a salvo. Solo es cuestión de tiempo que recibamos más noticias de Londres. En cuanto sepamos la identidad del hombre que contrató a Sharpy Hobson, te informaré de inmediato.

—No me refiero a esa crisis, burro. Me refiero a la que nos estamos enfrentando en este mismo instante. Es más, no puedes culpar de esta situación a un maleante de Londres. El culpable está en esta habitación.

—¿Burro? —preguntó Lucas sorpresivamente y con las cejas arqueadas.

—Perdona la expresión —se disculpó Evangeline, que se enderezó y quitó las manos de la mesa—. Pero no es culpa mía que me hayas distraído.

—Volvamos a empezar por el principio. —La voz de Lucas tenía un nuevo tono—. Define esta crisis que te tiene tan alterada.

—Por el amor de Dios, diste al grupo que estaba en la terraza la impresión de que estamos prometidos. ¿Cómo pudiste?

—Creo haber manejado muy bien la situación, modestia aparte.

—¿Qué?

—Estoy seguro de que todos me entendieron. ¿Crees que dejé margen de duda a alguien?

—Deja de quitarle importancia a esta catástrofe —gimió Evangeline.

—Lamento no haber podido anunciarlo con más solemnidad, pero tendrás que admitir que, dadas las circunstancias, no había demasiadas alternativas —comentó Lucas con la mandíbula tensa.

—¿Qué quieres decir? —preguntó Evangeline, petrificada.

—Acababa de salir el sol. Era evidente que habíamos pasado la noche juntos en los jardines. Yo no llevaba camisa y tú ibas en bata y camisón. Teníamos público. Tenía que anunciarlo inmediatamente. Maldita sea, no esperarías que publicara un anuncio en los periódicos y enviara invitaciones para nuestro baile de compromiso primero, ¿verdad?

—Es lo que me temía.

—¿El baile de compromiso?

—Sé que tus intenciones eran buenas, Lucas. Pero has complicado muchísimo más las cosas —dijo Evangeline, que notó que algo se había quebrado en su interior.

—¿Tú crees? No veo dónde está el problema. A mí me parece muy simple. No como, pongamos por caso, identificar a la persona que quiere matarte o resolver el asesinato de mi tío.

—No me malinterpretes, por favor. Sé que estabas intentando proteger mi reputación. Fue muy amable por tu parte, pero...

—¿Amable?

Evangeline levantó el mentón.

—Eres un hombre honorable, Lucas, un auténtico caballero —dijo.

—¿Por qué tengo la sensación de que esta conversación no va por buen camino?

Evangeline prosiguió sin hacerle caso:

—Estabas intentando protegerme y te lo agradezco más de lo que te imaginas —indicó mientras parpadeaba para contener unas lágrimas incipientes—. ¿Acaso no lo ves? Ahora estamos viviendo una mentira. Antes o después tendrás que contar la verdad a tu familia. ¿Qué van a pensar?

Una energía amenazadora cargó el ambiente. Lucas rodeó la mesa y se dirigió hacia ella.

—¿Me estás preguntado qué pensarán de ti? —dijo—. Porque te doy mi palabra de que cualquiera que se atreva a poner en duda tu honra tendrá que responder ante mí.

La forma en que Lucas avanzaba hacia ella la puso inexplicablemente nerviosa. Retrocedió instintivamente unos pasos.

—No digas tonterías —soltó—. Da igual lo que tu familia y los lugareños piensen de mí cuando se sepa la verdad. Yo puedo desaparecer como siempre hago después de un caso y ya está. Lo que me preocupa es lo que pensarán de ti cuando se termine nuestro supuesto compromiso. Para salvar mi reputación, has puesto la tuya en juego. No puedo permitirlo.

—Ya está hecho, Evangeline. Y para que quede claro, cuando he anunciado nuestro compromiso esta mañana, sabía exactamente lo que estaba haciendo.

No se detuvo. Se movía hacia ella con el paso deliberado de un gran animal de rapiña. Evangeline retrocedió otro paso, y otro más, y chocó de espaldas con una de las estanterías. Lucas terminó de acercarse. Apoyó las manos en la estantería, una a cada lado de la cabeza de Evangeline, de modo que la dejó atrapada, no solo física sino también psíquicamente.

—¿Lucas?

—Por lo que a mí se refiere, no estamos viviendo ninguna mentira —aseguró—. Estamos prometidos. En cuanto a mi reputación, ya me preocuparé yo por ella.

De repente, Evangeline sintió cierto recelo, pero su alarma se transformó rápidamente en excitación. Las longitudes de onda del aura de Lucas rugían y armaban estruendo a su alrededor, exigiendo una reacción. Notó que sus propias corrientes buscaban entrar en armonía con ellas. Trató de resistirse, pero exigía una enorme cantidad de energía. El esfuerzo la dejó sin aliento.

—Supongo que cuando se sepa la verdad, podemos explicar que nuestro compromiso fue simplemente algo que montamos para atrapar a los asesinos de tu tío —sugirió, esforzándose por conservar la compostura y el razonamiento lógico—. Podemos decir a los demás que me contrataste para interpretar el papel de tu prometida y que queríamos hacer una actuación convincente.

—Deja que te diga algo: la actuación fue de lo más convincente. Mi hermana, mi tía y la gente del pueblo jamás creerán que lo de ayer por la noche fue un montaje. Es más, tú y yo sabemos que todo fue de lo más real. —Se detuvo con los ojos brillantes—. ¿O no?

—Lucas...

—¿Hicimos o no el amor ayer por la noche?

—Bueno, sí, pero no se trata de eso.

—¿De qué se trata?

—Anoche nos encontrábamos sometidos a la influencia de toda la energía que emanaba de las piscinas de las termas —respondió Evangeline, ya sin aliento—. Y vete a saber cómo afectó a nuestros sentidos aquella explosión en el laberinto.

—Tú y yo no somos la clase de personas que recurre a las excusas. Hicimos el amor porque los dos queríamos, y yo, por lo pronto, no lo lamento. ¿Y tú?

El poder de su aura la estaba superando. Simplemente no le quedaban fuerzas para combatirlo por más tiempo. «No, la verdad es que no quiero luchar contra esta magnífica sensación», admitió para sus adentros. Puede que tuviera otros amantes en el largo y solitario futuro que la aguardaba, pero en el fondo sabía que jamás tendría aquella increíble conexión íntima con ningún otro hombre.

—Estás intentando confundirme —susurró a Lucas.

—¿De veras?

—¡Oh, maldita sea! —murmuró—. Creo que tienes razón, estoy reaccionando de forma exagerada. Eres perfectamente capaz de cuidar de ti mismo, Lucas Sebastian. Si a ti no te preocupa tu reputación, ¿por qué debería preocuparme a mí?

—Eso mismo pienso yo.

—Tampoco puede decirse que no haya compromisos que se rompen —añadió, procurando adoptar una actitud positiva—. Por lo general, eso acaba con la reputación de la mujer solamente. —Se animó—. A no ser que sea ella quien rompe el compromiso, claro —comentó, y volvió a desanimarse—.

Pero eso solo sucede si su familia tiene una posición social igual o superior a la del hombre.

—Evangeline...

—Lo que no es nuestro caso. La cuestión es que un hombre adinerado de buena familia no tiene nada que temer, socialmente hablando. En cuanto a mí, puedo volver a mi antigua vida sin que nadie se entere de ello.

Lucas sujetó con más fuerza los estantes.

—Creo que ya va siendo hora de que dejes de hablar, Evangeline —soltó—. Dijiste que estabas empezando a confundirte.

—Sí, dije eso, ¿verdad? Ahora mismo no parezco pensar con claridad.

—Ni yo tampoco. Puede que sea el momento de que dejemos de intentar mantener una conversación inteligente.

La besó antes de que se viera obligada a responder. Los labios de Lucas se cernieron sobre los suyos en un ataque implacable que le estremeció todos los sentidos.

Se preguntó por qué lo combatía. La temeridad que se había apoderado de ella la noche anterior volvió a aflorar para arrinconar al sentido común y la lógica. Se aferró a los hombros de Lucas y se abandonó al beso. El ambiente chisporroteaba de pasión y energía.

No oyó abrirse la puerta. Pero evidentemente Lucas, sí, porque interrumpió el beso a regañadientes. No soltó los estantes, pero volvió la cabeza para mirar hacia atrás.

—¿Qué quieres, Molly? —preguntó con una impaciencia glacial.

Evangeline, horrorizada, se asomó por detrás del hombro de Lucas. Molly estaba en la puerta, y parecía petrificada. Detrás de ella había una mujer atractiva vestida con un vestido de viaje y un sombrero muy modernos, y a su lado, un joven que se parecía mucho a Beth.

—Lo si-siento, señor —tartamudeó Molly—. Pero llamé.

La señora Sebastian y el señor Sebastian han venido a verlo, señor.

—El día es cada vez más y más irritante —dijo Lucas, pero lo hizo en voz muy baja. Soltó la estantería y se volvió—. Evangeline, permíteme que te presente a Judith Sebastian, mi madrastra, y a mi hermano, Tony.

24

Una hora después, Lucas se enfrentó con Judith a solas en la biblioteca. Su madrastra estaba sentada, rígida de la tensión, en una de las butacas de lectura. Él la miraba desde detrás del escritorio. No era la primera vez que se reunían así. Los encuentros jamás terminaban bien para ninguno de los dos.

—¿Qué haces aquí? —preguntó—. Tenía la impresión de que detestabas Crystal Gardens.

—Y lo detesto. —Judith dirigió la vista hacia las ventanas cubiertas de enredaderas y se estremeció—. Habría que destruir los espantosos experimentos botánicos de tu tío. Estos jardines son sumamente antinaturales.

Poco después de llegar, Judith había sido conducida a una de las habitaciones del piso de arriba, donde se cambió de ropa. Ahora llevaba un vestido verde oscuro y el cabello rubio recogido en un moño elegante que realzaba sus delicados rasgos y sus ojos azules.

—Crystal Gardens no es el Real Jardín Botánico de Kew, lo admito —dijo Lucas—. Y tampoco te sugeriría celebrar una fiesta al aire libre en los jardines. Pero las plantas y las flores que hay en ellos son totalmente naturales. Es solo que prosperan gracias a los elementos paranormales de las aguas de este lugar.

Los ojos de Judith brillaron de rabia y de un viejo miedo que Lucas conocía bien.

—Ya sabes que no creo en los fenómenos paranormales —replicó.

—Por lo que se supone que es una de las razones por las que nosotros dos nunca hemos tenido demasiadas afinidades y poco diálogo —sentenció Lucas, sonriendo con cierta frialdad.

—No vine aquí a pelearme contigo, Lucas —indicó Judith, ruborizada.

—¿Por qué llegaste sin avisar entonces? ¿Y por qué has arrastrado a Tony contigo?

—No te envié un telegrama porque sabía que seguramente me responderías de inmediato diciéndome que no sería bienvenida. Cuando Tony se enteró de que venía, insistió en acompañarme. Me temo que encuentra muy interesante este sitio tan horrible.

—No estoy aquí para atender una casa llena de invitados. Estoy envuelto en dos proyectos muy importantes en la vieja abadía. Preferiría no tener a nadie aquí, créeme. Pero sin darme cuenta se me va llenado la casa de parientes que viajan con mucho equipaje y una o dos doncellas. A este paso, Molly tendrá que abrir otra ala.

—Eres tú quien envió un telegrama críptico a Florence. No es culpa mía que Beth decidiera acompañarla hasta aquí.

—Y tú estás aquí por Beth, ¿no? No apruebas al joven que la tiene fascinada.

—Sí, vine para comentar contigo el futuro de Beth —aceptó Judith—. Pero antes de abordar ese tema, debo preguntarte qué rayos está pasando aquí. Florence me contó que ayer por la noche tuviste una cita con la señorita Ames en los jardines y que os pillaron a los dos volviendo a la casa al amanecer. Los dos ibais algo desnudos y ahora aseguras que estáis prometidos.

—La señorita Ames y yo estamos prometidos.

—No pensarás casarte con ella, ¿verdad? Pero si Florence dice que se gana la vida trabajando como dama de compañía, por el amor de Dios. Comprendo que pienses que es una cuestión de honor. Ahora bien, los cánones sociales no son aplicables en esta situación. La señorita Ames no se codea con la alta sociedad.

—¿Cuándo has visto que me importen un comino los cánones sociales?

—¿Me estás diciendo que realmente tienes intención de casarte con ella?

—¿En una palabra? Sí.

—No me lo creo. Te conozco demasiado bien, Lucas. Estás tramando algo complejo.

—Te sugiero encarecidamente que me digas por qué has venido aquí —dijo mientras tomaba el abrecartas de plata de ley y lo balanceaba entre dos dedos—. Si no abordas el asunto en cuestión, te encontrarás sentada en el primer tren de vuelta a Londres.

—Muy bien, supongo que tu compromiso es asunto tuyo —concedió Judith tras fruncir los labios.

—Sí, exacto. Y te daré un consejo: trata a la señorita Ames con respeto. ¿Entendido?

Judith juntó las manos con la mandíbula tensa.

—Por supuesto —respondió.

—Di lo que tengas que decir. Puedes pasar aquí la noche y regresar a Londres mañana.

—Tan gentil como siempre —comentó Judith con una sonrisa de amargura.

Lucas reunió toda su fuerza de voluntad y logró dominar su genio.

—Por favor, Judith, no hace falta que nos andemos con miramientos. Tú y yo nos conocemos muy bien desde el primer día.

—Tienes razón —dijo Judith, que conservó la compostura a pesar de haber palidecido—. Vine por Beth. No me gustaría nada tener que rogarte, Lucas, pero si tiene que servir de algo, me pondré de rodillas.

—¿Qué quieres de mí?

—Sabes tan bien como yo que este último año ha rechazado a tres jóvenes estupendos de buena familia.

—¿Y qué?

—Ha dicho que si no puede casarse con Charles Rushton, no se casará con nadie.

—Sí, algo de eso me dijo. Creo que es un experto en antigüedades y en lenguas muertas. Ya sabes que siempre le han interesado estos temas.

—Beth está interesada en muchísimos temas. ¿Qué significa eso?

—Creo que Beth está convencida de que el señor Rushton y ella son intelectualmente compatibles y que tienen mucho en común.

—Estas cosas no tienen nada que ver con el matrimonio —aseguró Judith con un puño cerrado.

—Ya sé que, para ti, el matrimonio es una transacción comercial.

—No me trates con condescendencia. Para una mujer, es exactamente eso: una transacción comercial.

No tenía sentido intentar tener una conversación civilizada y racional con Judith. Lucas pensó que a aquellas alturas, ya debería saberlo. Aun así, tenía que intentarlo, aunque solo fuera por Beth.

—Beth es una muchacha inteligente y sensata —afirmó—. Te sugiero que le dejes tomar su propia decisión porque estoy seguro de que lo hará de todas formas.

—Las muchachas rara vez son sensatas cuando se trata del matrimonio.

—¿Hay algo concreto por lo que consideres que Charles Rushton es inaceptable?

—¡Por Dios, no tiene un penique a su nombre! —exclamó Judith, exasperada.

—¿Estás segura de eso?

—Sí, claro que estoy segura. Pedí a Miller que investigara su situación financiera cuando me di cuenta de que Beth empezaba a pasar demasiado tiempo en museos en su compañía. El hombre subsiste como puede gracias a los ingresos de unas inversiones que le dejó su abuelo. Apenas puede mantenerse él mismo, así que todavía menos mantener a una esposa. Y no tiene ningún porvenir. Es evidente que es un cazafortunas.

—Aunque lo que dices fuera cierto, ¿qué esperas que haga yo al respecto?

—Tienes que dejar claro a Beth que prohíbes el matrimonio.

—¿De verdad crees que eso la detendría? Si acaso, seguramente tendría el efecto contrario. Es mucho más probable que se case clandestinamente si llega a la conclusión de que todos estamos en su contra.

—Pues tienes que hablar con Rushton —indicó Judith, levantándose de la butaca—. Tú controlas el dinero de la familia. Él lo sabe. Estoy segura de que si le dejas claro que te opones al matrimonio y que Beth no recibirá nada si se casa en contra de tu voluntad, desaparecerá.

—¿Y qué pasa si te equivocas con Rushton, Judith? —preguntó Lucas, que también se puso de pie—. ¿Qué pasa si ama a Beth y ella lo ama a él?

—Dudo mucho estar equivocada. Pero aunque resulte que lo estoy, eso no cambia nada. El amor es frágil, fugaz y variable. No puede confiarse en que mantendrá unidas a dos personas toda la vida. No quiero que Beth lo descubra a las malas.

—¿Como tú? —preguntó Lucas.

—¿Cómo te atreves, Lucas? —La mirada de Judith reflejó rabia y dolor a la vez.

Al verlo, Lucas lamentó sus palabras. Le costaba compadecerse de Judith, pero había límites que nunca se debían traspasar. Él acababa de hacerlo y se sentía mal consigo mismo.

—Perdona... —trató de disculparse en voz baja. Cruzó la habitación para abrir la puerta—. Eso ha estado fuera de lugar.

—Pues sí —coincidió Judith—. No hace falta que me recuerdes mi propio pasado. Nunca lo he olvidado, créeme. Pienso en él todos los días de mi vida.

—Sé muy bien que casarte con mi padre no te hizo demasiado feliz. Pero ¿de verdad quieres obligar a Beth a la misma clase de matrimonio sin amor?

—No, claro que no. Pero con los méritos que tiene, habrá otros pretendientes. Encontrará otro joven más adecuado. A diferencia de mí, podrá elegir.

Judith pasó ante él y salió al pasillo.

Tras cerrar la puerta, Lucas cruzó de nuevo la habitación para contemplar los jardines desde la ventana cubierta de enredaderas. Las palabras de Judith parecían resonar en la biblioteca silenciosa: «A diferencia de mí, podrá elegir.»

Se quedó allí un buen rato, pensando en lo que había hecho aquella mañana. Al anunciar su compromiso a la gente que los estaba esperando fuera del laberinto, había privado a Evangeline de su derecho a escoger por sí misma. Ahora parecía haberle entrado algo de pánico. Los últimos días había vivido una extraordinaria serie de peligros, lo que había acabado por afectarle los nervios.

Pensó que necesitaba tiempo para darse cuenta de que casarse con él era lo mejor para ella, para los dos.

Tenía que cortejarla. Se lo merecía. ¿Pero cómo podía dedicarse un hombre a cortejar como Dios manda a una mujer cuando estaba intentando impedir que la asesinaran?

25

Evangeline estaba en el salón, terminándose una taza de té con Beth y Florence y disfrutando del sol de la tarde que entraba a raudales por las ventanas cuando Judith apareció por la puerta.

El salón estaba situado en lo que Evangeline había pasado a considerar el lado soleado de la casa, es decir, el lado opuesto a los jardines tapiados. La luz cálida no duraría mucho más. En una hora el sol empezaría a ocultarse tras el espeso bosque, y la vieja abadía quedaría sumida en un crepúsculo de principios de verano.

—Señorita Ames —dijo Judith—. Esperaba encontrarla aquí.

—Señora Sebastian, entre, por favor —dijo Evangeline.

—Siéntate a tomar un poco de té, mamá —intervino Beth con la tetera en la mano.

—Sí, Judith, toma un poco de té —la apremió Florence—. Da la impresión de que necesitas recuperar fuerzas. Lo entiendo, créeme. Aquí el ambiente te pone a prueba los nervios, te lo juro. Este sitio siempre fue desagradable, pero ahora es más angustiante que nunca.

—Sé a qué te refieres —aseguró Judith en voz baja.

—Anoche tomé una dosis doble de mi tónico especial para dormir, aunque no logré descansar del todo... —prosiguió Florence—. Finalmente me quedé dormida poco antes del amanecer y, al cabo de nada, me despertó el revuelo que se armó al descubrir que tanto Lucas como la señorita Ames habían desaparecido. Esta visita ha sido muy estresante, de verdad.

—La tía Florence acaba de decirnos que tiene intención de irse mañana por la mañana —explicó Beth.

—Está claro que ya no hago falta y la verdad es que no aguanto más este sitio —indicó Florence con un escalofrío—. Rose está arriba, haciendo el equipaje. Mañana tomaremos el tren de la mañana hacia Londres.

—Me gustaría hablar en privado con la señorita Ames —dijo Judith, que se dirigió entonces a Beth y a Florence—. ¿Os importaría dejarnos solas un rato?

Florence la miró con ojos penetrantes y volvió después la vista hacia Evangeline. Dejó la taza con aspecto de haber entendido la situación.

—En absoluto —respondió—. Iré arriba a intentar echar una siesta.

Se levantó y se marchó del salón.

Evidentemente aliviada porque podía irse, Beth dejó la tetera en la mesa y se puso de pie de un salto.

—Me voy a la biblioteca —anunció—. Solo estaba descansando un rato.

—¿De qué descansabas? —quiso saber Judith, que parecía perpleja.

—Tony y yo estamos ayudando a Lucas en una investigación.

—¿Qué clase de investigación quiere que hagáis? —preguntó Judith con el ceño fruncido.

—Estamos leyendo de cabo a rabo los diarios más recientes del tío Chester para ver si encontramos los nombres de algunos de los colegas que pudieron haber venido a verlo a Crystal Gardens los últimos meses.

—¿Para qué demonios?

—¿No te has enterado? —dijo Beth desde la puerta—. Lucas cree que el tío Chester fue asesinado.

—¡Dios mío! —exclamó Judith, horrorizada.

—El ama de llaves del tío Chester, la señora Buckley, también podría ser otra víctima —aseguró Beth—. Ayer por la noche unos intrusos se colaron en Crystal Gardens. Evie y Lucas los encontraron en los jardines y casi acaban muertos. Al señor Stone lo dejaron inconsciente.

—No, por favor. —Judith, acongojada, prácticamente se desplomó en una de las sillas—. Basta de asesinatos. Aquí, no. ¿Qué le pasa a ese hombre? La muerte lo tiene obsesionado, desde luego.

—Ya te lo explicará Evie —sugirió Beth—. Yo tengo que volver a la biblioteca. Lucas espera impaciente los resultados. Naturalmente, teme que el asesino pueda escaparse.

Salió corriendo al pasillo. Evangeline esperó hasta que el golpeteo de sus rápidos pasos dejó de oírse. Entonces tomó la tetera y sirvió una taza a Judith.

—Gracias —susurró esta. Levantó la taza con una mano temblorosa, tomó un poco de té y dejó la taza con sumo cuidado—. ¿Cómo se atreve a involucrar a Beth y a Tony en una de sus espantosas investigaciones?

—En honor a la verdad, Lucas no se inclinaba a hacerlo. Fue idea mía. Pero el asunto pareció entusiasmar a Beth y a Tony.

—Naturalmente —dijo Judith débilmente—. Los gemelos siempre han considerado apasionante el espantoso hobby de Lucas.

—No parece conllevar ningún peligro —aclaró Evangeline enseguida—. Simplemente están leyendo los diarios y tomando algunas notas.

—Usted no lo entiende. Nadie lo entiende. —Judith parecía cansada.

—¿Qué es lo que no entiendo? —preguntó Evangeline.

—Desde el primer momento supe que me detestaba.

—¿Quién? ¿Lucas?

—Sí, Lucas. Apenas tenía quince años, tres menos que yo, cuando me casé con su padre. Me aterró desde el primer día. Era un joven tan extraño que estaba convencida de que era mentalmente inestable. Una vez que nacieron los gemelos, me negaba a dejar que se acercara a ellos.

—No creería que Lucas podía suponer un peligro para usted o para los niños.

—En aquel tiempo, no podía estar segura de que nadie estuviera a salvo cerca de Lucas. Su comportamiento era cada vez más extraño. Era dado a recluirse. Se pasaba horas encerrado en su cuarto con sus libros. Las veces que salía de él, tenía aspecto de no haber dormido apenas. Cuando estaba en el internado, yo podía dormir, pero cuando él estaba en casa, no pegaba ojo hasta que salía de noche para rondar por las calles. Rara vez volvía antes del amanecer. Cuando se fue a vivir por su cuenta, me sentí muy aliviada.

—Entiendo.

—Me enteré de que sus incursiones nocturnas por las calles no cesaron. Oí hablar al servicio. Circulaban rumores de que Lucas desaparecía cada vez con más frecuencia por la noche y que a veces regresaba con la ropa manchada de sangre.

—¿Cómo sabían eso los miembros de su servicio?

—Porque cuando se mudó, se llevó con él a Paul, uno de los lacayos —respondió Judith muy seria—. Pero pasado uno o dos meses, Paul dejó de servir en casa de Lucas y preguntó a mi mayordomo si podía recuperar su antiguo puesto. Una vez recontratado, confió a algunos de los demás miembros del servicio que tenía miedo de que Lucas estuviera metido en prácticas de magia negra.

—Lucas estaba descubriendo sus poderes paranormales. Sus facultades psíquicas son muy fuertes. Podían perfectamente abrumar a un chico joven. Se estaba esforzando por controlar sus nuevos sentidos y, al hacerlo, sin duda se comportaba de una forma poco convencional.

—Decir «poco convencional» es quedarse corto, señorita Ames. Le digo que regresaba con la ropa manchada de sangre.

—Porque había empezado a investigar asesinatos usando sus facultades —dijo Evangeline con dulzura—. Estoy segura de que en las escenas de los crímenes suele haber mucha sangre.

—Habla de los poderes paranormales como si nada, señorita Ames. —Judith apretó las mandíbulas—. Ya sé que está de moda asistir a sesiones de espiritismo y lecturas psíquicas, pero tenga en cuenta que para muchas personas esta clase de cosas son solo supersticiones y palabrería de ciencias ocultas.

—La energía paranormal no tiene nada que ver con el ocultismo o la superstición —aclaró Evangeline—. Solo es energía. —Pero sabía que estaba malgastando saliva—. ¿Sabía el padre de Lucas que su hijo estaba preocupado y buscaba respuestas?

—George era un inútil —dijo Judith tras soltar un ruidito de indignación—. No me escuchaba cuando le contaba lo que me preocupaba Lucas. En realidad, nunca prestó demasiada atención a nadie, incluido su propio hijo. Apenas estaba en casa y cuando estaba, se retiraba a su estudio con sus libros sobre el antiguo Egipto y Roma. De vez en cuando escribía artículos para periódicos que nadie leía. Pero la mayor parte del tiempo estaba fuera, excavando en algún yacimiento arqueológico en el extranjero. Tres años después de que nos casáramos, falleció en una de sus expediciones. Las paredes de una tumba que estaba excavando se le derrumbaron encima.

—¿Y el abuelo de Lucas?

—Desde luego, le hizo de padre más que George, pero sé que el hecho de que Lucas afirmara poseer poderes paranormales lo alarmaba. Le preocupaba la mácula del linaje, ¿sabe?

Evangeline sujetó con más fuerza la taza y consiguió, aunque con esfuerzo, que no se le alterara la voz:

—Las facultades psíquicas no son una mácula del linaje.

—Esa es su opinión. Lo único que puedo decirle es que sé que al abuelo de Lucas le preocupaba la estabilidad mental de su nieto. Al final, sin embargo, admitió que Lucas era muy astuto a la hora de manejar las inversiones de los Sebastian. Convirtió a Lucas en su único heredero. Lucas ha tenido el control absoluto de la fortuna familiar desde hace años.

—Tengo la impresión de que su matrimonio con el padre de Lucas no era lo que podría llamarse un matrimonio por amor.

—¿Acaso existe eso? —soltó Judith con una mueca—. Me casé con George Sebastian por los motivos habituales. Mis padres no tenían dinero. Lo único que tenía por ofrecer era mi juventud y mi belleza. George y mi padre eran colegas. Los dos estaban obsesionados por la arqueología. Poco después de la muerte de la madre de Lucas, mi padre le sugirió a George que yo sería una esposa excelente. George consideró que sería una solución muy práctica a su problema.

—¿Qué problema?

—George había visto que necesitaba que alguien llevara la casa —explicó Judith en un tono muy seco—. Le costaba conservar las amas de llaves, supongo que, en parte, por culpa de Lucas. Fuera cual fuese el motivo, George y yo nos casamos aquel mismo mes.

—¿Tan rápido?

—George no tenía el menor interés en celebrar una ceremonia con mucha pompa. Estaba ocupado haciendo planes para su siguiente expedición. Partió hacia Egipto menos de una semana después de nuestro matrimonio.

—Me sorprende que aceptara casarse con él.

Judith volvió la cabeza hacia la ventana y después de nuevo hacia Evangeline. Sus ojos reflejaban dolor, pero no se le alteró la voz:

—Ya se lo dije, acababa de cumplir dieciocho años. Mis padres insistieron en que me casara con George. No podía hacer otra cosa. Uno hace lo que tiene que hacer. Pero todo esto forma ya parte del pasado. Si soy tan franca con usted, es solo porque deseo dejarle claro que entiendo su situación.

—¿A qué se refiere?

—Sé que le han ofrecido lo que parece ser una oportunidad de oro para emparentar con la adinerada familia Sebastian. Pero de mujer a mujer, le aviso que tenga cuidado con lo que desea.

—Resulta que sé muy bien los riesgos que conlleva casarse por la fortuna y la posición social —dijo Evangeline—. Le aseguro que no tengo ningún interés en cometer ese error.

—Me alegra oírlo porque puedo asegurarle que un matrimonio así supone a veces una cadena perpetua.

—Pero su marido falleció hace años.

—Su muerte no cambió nada mi vida —explicó Judith—. Lucas controla la fortuna, lo que significa que sigo atrapada en mi preciosa jaula de oro. Peor aún, mis hijos están atrapados conmigo.

—No lo entiendo. Seguro que su marido previó algo para usted y para los gemelos.

—George nunca prestó atención a los asuntos financieros. Lo único que previó para los gemelos y para mí fue estipular que Lucas estaba obligado a mantenernos a cada uno de nosotros hasta que nos casáramos, si lo hacíamos. Eso nunca ha sido un problema para mí. Nunca tuve el menor deseo de volver a casarme. Pero temo lo que Lucas vaya a hacer cuando a Beth y a Tony les llegue el momento de casarse.

—No creerá que Lucas los desheredará cuando se casen, ¿verdad? —se sorprendió Evangeline.

—Ya se lo dije: yo lo conozco más que usted, señorita Ames. Siempre he sabido que algún día encontraría una forma de vengarse de mí por lo que él considera el delito de casarme con su padre.

—No puede hablar en serio. Puede que Lucas estuviera molesto con usted cuando tenía quince años. Al fin y al cabo, acababa de perder a su madre, y su padre llevaba a casa a otra mujer. Pero de eso hace años y él ya no es ningún niño. Ahora comprende este tipo de cosas. Sabe que usted no tiene la culpa.

—Se equivoca, señorita Ames. Lucas me culpa y tiene intención de castigarme. Es más, lo hará de la forma que sabe que más daño me hará, a través de mis hijos.

—No, no puedo creer eso —insistió Evangeline—. Ni por un momento. Aunque esté resentido con usted, jamás se lo haría pagar a Beth y a Tony. Es evidente que los quiere mucho.

—No me cree porque no lo conoce tan bien como yo, señorita Ames. Lucas está planeando desheredar tanto a Beth como a Tony. Pero para ello tienen que casarse. Nada haría más completa su venganza que ver cómo mi hija se fuga con su descamisado experto en antigüedades.

—Estoy segura de que ha juzgado muy mal a Lucas —comentó Evangeline—. Creo que Beth tiene una idea mucho más precisa de cómo es. Desde luego, no le tiene miedo.

—No hace falta que me lo diga —aseguró con un ruido breve, áspero, exasperado—. Beth y Tony idolatran verdaderamente a Lucas. Es lo más parecido a un padre que han tenido en su vida. Y debo admitir que interpretó bien su papel. Los gemelos son muy ingenuos, muy inocentes. No tienen ni idea de que Lucas está esperando el momento oportuno, el momento en que pueda usarlos para vengarse de mí.

—No puede ser verdad —la contradijo Evangeline—. Me niego a creerlo.

—Solo hace unos días que conoce a Lucas. No sabe nada de él.

—Sé lo suficiente para estar convencida de que el miedo que tiene a Lucas es injustificado. Se basa, sin duda, en el miedo que le dan sus poderes paranormales. Comprendo que la pusiera nerviosa cuando acababa de casarse. Pero a estas alturas habrá visto ya que no está desequilibrado.

—¿Le ha hablado del desagradable hobby que tiene, señorita Ames?

—¿Se refiere a que a veces asesora a Scotland Yard? —preguntó Evangeline sin alterarse.

—Ya es malo que se involucre en investigaciones policiales. No puede decirse que algo así se incluya en el ámbito de actuación de un caballero. Pero Lucas solo asesora en los casos de asesinato más horrendos, la clase de crímenes escabrosos que aparecen en las publicaciones sensacionalistas. Y ahora ha llegado a la conclusión de que su propio tío fue asesinado cuando es evidente que lo más probable es que Chester Sebastian fuera víctima de uno de sus antinaturales experimentos botánicos. Dígame, señorita Ames, ¿no le parece esa la actitud de un hombre desequilibrado?

—Lo está analizando desde el punto de vista equivocado.

—No quiera darme lecciones sobre Lucas Sebastian —dijo Judith, levantándose—. Llevo tratándolo de uno u otro modo desde que tenía dieciocho años. Me aterra saber que el futuro de mis hijos está en sus manos.

—Escúcheme, por favor. O es más, escuche a Beth.

—Solo una mujer muy tonta e ingenua podría convencerse a sí misma de estar enamorada de Lucas —comentó Judith con dureza—. Algo me dice que usted no es ninguna de esas dos cosas, señorita Ames.

—Espero que no.

—Entonces es una oportunista. —La sonrisa de Judith era amarga—. No la culpo lo más mínimo. Pero se está saliendo de su terreno. Estoy segura de que se cree muy lista porque ha logrado que su reputación se viera totalmente comprometida por un caballero rico que, al parecer, se siente obligado a hacer lo que es debido. Pero no es eso lo que ha sucedido. Es usted quien está siendo utilizada, señorita Ames.

—¿De qué forma?

—No se engañe creyendo que el honor es lo que lleva a Lucas a casarse con usted porque comprometió su honra. Le aseguro que él sigue sus propias normas, no las convenciones sociales. Ni tampoco tendría que hacerse ilusiones pensando que se ha enamorado de usted. Lucas no conoce el significado de la palabra. Si ha decidido casarse con usted es porque ha llegado a la conclusión de que usted le será útil.

Evangeline sacó el genio. Se puso de pie bruscamente.

—¿Cómo? —quiso saber.

—No pretendo conocer sus planes. Nadie ha sido nunca capaz de entender a Lucas. Pero sé que siempre tiene un objetivo y que es implacable cuando se trata de conseguirlo. Queda avisada.

—Gracias. —Evangeline no intentó ocultar la frialdad de su voz—. Una última cosa.

—¿Sí? —Judith se había detenido.

—Ese hobby de Lucas que ha mencionado.

—¿Qué pasa con él?

—Da la casualidad de que en este momento necesito sus conocimientos.

—No la entiendo —confesó Judith con el ceño fruncido.

—Alguien está intentando matarme.

—¿Me está gastando alguna clase de broma? Porque si es así, debo decirle que es de muy mal gusto.

—Mi atacante ya ha tratado de matarme una vez. Hay

motivos para creer que volverá a intentarlo. Naturalmente, espero que Lucas encuentre a la persona que quiere acabar con mi vida antes de que se salga con la suya.

—¡Dios mío! —Judith estaba anonadada—. No puedo evitar preguntarme si está usted tan perturbada y desequilibrada como Lucas. Retiro la advertencia que le he hecho sobre los riesgos de casarse con él. Por lo que parece, puede que estén hechos el uno para el otro.

Abrió la puerta del salón y salió al pasillo. Un instante después se oyeron sus pasos en la escalera.

26

Evangeline estuvo un rato sentada, tomando té. Al final se levantó y salió al pasillo para dirigirse hacia la biblioteca. La puerta estaba abierta. Lucas estaba de pie tras la mesa, examinando a la luz deslumbradora de una lámpara de gas el farol que se convertía en arma. Al verla le brillaron un poco los ojos.

—Evangeline —dijo—. Excelente. Iba a pedir a alguien que fuera a buscarte. Entra y cierra la puerta. Se ha vuelto casi imposible tener algo de intimidad en esta casa. Cualquiera diría que estoy celebrando una de esas malditas fiestas que duran varios días. Y pensar que había planeado montar mi campamento aquí, en la biblioteca, unos cuantos días o semanas para llevar a cabo una sencilla investigación de un asesinato.

Evangeline entró en la habitación y cerró la puerta.

—¿Hay investigaciones sencillas cuando se trata de un asesinato?

—Buena pregunta. Depende de lo que uno entienda por «sencilla». Suele ser bastante fácil identificar al asesino o a la asesina. Lo difícil es entender por qué lo hizo. La gente te sorprende con explicaciones y excusas increíbles. Pero, según mi experiencia, solo hay un puñado de razones para matar a alguien.

—¿Y cuáles son?

—Celos, venganza, codicia, miedo y placer.

—¿Placer?

—El término más habitual es «locura». —Lucas arqueó las cejas—. Algunos asesinos disfrutan al matar, Evangeline. Para ellos es un juego fabuloso, y es a ellos, en su mayoría, a los que yo doy caza.

—Los asesinos locos.

—Sí.

—No parece que tu tío fuera asesinado por ningún loco —comentó Evangeline, echando un vistazo al farol.

—Creo que podemos recurrir a uno de los demás móviles tradicionales para explicar el asesinato del tío Chester y posiblemente de la señora Buckley. A partir de lo que averiguamos ayer por la noche cuando nos encontramos con los intrusos, parece que el móvil fue la codicia. —Lucas miró el farol—. Puede que esta sea el arma asesina.

—Eso explicaría por qué el cadáver de tu tío no presentaba ninguna herida.

—El asesinato por medios paranormales no deja ningún indicio evidente. La muerte suele parecer debida a un infarto o a un derrame cerebral.

—Dios mío, ¿has investigado ese tipo de asesinatos?

—Sí, pero son muy poco frecuentes. —Dejó el farol en la mesa—. Hay muy pocas personas con facultades psíquicas capaces de cometer un asesinato de esa forma.

Evangeline se quedó helada.

—Tú no eres ninguna asesina, Evangeline —aseguró Lucas, que se dio cuenta—. Mataste en defensa propia. Es algo muy distinto. Siéntate y dime por qué has venido a verme.

Evangeline se arrellanó en una de las butacas de lectura y se puso bien la falda distraídamente.

—Acabo de tener una conversación bastante incómoda con Judith.

—No es nada extraño —soltó Lucas—. La mayoría de mis conversaciones con Judith pueden calificarse de incómodas. —Se apoyó en el borde de la mesa—. Algunas podrían clasificarse como muy desagradables. Supongo que te habrá advertido de que soy un hombre peligroso, mentalmente desequilibrado, dado al pasatiempo morboso de investigar asesinatos de lo más espantosos.

—Veo que eres consciente de lo mucho que la perturba la idea absurda que se ha formado de ti.

—Me gusta que hayas utilizado el verbo «perturbar» —comentó Lucas tras cruzar los brazos—. Aunque debo admitir que tiene sus motivos para pensar como piensa.

—Te tiene miedo.

—Evidentemente.

—Entiendo que la pusieras muy nerviosa cuando acababa de casarse. Al fin y al cabo, te estabas enfrentando a la aparición de tus poderes, y ella ni siquiera cree en los fenómenos paranormales. No es extraño que creyera que podías estar un poco desequilibrado.

—Su reacción fue, sin duda, comprensible —coincidió Lucas.

El tono perfectamente neutro de su voz despertó la intuición de Evangeline, que supo que había algo más.

—Tú, por otra parte, te sentías molesto con ella porque acababas de perder a tu madre —prosiguió Evangeline con cautela—. Además, te estabas convirtiendo en un hombre. Lo último que querrías era tener una madrastra. Que Judith no fuera mucho mayor que tú os dificultaría mucho las cosas a ambos.

—Sí —corroboró Lucas, que no dijo nada más.

—Aun así, cabría pensar que la hostilidad entre los dos se habría suavizado un poco con el paso de los años.

—Sí, cabría pensarlo. —Lucas estuvo de acuerdo.

Evangeline reconocía un muro infranqueable cuando chocaba de cabeza con uno. La relación tirante entre Lucas y Judith no era asunto suyo. Después de todo, no era miembro de la familia. Pero no pudo evitar insistir.

—Judith dijo que cuando eras más joven tenías la costumbre de salir a la calle de noche y que no regresabas hasta el amanecer. Supongo que fue cuando empezaste a investigar asesinatos.

—Sí.

—Pero había algo más, ¿verdad?

—¿Quieres saber qué hacía aquellas noches?

—Algo me dice que es importante.

Lucas se la quedó mirando fijamente un rato con ojos lúgubres e impenetrables. Al verlo, supo que dudaba cuánto contarle, no porque no confiara en ella, sino porque no sabía cómo iba a reaccionar.

Cuando el silencio se prolongó, Evangeline suspiró y se recostó en su asiento.

—No pasa nada, Lucas. Comprendo que no me lo quieras contar. Tienes derecho a tener secretos.

—Tú me has confiado tus secretos más íntimos. Lo justo es que yo te cuente los míos.

Se separó de la mesa para acercarse a las ventanas medio tapadas. Se quedó un momento en silencio. Evangeline aguardó.

—Traté de hablar sobre mis sentidos paranormales con mi padre, pero pronto me dejó claro que los consideraba un defecto. Se enojó y aseguró que había heredado mis poderes de la familia de mi madre, lo que era manifiestamente falso. Me advirtió que guardara silencio sobre mis habilidades. Hablé con mi abuelo, que me confirmó que había heredado mi afinidad por la energía psíquica más oscura de mi línea paterna. Las facultades no aparecían con frecuencia, pero cuando lo hacían, solían resultar desastrosas.

—¿De qué modo?

Lucas sujetó el alféizar de la ventana con una mano.

—Algunos de mis antepasados podían controlar sus poderes. Otros, no —respondió—. Los que no lo lograban, lo mismo que otros miembros de la familia, solían creer que sus sensibilidades eran obra de fuerzas demoníacas. Más de uno de mis predecesores terminó sus días en un manicomio privado.

—Los fenómenos paranormales no eran demasiado conocidos en el pasado.

—Los fenómenos paranormales no son mucho más conocidos ahora, como los dos sabemos muy bien —dijo Lucas, mirándola.

—Cierto. —Consiguió esbozar una ligera sonrisa—. En la actualidad, las habilidades psíquicas son vistas como una especie de entretenimiento para fiestas y reuniones. Estamos invadidos de médiums farsantes y de personas que aseguran poseer poderes psíquicos.

—El problema con suponer que todos los que practican fenómenos paranormales son unos farsantes es que se te pueden pasar por alto los auténticos hasta que es demasiado tarde.

—¿Qué quieres decir?

—Cuando me percaté de que mis facultades se volvían más fuertes y que me conducían hacia las escenas de crímenes violentos, supe que tenía que aprender a controlar mi aspecto psíquico. La alternativa era arriesgarme a volverme loco o quizás algo peor.

—¿Qué podría ser peor?

—Convertirme en un depredador humano, en uno de los monstruos.

—Eso nunca —dijo Evangeline rotundamente—. Tú no eres así.

—Me gusta pensar que eso es cierto, pero cuando tenía diecinueve años, estuve muy cerca, Evangeline.

—No, jamás.

—Fui en busca de un mentor, un guía, alguien como yo que pudiera enseñarme lo que necesitaba saber para dominar mis facultades —explicó Lucas sin hacerle caso—. Visité todos los médiums de Londres y asistí a todas las demostraciones de poderes psíquicos que pude encontrar. Me sumergí en los ambientes de quienes practican los fenómenos paranormales y, pasado algún tiempo, empezaron a confiar en mí. Todos los médiums eran unos farsantes, claro, pero algunos de los que afirmaban poseer habilidades paranormales eran auténticos.

—Me imagino.

—Empecé a oír rumores sobre un hombre con unas facultades especialmente poderosas al que llamaban Maestro. Los que tenían poderes hablaban de él en voz baja. Decidí buscarlo.

—¿Porque se decía que era tan poderoso?

—No, porque por los indicios que me llegaban, estaba convencido de que sus facultades eran muy parecidas a las mías.

—¿Lo encontraste? —preguntó Evangeline.

—Sería más exacto decir que él me encontró a mí. Él también había oído rumores, ¿sabes? En las calles se había corrido la voz de que había un muchacho que acudía a las escenas de asesinatos y de actos violentos, un muchacho que hacía poco había llegado a la escena de un crimen a tiempo para detener al asesino, que más tarde fue encontrado muerto en el callejón, aparentemente víctima de un infarto.

—¿Cosa tuya? —preguntó Evangeline en voz baja.

—Fue la primera vez que usé mis facultades de esa forma —confesó Lucas—. La primera vez que vi que podía hacer aquello. El hombre me atacó. Iba armado con el cuchillo que había planeado clavar a la mujer. Hubo un forcejeo. Le nublé la mente con horrores insoportables. La impresión le paró el corazón.

—Reaccionaste instintivamente en defensa propia, igual que yo cuando me encontré a Douglas Mason en lo alto de la escalera.

—Aquel hombre no murió al instante —aclaró Lucas—. Le llevó... unos segundos.

—Tiempo en el que estuviste en contacto físico con él. Sentiste las espantosas corrientes de la muerte, la impresión que yo viví cuando Mason murió. Solo la he vivido una vez, pero sospecho que la sensación rondará mis sueños el resto de mi vida.

—No hay nada comparable a la terrible energía que se genera en el momento en que se produce una muerte violenta.

—Creo que has vivido esta terrible sensación más de una vez —comentó Evangeline, comprensiva.

—Demasiadas veces. No es bueno para el alma.

—No, estoy de acuerdo. Pero en esa ocasión salvaste no solo tu propia vida sino también la de la que iba a ser su víctima. Habría muerto si no hubieras interrumpido a tiempo al asesino.

—¿Y todas las demás antes que ella, Evangeline? ¿Las que no logré salvar porque me costó demasiado tiempo averiguar la forma de actuar del asesino?

—No puedes culparte por no poder leer el pensamiento de un loco. Nadie puede hacer eso. La cuestión es que lo detuviste. Como un médico que pierde pacientes, tienes que aprender a concentrarte en la gente a la que has salvado.

—Una analogía interesante —dijo Lucas con una sonrisa forzada en los labios—. ¿Cómo puedes seguir siendo tan romántica después de todo lo que te ha pasado?

—No estoy siendo romántica. Simplemente he destacado que has salvado a una gran cantidad de personas. Lo mires como lo mires, eso te convierte en un héroe.

—No, Evangeline. Hago lo que tengo que hacer debido a

la naturaleza de mis facultades. Podría decirse que me fuerzan a hacerlo.

—Puede que te sientas obligado a salvar a otras personas y a destruir a quienes se ensañan con los vulnerables, pero no puede decirse que eso sea un defecto. Por el amor de Dios, Lucas, es evidente que eres dueño de tus poderes y, por lo tanto, de ti mismo.

—No del todo —dijo con los ojos algo brillantes—. No cuando estoy contigo, Evangeline.

—Si te refieres a lo que sucedió entre nosotros ayer por la noche... —comentó, tensa.

—Desde luego.

—Pues te recuerdo que fui yo la que te sedujo.

—¿Es así como lo recuerdas? —Lucas sonrió.

—Recuerdo muy bien lo que pasó —dijo con firmeza—. Así que volvamos al tema de tu relación con ese hombre al que llamaste Maestro.

—Fue ese caso, aquel en el que maté a un hombre por primera vez, el que le llamó la atención. Se puso en contacto conmigo. Hablamos. Al final, me tomó bajo su protección y me enseñó muchas cosas. Me enseñó que los asesinos depredadores suponían el mayor desafío. Durante cierto tiempo les dimos caza juntos, y lo hicimos en secreto.

—¿Les disteis caza? —se sorprendió Evangeline, con el ceño fruncido—. ¿O investigasteis sus asesinatos?

—Ah, sí, veo que captas la distinción. —La sonrisa de Lucas no expresaba diversión, solo un triste pesar—. Te felicito, Evangeline. Has comprendido la diferencia mucho más rápido que yo.

—Estoy segura de que la diferencia entre investigar y dar caza es muy pequeña, a veces indistinguible. —Titubeó—. Creo que puede que no siempre importe.

—Importa. —Empezó a pasear por la biblioteca—. Siguiendo con lo que te contaba, el Maestro era un caballero rico que llevaba una doble vida. Se codeaba con la alta sociedad y pertenecía a los mejores clubes. Guardaba en secreto sus habilidades paranormales y su interés por los asesinatos. Me enseñó a hacer lo mismo.

—Me parece muy sensato —sonrió Evangeline—. Como todos sabemos, los caballeros no afirman poseer facultades psíquicas y no se interesan por las investigaciones de asesinatos.

—Sí, claro. —Lucas sonrió fugazmente con frialdad.

—Muy bien, este caballero y tú disteis caza juntos a asesinos durante cierto tiempo. Supongo que el Maestro tenía alguna relación con la policía.

—Nunca reveló su identidad a las autoridades —explicó Lucas—. Pero sí, solía asegurarse de que encontraran pruebas que las conducían hasta el asesino. Se hicieron algunas detenciones.

—¿Solo algunas? —Evangeline parpadeó.

—Varios de los asesinos simplemente desaparecieron de las calles. —Debió de ver la forma en que ella lo miraba porque sacudió la cabeza—. No fue cosa mía.

—¿El Maestro se erigió en juez, jurado y verdugo?

—En varios casos, sí. Pero tardé un tiempo en caer en la cuenta de lo que estaba sucediendo. El Maestro sabía muy bien qué hacer para no dejar rastro. Desde luego, los asesinos que se cargaba eran malvados. No me daban lástima. Pero pronto me percaté de que yo no podría hacer lo que él hacía.

—No podías convertirte en un asesino a sangre fría, ni siquiera en nombre de la justicia.

—Lo que finalmente comprendí es que el Maestro disfrutaba con lo que hacía, no solo dar caza, como confieso que me pasa a mí, sino también matar. Inevitablemente, nos enfrentamos. Me dijo que yo era demasiado blando, demasiado débil para hacer lo que había que hacer. Estuve de acuerdo en que no estaba hecho para ser su verdadero heredero. Nos separamos. Unos meses después empezaron los asesinatos.

—¿Qué asesinatos?

—Fue hace una década, trece años para ser exactos. Todas las víctimas eran queridas de hombres de la alta sociedad. Todas las muertes estaban pensadas para que parecieran deberse a extraños accidentes, pero no pasó demasiado tiempo antes de que la policía y la prensa se dieran cuenta de que eran obra de un asesino despiadado. El asesino siempre dejaba algo en la escena del crimen. Los periódicos se volvieron locos con la historia. Hasta bautizaron al asesino.

Evangeline hizo mentalmente unos cuantos cálculos rápidos.

—¿Estás hablando del asesino de las cortesanas?

—¿Recuerdas los crímenes? —Lucas frunció el ceño—. Por aquel entonces serías muy joven.

—Tenía trece o catorce años. Lo que contaban los periódicos me causó una gran impresión.

—Y a mí también —dijo Lucas en tono grave—. Me llamaron inmediatamente la atención porque no seguían las formas de actuar que había aprendido en las calles. Los depredadores a los que había aprendido a dar caza solían elegir víctimas a las que nadie echaría en falta, por lo menos en la sociedad respetable. Prostitutas, mendigos y golfillos en su mayoría.

—Entiendo qué quieres decir. Estas víctimas eran prostitutas, pero eran prostitutas muy elegantes. Cortesanas.

—Era como si el asesino estuviera retando a quienes se movían en los círculos más altos. Varios caballeros enviaron a sus queridas a la Europa continental a pasar unas vacaciones prolongadas. Otros contrataron guardaespaldas. Pero la mayoría dejaron que las mujeres se las arreglaran solas. Fui a la escena de los dos primeros asesinatos y me fijé que el asesino tenía una forma de actuar concreta. Pero antes de que pudiera encontrarlo, hubo un tercer asesinato. Conseguí llegar al lugar del cuarto crimen cuando la mujer todavía estaba viva.

—Recuerdo haber leído que la cuarta cortesana sobrevivió y que el asesino fue hallado muerto en el lugar del crimen. La víctima afirmaba que la había salvado un desconocido que pasaba por allí y se había dado cuenta de lo desesperada que era su situación. Nunca encontraron al desconocido. Supongo que eras tú.

—Todo tenía que haber terminado de un modo algo distinto. El asesino había notado que me estaba acercando a él. Así que planeó matar tanto a la cortesana como a mí y dejar pruebas en la escena del crimen que me hicieran parecer culpable de los asesinatos. Pero para entonces yo ya sabía la verdadera identidad del asesino. Y llegué mucho antes de lo que él esperaba.

—Salvaste a la cuarta mujer y te cargaste al asesino. He olvidado el nombre del criminal que perpetró los asesinatos de las cortesanas, pero recuerdo que era un caballero que se movía por los círculos más altos de la sociedad.

—Edward Cox —dijo Lucas—. Mi profesor y mi mentor. El Maestro que me enseñó a dar caza y a matar.

27

Lucas estaba inclinado sobre su escritorio con las palmas de las manos extendidas sobre el gran mapa de los terrenos de la vieja abadía que había desplegado mientras sopesaba las tres marcas extrañas que su tío Chester había hecho en él. Algo le decía que aquellas marcas eran importantes, pero todavía no alcanzaba a ver por qué. No había ninguna anotación.

En el pasillo sonaron unos pasos. Dedujo que eran dos personas, un hombre y una mujer. Ambos casi corrían. Alzó la vista justo cuando Beth y Tony llegaron a la puerta.

Beth tenía uno de los diarios de Chester en las manos. Estaba resplandeciente de entusiasmo. Tony parecía igual de eufórico.

—Creemos que hemos encontrado algo muy importante en el último diario del tío Chester —anunció Beth.

Su entusiasmo iluminaba el ambiente que la rodeaba. No era extraño que no quisiera casarse con uno de los hombres aburridos y arrogantes que la cortejaban. Necesitaba a alguien que pudiera valorar su inteligencia y su vivacidad.

—Pasad, pasad —pidió Lucas—. Contadme qué creéis haber descubierto.

—Encontramos una referencia a dos de los colegas del tío Chester que al parecer lo visitaron aquí, en Crystal Gardens, alrededor de un mes antes de su muerte —explicó Beth. Se acercó a la mesa y dejó el diario sobre el mapa—. Por desgracia, el tío Chester solo los identificó por sus iniciales, no por sus nombres completos, pero las iniciales de los nombres de pila coinciden con la forma en que oísteis que aquellos dos hombres se llamaban entre sí ayer por la noche: H y B.

—Horace y Burton —dijo Lucas en voz baja. La energía le estimuló los sentidos y despertó al cazador que llevaba dentro.

—Sí. —Tony se situó junto a Beth. Él también estaba exultante y animado—. Más aún, la última inicial de los dos es la misma: T.

—Lo que significa que pueden apellidarse igual —dedujo Lucas—. Podrían ser parientes.

—Exacto —coincidió Tony—. Se nos ha ocurrido que tal vez podríamos repasar la correspondencia del tío Chester para encontrar nombres que coincidan con las iniciales y, con suerte, las direcciones de estos dos hombres. Es evidente que el tío Chester los invitó a los jardines. Tendría que haber algo escrito: una carta o un telegrama.

—Es una noticia excelente —dijo Lucas—. Felicidades a los dos.

Beth estaba radiante. Tony sonrió feliz.

—Enseñadme lo que habéis encontrado —pidió Lucas.

—Las primeras referencias a HT y BT son de principios de junio. —Beth abrió el diario por el sitio que había marcado con una tira de papel y señaló una de las entradas escritas a mano—. El tío Chester indica que los ha invitado a los dos a ver los resultados de sus últimos experimentos. Unos días después afirma haber recibido un telegrama en el que los dos hombres le avisan que llegarán el viernes siguiente. Menciona de pasada que a la señora Buckley no le complace la idea de tener invitados, pero añade que Buckley lleva un tiempo de mal humor. Parece irritado con ella.

Tony alargó la mano para pasar unas cuantas páginas.

—Estas anotaciones son de la semana siguiente. HT y BT han llegado y están alojados en esta casa. El tío Chester está muy ilusionado porque los dos invitados han traído un nuevo artefacto que puede usarse para orientarse por el Jardín Nocturno. Dice que recuerda un farol pequeño y que funciona gracias a un cristal.

Los tres dirigieron la mirada al pequeño farol de metal y cristal que descansaba en una mesa cercana.

—Hijos de... —empezó a decir Lucas, pero se acordó de que Beth estaba justo delante de él y se detuvo en seco—. Desde luego, esto responde, por lo menos en parte, una de las preguntas que nos estamos haciendo. Tenéis razón, el siguiente paso es identificar a HT y BT.

—Si no tienes ninguna objeción, Beth y yo empezaremos a repasar inmediatamente la correspondencia del tío Chester. Tenemos una idea bastante aproximada de las fechas. No tendríamos que tardar demasiado en encontrar esos nombres.

—El plan tiene una pega —indicó Lucas—. Ya he leído la correspondencia del tío Chester, la poca que hay. Por lo general era demasiado impaciente para escribir cartas y rara vez guardaba las que recibía.

La expresión de entusiasmo de Tony se transformó al instante en otra de decepción.

—Maldición —gruñó—. Estaba segurísimo de que habíamos encontrado la solución.

—Tendríamos que haber imaginado que no sería tan fácil —comentó Beth, igual de abatida.

—Puede que tengamos otra opción —sugirió Lucas—. El tío Chester era un hombre moderno. Cuando se tomaba la molestia de comunicarse con alguien, normalmente lo hacía por telegrama. Podríais ir al pueblo a charlar con el telegrafista. Debería haber registros de los telegramas que el tío Chester envió y recibió. Y ya que estáis ahí, hablad con el jefe de la estación de tren y con Mayhew, que lleva el carruaje de alquiler. Little Dixby recibe muchos visitantes en esta época del año, pero la mayoría viene a ver las ruinas del pueblo. Nunca ha habido demasiadas visitas en Crystal Gardens. Alguien podría recordar algo de interés.

—¡Cómo no se me habrá ocurrido a mí! —exclamó Tony, animado de inmediato.

—Ahora mismo iremos al pueblo —añadió Beth—. Con un poco de suerte, en unas horas habremos averiguado algo.

Salieron corriendo de la biblioteca antes de que Lucas pudiera decir nada. Regresó a la mesa y contempló el mapa. Un poco después, cuando todavía seguía en ello, oyó más pasos. Antes de que apareciera Evangeline él ya sonreía.

—Molly me ha dicho que Beth y Tony han ido al pueblo —comentó ella—. ¿Han descubierto algo interesante?

—En el último diario del tío Chester encontraron dos pares de iniciales que podrían pertenecer a los dos hombres que nos encontramos en el laberinto. Van a hacer algunas preguntas en la estación de tren y a hablar con el telegrafista.

—Es una noticia estupenda, desde luego, aunque puede que innecesaria. Norris, el primo de Molly, acaba de llegar y de informarnos de que alguien avisó al médico a primera hora de la mañana para que atendiera a un hombre que tenía una fiebre extraña. Evidentemente el médico volvió a casa temiéndose lo peor.

Lucas salió de detrás de la mesa y se dirigió rápidamente hacia la puerta.

—¿Dirección?

—Una casa de campo en Willow Pond. Según Molly, está más o menos a solo una milla de aquí si se toma el atajo por el bosque una vez que se llega al final del camino.

—Se puede ir a pie —indicó Lucas. La energía de la caza le

recorría el cuerpo—. Si sobrevivieron a la tormenta de energía, puede que lograran llegar a la casa de campo.

—Te acompaño —anunció Evangeline.

—No —se negó Lucas tras detenerse en la puerta—. Es imposible saber cómo nos recibirán. Si HT y BT están ahí, pueden estar armados.

—Puede que uno de los dos se esté muriendo —apuntó Evangeline—. Si está aquejado de la misma fiebre que tú tuviste ayer por la noche, me necesitarás.

28

Horace estaba quitando de la frente ardiente de Burton otro paño que la fiebre había calentado cuando oyó que llamaban con fuerza y exigencia a la puerta principal. Se animó unos segundos. Quizás el médico había vuelto con alguna nueva medicina.

Dejó caer el paño en la jofaina del tocador y corrió hacia el pequeño salón. Se detuvo para echar un vistazo a través de las cortinas. Al ver a Sebastian y a la mujer en el umbral casi se le paró el corazón. Estaba todo perdido. No tenía sentido intentar huir por el huerto. No podía abandonar a Burton. Su única esperanza era engañarlos.

—¿Qué desean a estas horas? —inquirió tras abrir la puerta.

—Soy Lucas Sebastian —dijo este—. Ella es mi prometida, la señorita Ames. Nos conocimos ayer por la noche cuando usted y su compañero entraron sin permiso en los jardines de Crystal Gardens.

—No tengo ni idea de lo que me está hablando —soltó Horace, esforzándose por dominar su pánico—. Hay un enfermo en casa. Podría ser contagioso.

—¿Sigue vivo entonces? —preguntó rápidamente Evangeline—. Tal vez yo pueda ayudarlo.

—El médico ya lo ha visitado —señaló Horace, mirándola de soslayo a través de las gafas—. Dijo que no puede hacerse nada.

—Creemos que su compañero está aquejado de una fiebre de los sentidos paranormales. No es probable que el médico haya visto jamás semejante enfermedad.

—¿Y usted sí, señorita Ames?

—Sí —afirmó Evangeline—. La he visto. De hecho, la vi ayer por la noche. El señor Sebastian estaba aquejado de una fiebre parecida poco después de la tormenta de energía en el laberinto. Como puede ver, hoy está vivo y goza de una salud excelente.

—¿Gracias a usted? —se sorprendió Horace, debatiéndose entre el recelo y la desesperación.

—La señorita Ames me salvó los sentidos ayer por la noche —explicó Lucas—. ¿Qué hay de malo en dejarle examinar a su compañero?

—No es mi compañero —dijo Horace—. Es mi hermano.

Evangeline se remangó el vestido y entró.

—¿Dónde está? —preguntó.

La costumbre venció al pánico y Horace se apartó para dejarla pasar al salón ensombrecido. Sebastian la siguió. Consciente de que había perdido la pequeña batalla, Horace cerró la puerta.

—Burton está en el dormitorio —respondió.

Pero estaba hablando a la espalda de Evangeline, que ya estaba entrando en la habitación.

Sebastian echó un vistazo rápido al cuarto. Evidentemente convencido de que Evangeline no corría peligro con Burton, se volvió y dirigió una mirada fría e inexpresiva a Horace.

—Usted y yo vamos a hablar mientras la señorita Ames comprueba si puede hacer algo por su hermano —dijo.

—No-no lo entiendo —tartamudeó Horace—. Mi hermano y yo vinimos a Little Dixby a dibujar las ruinas.

Sabía que sonaba poco convincente y poco sincero. Jamás se le había dado demasiado bien mentir. Pero el aura amenazadora que rodeaba a Sebastian era aterradora. Lo cierto era que aquella energía inquietante saturaba el ambiente del salón. A Sebastian le brillaban un poco los ojos. «Como los ojos de un demonio», pensó Horace. Era un científico, un pensador moderno, pero nunca había estado tan asustado en su vida. Aquel día Burton no podía protegerlo.

Sebastian ni siquiera se tomó la molestia de desestimar su pobre explicación.

—Supongo que asesinaron a mi tío porque no les permitió buscar los objetos de oro romanos que, según dicen, están enterrados en el Jardín Nocturno.

—¿Asesinarlo? —Horace dejó de respirar unos segundos—. Mire, le juro que no asesinamos a Chester Sebastian. Todo el mundo sabe que murió debido a los efectos de una planta tóxica de sus jardines.

—Puede que esa sea una teoría generalizada en Little Dixby, pero estoy convencido de que fue víctima de un asesinato. Sospecho que también mataron a su ama de llaves, seguramente porque podía identificarlos.

—No, por favor. Se lo juro. Burton y yo no hemos matado a nadie.

—Usted y su hermano visitaron a mi tío el mes pasado, poco antes de su muerte.

—¿Cómo puede saber eso?

—En su último diario hay constancia de su estancia.

—Su diario —repitió Horace sin ningún ánimo—. Sí, claro.

—Llevaron el farol que funciona con un cristal —prosiguió Sebastian, implacable—. El artefacto les permitió orientarse por el laberinto y me imagino que por el jardín interior. También sirve de arma. Por cierto, le aliviará saber que mi empleado, Stone, sobrevivió.

Sebastian lo sabía todo. Horace sintió que el suelo se abría bajo sus pies. Se encontraba sobre un enorme agujero negro. No tenía sentido intentar mentir. El diablo había ido a buscarlo para arrastrarlo con él hasta el infierno. Temblaba tanto que no podía mantenerse de pie. Se desplomó en la silla más cercana.

—El farol no estaba pensado como arma —aseguró—. El cristal puede utilizarse para generar un haz que permite orientarse por lugares donde hay una enorme cantidad de energía que le nubla a uno los sentidos. Esperábamos que pudiera usarse para localizar el oro enterrado. Pero poco después de perfeccionarlo me di cuenta de que también podía dirigir un haz que insensibilizaba temporalmente todos los sentidos, tanto los normales como los paranormales, lo que provoca un período de inconsciencia.

—Ayer por la noche, cuando su hermano lo usó a la máxima potencia en el laberinto, desencadenó una tormenta de energía.

—No teníamos ni idea de que fuera a hacer eso —se excusó Horace—. Tiene que creerme. Burton solo quería dejarlo inconsciente. Es el maldito tesoro, ¿sabe? Está obsesionado con encontrarlo.

—La obsesión puede llevar a un hombre a cometer un asesinato.

Un inmenso cansancio se apoderó de Horace. Sebastian iba a hacer que lo detuvieran por asesinato y Burton se estaba muriendo. No tenía ninguna esperanza.

—No, señor Sebastian —dijo—. Nosotros no matamos a su tío.

—¿Por qué quisieron buscar el tesoro que creen que está en el Jardín Nocturno? Hay tesoros romanos enterrados por toda Inglaterra, del mismo modo que hay ruinas esparcidas por su superficie. A menudo los romanos ricos enterraban cofres que contenían sus objetos de valor cuando se veían obligados a huir de atacantes o cuando tenían que dejar sus propiedades por algún motivo.

—Sí, pero rara vez dejaban mapas, ¿sabe? Y las probabilidades de encontrar por casualidad un cofre de oro enterrado hace siglos en las tierras de un campesino son muy pocas, como mínimo. Pero la leyenda del oro en los jardines de la vieja abadía es mucho más específica. Las investigaciones de Burton indican que el tesoro está en el Jardín Nocturno. Creía que con nuestras facultades y con la ayuda del artefacto del cristal, tendríamos una oportunidad excelente de localizarlo.

—Sabían que los jardines son peligrosos.

—Naturalmente —suspiró Horace—. También recordé a Burton que Chester Sebastian llevaba décadas llevando a cabo sus experimentos en Crystal Gardens y que si había algún tesoro por encontrar, él lo habría descubierto. Pero mi hermano puede obsesionarse mucho con sus objetivos.

—Ninguno de los dos es botánico, ¿verdad?

—No, pero como nos interesan mucho los fenómenos paranormales, no fue difícil convencer a su tío para que nos invitara a visitar Crystal Gardens.

—Siempre tenía ganas de hablar con gente que se tomara su trabajo en serio, pero era precavido —comentó Sebastian—. Algunos de sus colegas se oponían a sus investigaciones. Otros querían robarle ejemplares, aunque les advertía que ninguna de las plantas sobreviviría demasiado tiempo si la apartaban del origen de las aguas de este sitio.

—Fuimos a ver a Chester y le mostramos mi pequeño farol. Le entusiasmó y aceptó realizar un experimento dentro del laberinto. Dijo que cada vez era más difícil recorrerlo, incluso con sus facultades. Estaba convencido de que la energía de los jardines se estaba volviendo más fuerte.

—Tenía razón.

—Nos acompañó a ver los jardines. Burton comprobó que

el farol funcionaba. Dimos las gracias a su tío y nos fuimos para elaborar nuestros planes. Y, cuando nos dimos cuenta, Chester Sebastian estaba muerto. Supusimos que eso nos daría mucho tiempo para explorar los jardines de una forma lógica. Alquilamos esta casa de campo y comenzamos a hacer los preparativos. Luego llegó usted. Burton temió que quisiera instalarse en Crystal Gardens. Se desesperó. —Extendió las manos—. Ya sabe lo demás.

Evangeline apareció en la puerta.

—Su hermano descansa cómodamente. Le ha remitido la fiebre.

—¿Burton sobrevivirá? —preguntó Horace, poniéndose de pie de un salto, sin apenas atreverse a tener esperanzas.

—Creo que se recuperará, aunque puede que sus sentidos hayan sufrido algún daño permanente debido a la duración de la crisis. No puedo asegurarle nada ni en un sentido ni en otro porque no he tenido demasiada experiencia en esta clase de asuntos.

Horace corrió hacia la puerta y echó un vistazo al dormitorio. Burton dormía plácidamente. Era evidente, incluso a unos pasos de distancia, que la fiebre paranormal ya no lo consumía.

—No sé cómo darle las gracias, señorita Ames —dijo Horace.

—Puede hacerlo contestando a las preguntas del señor Sebastian —propuso Evangeline.

—Ya las he contestado todas. —Miró a Sebastian—. Le doy mi palabra de que no tengo nada más que decirle. Solo queríamos el tesoro. No teníamos intención de lastimar a nadie y le juro que no asesinamos a su tío.

—¿Qué hay del ama de llaves? ¿Sabe que fue de ella?

—No, nunca le presté demasiada atención. Parecía más bien huraña. —Se subió las gafas por la nariz—. ¿Tiene intención de hacer que nos detengan a mí y a Burton?

—No —respondió Sebastian—. Pero puede que quiera hacerles más preguntas en otro momento. No se vayan de Little Dixby hasta que yo se lo autorice. ¿Está claro?

—Perfectamente claro, señor Sebastian. —Horace carraspeó—. En cuanto al farol del cristal, ¿no lo encontraría por casualidad? Era único.

—De momento está a buen recaudo, pero parece que el cristal no funciona.

—Supongo que fue la explosión dentro del laberinto —indicó Horace tras reflexionar sobre ello un momento—. Sin duda, estropeó el cristal. Es muy sensible.

—A mi hermano le interesa mucho el estudio de los fenómenos paranormales. Puede que quiera hablar con usted sobre su invento.

—¿Su hermano? —se sorprendió Horace con el ceño fruncido—. No lo entiendo.

—Eso ahora no importa —dijo Sebastian. Tomó a Evangeline del brazo y se dirigió hacia la puerta—. Ya trataremos este asunto en algún otro momento.

—Muy bien.

—Hay algo que no entiendo, Tolliver —soltó Sebastian desde la puerta—. Sin duda, habrían visto suficientes ejemplos de los experimentos botánicos de mi tío como para saber lo peligroso que sería empezar a cavar en cualquier sitio de los jardines de la vieja abadía.

—Traté de advertir a Burton, pero no quiso escucharme.

Sebastian sacudió la cabeza.

—Buscadores de tesoros —comentó—. No tienen el menor sentido común.

29

Evangeline desató las cintas de su sombrero y se lo entregó a Molly.

—El señor Sebastian y yo tomaremos un té. ¿Podrías llevarnos una bandeja a la biblioteca?

—Sí, señorita Ames —contestó Molly, pero vaciló con el sombrero en la mano—. ¿Puedo preguntarle si encontró a los dos hombres que buscaba? ¿Los intrusos?

—Sí, Molly, los encontramos, gracias a tu primo —explicó Evangeline.

—Para lo que nos sirvió... —gruñó Lucas, indignado.

—¿Van a detenerlos? —preguntó Molly con entusiasmo.

—No —dijo Lucas. Recorrió el pasillo hacia la biblioteca—. Eran buscadores de tesoros, no asesinos.

A Molly se le desorbitaron los ojos. Se volvió hacia Evangeline:

—¿Qué quiere decir, señorita Ames?

—Quiere decir que estaba equivocado —respondió Evangeline mientras se quitaba los guantes—. El señor Sebastian no está acostumbrado a cometer errores de esta clase. Le molesta.

—Oh, comprendo. —Molly frunció el ceño—. ¿Significa

264

eso que su tío y la señora Buckley no fueron asesinados después de todo?

—No, no significa que no se cometiera ningún asesinato en Crystal Gardens —soltó Lucas en voz muy alta desde la mitad del pasillo—. Solo significa que he eliminado a dos de los posibles sospechosos.

Cuando se metió en la biblioteca, Evangeline sonrió a Molly.

—Té, Molly —recordó.

—Sí, señorita Ames.

Molly puso el sombrero de Evangeline en un colgador y se marchó deprisa hacia la cocina. Evangeline dejó los guantes en la mesita del pasillo, entró en la biblioteca y cerró la puerta. Lucas estaba frente a la ventana, mirando la vista limitada de los jardines.

—¿Sigues estando seguro de que tu tío y la señora Buckley fueron asesinados? —preguntó ella.

—Sigo estando convencido de que la muerte del tío Chester no fue debida a causas naturales. Creí haber dejado claro que nunca he estado del todo seguro sobre lo que le ocurrió a la señora Buckley. Solo sé que sería útil encontrarla, viva o muerta.

—Estoy de acuerdo. —Evangeline se sentó y, distraídamente, se acomodó la falda.

—Estaba segurísimo de que esos dos hombres lo mataron, Evangeline.

—Parecía la explicación más probable; de hecho, habría quien diría que todavía lo parece. Dime, ¿por qué creíste a Horace Tolliver?

—Que me aspen si lo sé —dijo Lucas, encogiéndose de hombros—. Solo puedo decirte que lo creí. ¿Por qué? ¿Opinas otra cosa?

—No, me inclino a estar de acuerdo contigo.

—Ahora tengo que volver a empezar desde el principio.

—Se alejó de la ventana—. He estado demasiado obsesionado por encontrar a Horace y a Burton Tolliver.

—Y con razón. Fueron los últimos en visitar Crystal Gardens según el diario de tu tío, y tienen habilidades psíquicas. Entraron sin permiso en los jardines. Iban provistos de un arma paranormal que utilizaron tanto contra Stone como contra ti. Todo indicaba que eran culpables.

—Pero no lo son. Estoy seguro de ello.

—Como te he dicho, estoy de acuerdo contigo —asintió Evangeline.

Lucas juntó las manos a su espalda.

—Tenemos que examinar las pruebas desde otro punto de vista.

Evangeline ocultó una sonrisa de satisfacción. Le gustaba que se hubiera referido a los dos como a un equipo.

—Estamos suponiendo que después de los hermanos Tolliver nadie más visitó Crystal Gardens. Pero llegamos a la conclusión a partir del diario de tu tío.

—¿Qué estás pensando? —preguntó Lucas.

—Beth mencionó que Chester usaba sus diarios básicamente para documentar sus experimentos botánicos y efectuar anotaciones de carácter científico. Hacía constar las visitas de sus colegas y de otros botánicos, pero según Beth, no había ninguna mención de tus visitas a la vieja abadía.

Lucas regresó a la mesa y tomó el abrecartas de plata.

—No habría visto ninguna razón para anotar la visita de un miembro de su familia en un diario dedicado a sus experimentos botánicos.

—Quizá no se tomaba la molestia de anotar otras visitas porque no consideraba que fueran de colegas suyos.

Lucas se dio golpecitos en la palma de la mano con el abrecartas.

—No habría anotado la visita de un vecino o de un repartidor. Ni tampoco se habría tomado la molestia de apuntar la visita de algún lugareño, de alguien a quien conociera bien.

Un golpecito imperioso fue la única advertencia antes de que la puerta se abriera de golpe. Beth y Tony entraron corriendo en la habitación. Ambos irradiaban entusiasmo.

—Tenemos algo muy importante que decirte, Lucas —soltó Beth sin aliento.

—Averiguasteis los nombres de las dos visitas de Chester —se anticipó Lucas suavemente—. Bien hecho. Pero resulta que ya los encontramos.

—Sí, ya sabemos que averiguaste la identidad de esos dos hombres y que llegaste a la conclusión de que ellos no mataron al tío Chester —aclaró Tony—. No es eso lo que vinimos corriendo a decirte. Cuando estábamos en el pueblo, fuimos a la oficina de telégrafos como sugeriste.

Beth se volvió hacia Evangeline agitando una tira de papel.

—Da la casualidad de que acababa de llegar un telegrama para ti, Evie. Lo enviaba tu amiga, la señorita Slate. El telegrafista lo estaba organizando todo para que el señor Applewhite te lo entregara. Naturalmente, Tony y yo lo trajimos.

—Clarissa y Beatrice deben de haber descubierto algo importante. —Evangeline se puso de pie de un salto y tomó el telegrama. Lo leyó deprisa y alzó la vista—. Douglas Mason tenía un hermano.

—Eso encaja con la información que recibimos del contacto de Stone —dijo Lucas.

—Ah, pero hay más —indicó Evangeline llena de orgullo—. Clarissa y Beatrice averiguaron que el hermano es un actor llamado Garrett Willoughby, que hace poco aparecía en un melodrama titulado *El secreto de lady Easton*.

—La entrada de teatro que encontré en el cadáver de Sharpy Hobson era de una función de esa obra —recordó Lucas. La energía cargó el ambiente—. Es una noticia excelente. Enviaré a Stone a Londres inmediatamente.

—Puede que le cueste un poco encontrar al hermano de Mason —dijo Evangeline—. Según el telegrama, la obra se representó por última vez ayer por la noche. Nadie sabe adónde fue Willoughby. Clarissa y Beatrice están haciendo más indagaciones.

30

—¿Nunca duerme usted, señor Stone? —preguntó Molly.

—Ayer por la noche dormí demasiado gracias a aquella condenada arma en forma de farol que los intrusos usaron conmigo —gruñó Stone.

—Gracias a Dios que sobrevivió.

Estaban en la terraza que daba al Jardín Diurno. La luz de la luna confería un tono plateado al paisaje. Con la llegada de más gente junto con otra doncella más, Lucas había anunciado que Molly y por lo menos una de sus primas se alojaría en la vieja abadía hasta nuevo aviso. La cantidad de personas que vivían entonces en la casa hacía necesario disponer de cierta cantidad de servicio a todas horas.

Molly había echado un vistazo al reloj de la entrada antes de salir con la taza de café recién hecho que había servido para Stone. Eran casi las diez. La casa estaba en silencio. Después de la cena, la señorita Ames se había ido al piso de arriba a trabajar en el cuarto capítulo de su libro. La señora Sebastian y la señora Hampton se habían retirado a sus aposentos. El señor Sebastian y los gemelos estaban trabajando en la biblioteca.

Molly había esperado a que Stone saliera sin hacer ruido

por la puerta trasera para hacer guardia antes de seguirlo con la taza.

—Me pareció que podría apetecerle un poco de café —se atrevió a decir.

Stone, a quien el detalle sorprendió un momento, tomó la taza de buena gana. A Molly le gustó el roce de la manaza de Stone en los dedos.

—Gracias. —Lo olió con gusto evidente—. Huele bien.

—Está recién hecho.

—El pollo asado que preparó para cenar es el mejor que he comido —la felicitó Stone.

—Como dije a la señorita Ames, un hombre corpulento como usted tiene que alimentarse. ¿Está seguro de haberse recuperado de la espantosa experiencia de anoche?

—No se preocupe; esta noche no me dormiré —aseguró, molesto al parecer.

—¿Qué hará si esos intrusos regresan?

—El señor Sebastian y yo lo hablamos antes. Decidimos que si alguien trata de entrar otra vez en los jardines, no lo enfrentaré yo solo. Despertaré al señor Sebastian y nos encargaremos del asunto juntos.

—Nunca había conocido a nadie con poderes paranormales hasta que conocí a la señorita Ames y al señor Sebastian. No se crea, la gente de los alrededores siempre supo que Chester, el tío del señor Sebastian, tenía algo raro, pero nunca lo vi demasiado. Era muy reservado.

—¿Vio alguna vez a su ama de llaves?

—Oh, sí, varias veces. Aunque no era lo que se dice sociable. Solía ir un par de veces a la semana a comprar al pueblo. Siempre se quejaba a los tenderos cuando Chester Sebastian tenía invitados. Decía que las visitas le daban mucho trabajo porque su patrón no quería contratar a nadie para que la ayudara.

—¿Tiene idea de adónde fue después de encontrar el cadáver de Chester Sebastian?

—No, pero me imagino que se retiró. Los Sebastian son ricos. Habría alguna pensión.

—El señor Sebastian dice que habría cubierto sus necesidades, pero que jamás acudió a él.

A Molly le costó entenderlo.

—¿Quiere decir que nunca preguntó por su pensión? —dijo.

—Eso es lo que me han dicho.

—¡Qué extraño! —comentó Molly—. La señora Buckley se fue del pueblo muy poco después de la muerte de Chester Sebastian; al día siguiente, de hecho. Apuesto a que ya sé qué pasó.

—¿Qué?

—Seguramente robó la plata y los objetos de valor que pudo meter en el baúl antes de subirse al tren. Por eso no fue a pedir dinero al señor Sebastian. Tenía miedo de que antes o después se diera cuenta de que era una ladrona.

—Supongo que es posible. Pero el señor Sebastian hizo algunas indagaciones y no la encontró por ninguna parte.

—Porque no quiere que la encuentren —indicó Molly.

—El señor Sebastian cree que podría haberle ocurrido algo.

—¿Como qué? —Molly le escudriñó la cara.

—Quién sabe —respondió Stone. Y mirando el paisaje suavemente luminoso, sentenció—: La gente desaparece a veces en estos jardines.

—Eso solo son historias —dijo Molly, estremeciéndose.

—¿Está segura?

—No creo en la magia y en los demonios.

—Ni yo tampoco. Pero después de conocer al señor Sebastian creo en los fenómenos paranormales. Hay mucha energía extraña en estos jardines. Hasta yo puedo notarla.

Molly echó un vistazo a la vegetación plateada.

—Ya se lo he dicho, la señora Buckley se fue del pueblo. No sé dónde está, pero no está en los jardines.

—Dijo que se marchó muy deprisa. Quizá solo quería que todo el mundo creyera que se había ido.

—La vieron subirse al tren.

—Tal vez regresara —sugirió Stone.

—¿Por qué iba a hacer eso?

—No lo sé. No tengo poderes como el señor Sebastian. Él dice que es importante averiguar qué le pasó a la señora Buckley y yo supongo que tiene razón. Suele tenerla.

—Tiene que ser un poco raro tener facultades psíquicas.

—El señor Sebastian asegura que la mayoría de las personas tienen algunas —comentó Stone—. Solo que no lo saben. Dice que lo llaman intuición.

—Mi madre dice que tengo mucha intuición. A veces sé cosas sin más.

—Yo también —coincidió Stone—. La primera vez que vi al señor Sebastian supe que quería trabajar para él.

—Es lo mismo que yo sentí cuando empecé a trabajar para la señorita Ames. Me dije a mí misma que podía llevarme a algo mucho mejor.

—¿Mejor que qué?

—Mejor que pasarme el resto de mi vida en una granja. —Molly sonrió—. No me da miedo trabajar duro, no se crea, pero ordeñar vacas y dar de comer a las gallinas no es demasiado apasionante.

—¿Quiere dedicarse al servicio?

—No —contestó Molly—. Voy a abrir un salón de té.

—Qué interesante. —Stone se balanceó un poco sobre los talones—. Cocina muy bien.

—Gracias, señor Stone.

Stone bebió un poco de café y bajó la taza.

—Nunca había conocido a nadie que quisiera abrir un salón de té —soltó—. Es usted una mujer muy interesante, Molly Gillingham.

—Es usted un hombre muy interesante, señor Stone —dijo

Molly tras admirar las espaldas anchas de Stone recortadas contra los jardines iluminados por la luna.

—La mayoría de la gente cree que soy soso con ganas e igual de tonto.

—Es por lo corpulento que es —explicó Molly—. La gente ve un hombre alto y fuerte como usted y supone que no tiene nada más que músculo. Pero evidentemente eso no es cierto.

—¿Y usted cómo lo sabe?

—Pues por varios motivos. —Molly juntó las manos a su espalda—. Para empezar, el señor Sebastian es un hombre muy inteligente. Jamás lo habría contratado si creyera que es usted tonto de capirote.

—No esté tan segura —la contradijo Stone con cierto tono de amargura en la voz—. Hay muchos hombres ricos y poderosos a quienes les gusta emplear a un mastodonte como yo porque impresiona a sus refinados amigos.

—Usted no es ningún mastodonte —señaló Molly con aspereza—. Es un hombre fornido, sano e inteligente. Es algo muy distinto.

—¿Eso cree? —Stone sonrió por primera vez, violento pero encantado.

Molly lo examinó con aprobación de pies a cabeza.

—Ya lo creo, señor Stone. Dígame, ¿cómo conoció al señor Sebastian?

—Él me encontró en las calles y me dio trabajo de cochero. Siempre he pensado que la suerte lo puso en mi camino.

—La suerte es recíproca. El señor Sebastian tuvo suerte de encontrarlo, señor Stone. —Molly sonrió.

Stone no dijo nada. Se terminó el café en silencio y le dio la taza.

—Será mejor que empiece a hacer mis rondas —dijo.

—Dejaré la cafetera sobre los fogones para que se mantenga caliente —explicó Molly, y se volvió para entrar de nuevo en la casa—. También le dejaré un par de magdalenas.

—Se lo agradezco —aseguró Stone, empezando a bajar los peldaños. Se detuvo a la mitad—. ¿Molly?

Molly se detuvo en la puerta.

—¿Sí, señor Stone? —dijo.

—Espero que consiga abrir ese salón de té.

—Lo conseguiré, señor Stone. No lo dude.

—No —dijo Stone, tras sonreír brevemente en la penumbra—. Ni por un momento.

—Es el primer hombre que he conocido que cree que voy a salir adelante por mí misma.

—En ese caso, los demás no la conocen muy bien.

—No. Tiene razón.

31

Lucas pensó que ya había tenido suficiente contacto con la familia por un día. Necesitaba estar solo un rato. No, solo no. Necesitaba estar con Evangeline.

Cerró el herbario antiguo que estaba leyendo y se levantó del escritorio. Beth estaba acurrucada en el pequeño sofá, leyendo uno de los diarios de Chester y tomando notas. Tony tenía un montón de viejos mapas de los jardines extendidos en una mesa.

—Si me disculpáis un rato —dijo Lucas—, iré a dar un paseo. Necesito un poco de aire fresco.

—Disfruta del paseo —dijo Tony sin alzar la vista de los mapas.

—Ten cuidado en los jardines —intervino Beth antes de tomar otra nota—. Es de noche.

—Ya me di cuenta —aseguró Lucas, que empezó a dirigirse hacia la puerta.

—Supongo que no encontraste nada interesante en el herbario —comentó Tony.

Lucas se detuvo con la mano en el pomo.

—No. En su mayoría, las anotaciones se refieren a propiedades medicinales y metafísicas de diversas plantas y flores. Supongo que el tío Chester lo usaba para documentarse —explicó.

—El herbario es bastante antiguo —dijo Beth—. Seguro que muy raro. Me gustaría saber dónde lo adquiriría el tío Chester.

—Eso lo sé —indicó Lucas—. En Chadwick, la librería del pueblo. El recibo estaba metido dentro. También me encontré con una gran cantidad de dibujos botánicos raros que evidentemente la señorita Witton, la librera, pudo conseguirle. Pero no encontré nada que haga referencia a lo que está ocurriendo en los jardines.

Salió al pasillo, donde se detuvo un momento. La escalera trasera estaba más cerca. Subió los peldaños de dos en dos hasta el primer piso y se quedó plantado delante de la habitación de Evangeline. Consciente de que Florence y Judith también se habían retirado a sus aposentos al final del pasillo, llamó con mucha suavidad a la puerta.

Se oyó un ligero movimiento en el interior. Un momento después se abrió la puerta. Evangeline se había puesto uno de los sencillos vestidos de casa que prefería llevar cuando estaba ocupada escribiendo. Lo miró con una expresión esperanzada.

—Lucas —dijo—. ¿Encontrasteis algo interesante en esos libros viejos?

—Aún no. —Dirigió la mirada hacia la mesa que estaba situada cerca de la ventana. En ella había varias hojas de papel y la pluma de Evangeline—. Necesitaba dar un paseo por los jardines. ¿Te gustaría acompañarme?

Vio que vacilaba y tuvo la sensación de que no se lo creía del todo. Pensó que era una mujer perspicaz. No necesitaba el aire fresco; la necesitaba a ella.

Entonces Evangeline le sonrió y el deseo enfebrecido que lo consumía a fuego lento se convirtió en una llama abrasadora.

—Apagaré la lámpara —dijo Evangeline.

Bajaron la escalera trasera y salieron a la terraza. Los jardines resplandecían.

—Es realmente un paisaje sobrecogedor, ¿verdad? —dijo Evangeline—. Me está costando un poco describirlo en mi historia.

—Por favor, no me digas que estás usando Crystal Gardens como escenario de tu novela —gimió Lucas—. Ya hemos tenido suficientes problemas con los buscadores de tesoros. No quiero tener que vérmelas con un montón de lectores tuyos que lleguen a la vieja abadía para visitar el lugar que te sirvió de inspiración para ambientar tu historia.

—No te preocupes. Lo he llamado de otro modo y lo he situado en otro sitio.

—Supongo que debo darte las gracias por ello.

—Una escritora tiene que inspirarse en lo que puede.

—Tengo que recordar eso. No deja de olvidárseme.

La tomó del brazo y le hizo bajar los peldaños de la terraza.

—¿Vamos a entrar en el Jardín Nocturno? —preguntó Evangeline.

—No —respondió—. Vamos a un lugar donde no tendremos que estar pendientes de cada espina y de cada flor.

—¿Y qué lugar es ese?

—El secadero. Eran los dominios de la señora Buckley. Le gustaba mucho cultivar y secar hierbas. Hacía popurrís, pomas, bolsitas y cosas por el estilo con ellas. Algunas de las tiendas del pueblo las vendían a los visitantes. También hay una sala de destilación donde preparaba perfumes y jabones.

El secadero era en realidad una habitación anexa a una de las paredes del antiguo claustro. Cuando Lucas abrió la puerta, les llegó la fragancia embriagadora a hierbas secas.

—¡Qué bien huele aquí dentro! —exclamó Evangeline.

A diferencia de los jardines, el secadero estaba sumido en

la oscuridad. La única luz que había era la de los rayos de luna que entraban por la ventana.

—Supongo que estas hierbas procedían de los jardines —comentó Evangeline—. ¿Por qué no son luminosas?

—La señora Buckley cultivaba todas sus hierbas en el Jardín Diurno, no en el Jardín Nocturno —aclaró Lucas—. La luz paranormal que pudieran haber emitido en algún momento desaparecía poco después de que las cortaran.

—Ah, sí, porque dejaban de tener su fuente de energía: el agua. Estas plantas están muertas.

Evangeline se volvió hacia él. Donde estaba, la iluminaba la luna. El cabello le brillaba, plateado. Lucas vio el tenue brillo en sus ojos. Lo deseaba. Saberlo bastó para que aumentara su deseo enfebrecido.

—Evangeline —dijo.

No pudo decir nada más. Si bien el deseo no lo dejaba totalmente sin habla, sin duda lo volvía incoherente.

Se acercó hasta ella y la tomó entre sus brazos. Al hacerlo, sintió el aroma embriagador de las hierbas que los rodeaban y su esencia femenina vital. La besó a la luz de la luna, emborrachándose con su sabor.

Cuando Evangeline susurró su nombre y se apretujó más contra él, empezó a desabrocharle el canesú del vestido.

—No sabes lo contento que estoy de que no lleves corsé —le dijo en el cuello.

—No traje ningún corsé conmigo a Little Dixby porque sabía que nadie me ayudaría a atármelo —explicó Evangeline tras soltar una carcajada suave y cantarina.

Lucas soltó a su vez una carcajada ronca que se convirtió en un gemido cuando Evangeline le desabrochó los botones de la camisa.

—Rara vez llevo, salvo con mis vestidos más elegantes —confesó, y le besó el tórax desnudo—. Mis amigas y yo estamos convencidas de que no es bueno para la salud.

—No sé si son saludables o no, pero te aseguro que son un maldito fastidio cuando se trata de esta clase de cosas.

—Lo recordaré en el futuro.

Sabía que lo estaba chinchando, pero la idea de que algún día pudiera estar con otro hombre le heló la sangre. Dejó caer el vestido que acababa de desabrochar al suelo y le rodeó los hombros con las manos.

—No será necesario que lo recuerdes porque yo estaré ahí para recordártelo —aseguró.

—¿De veras? —preguntó Evangeline mientras le acariciaba la mandíbula. Sus ojos eran insondables.

—Sí —prometió. Le dio otro beso; un beso para sellar su promesa.

Finalmente le quitó el vestido. Cuando ya no llevaba nada más que la camisola, los calzones y las medias, la tumbó sobre un montón de hierbas aromáticas y la contempló así, bañada por la luz de la luna. El ambiente se cargó de una energía crepitante, centelleante.

Se arrodilló junto a ella y se desabrochó la parte delantera de los pantalones.

—Lucas —susurró Evangeline, alargando la mano hacia él.

Se acostó a su lado y le puso una mano en la pierna, justo sobre la liga que le sujetaba la media blanca. Evangeline emitió un ruidito suave y le introdujo una mano cálida en los pantalones para rodearle tentativamente la entrepierna. Lucas pensó que se volvería loco. Le desabrochó la camisola y le besó un pecho. La mano de Evangeline lo sujetó con más fuerza en lo que sabía que era una reacción instintiva.

—No tienes idea de lo que me estás haciendo —advirtió a Evangeline.

—¿Estás intentando asustarme? —Sonrió—. Porque no lo estás consiguiendo.

—No, ya lo veo. Pues mejor, porque ya es demasiado tarde.

—¿Para ti o para mí?

—Para mí —dijo Lucas—. Estoy perdido.

—Ya somos dos.

—Entonces no estoy perdido después de todo. Tú me has encontrado.

La besó y le deslizó los dedos por la abertura de los calzones. Estaba mojada y preparada. La acarició con cuidado, haciendo todo lo que estaba en sus manos para aumentar la tensión que notaba que estaba creciendo en el interior de Evangeline. Era como si compitieran para ver quién podía más porque ella le estaba haciendo lo mismo a él.

Al final, ambos se rindieron a la vez. Se situó sobre ella y la penetró profundamente. Evangeline tiró de él y le rodeó el cuerpo con las piernas.

Aunque esta vez estaba preparado para la fuerza de aquella intimidad, le deslumbró igualmente los sentidos. Evangeline soltó un grito entrecortado. Cuando ella llegó al clímax, la energía irresistible de su orgasmo fue más poderosa que ninguna fuerza que hubiera experimentado antes. Él no habría podido resistirse aunque hubiera querido. No le importó.

«Perdido —pensó—. Y encontrado.»

32

Un poco después, Evangeline se movió a su lado. Al hacerlo, liberó más fragancias aromáticas de las hierbas. Abrió los ojos y la miró.

—¿Cómo es que no tienes a nadie en este mundo? —preguntó.

Evangeline se incorporó despacio, sin decir nada al principio. Se le había soltado el pelo de las horquillas y se pasó los dedos por los mechones para quitarles los trocitos de hierbas secas.

—Mi padre era inventor —dijo por fin—. Los inventores suelen ser un desastre en cuestiones financieras.

—Te compadezco. Sé lo que pasa con ellos. Siempre necesitan dinero para comprar equipo y materiales.

—Completamente cierto —coincidió, bajando los ojos hacia él—. ¿Cómo lo sabes?

—Uno de mis primos, Arthur, se las da de inventor. Como controlo las finanzas de mi familia, suelo tener noticias suyas a menudo.

—Bueno, en ese caso, quizá lo entiendas —dijo Evangeline, esbozando una sonrisa sardónica—. Mi madre murió cuando cumplí diecisiete años. Me enseñó a llevar la economía familiar y una casa. Tras su muerte, me ocupé de ambas cosas. Por lo menos, traté de hacerlo. Fue cuando me di cuenta de lo difícil que habían sido esas tareas para ella.

—Deduzco que las cosas no iban bien.

—Llevar la casa no era ningún problema, pero mi padre no tenía ninguna noción del dinero. Su única preocupación era tener el suficiente para financiar sus inventos.

—¿Obtuvo alguna patente?

—Me temo que no. Sus inventos no eran lo que la mayoría de la gente llamaría prácticos.

—Inventar artefactos poco prácticos es un defecto bastante común entre los inventores.

—El problema con los inventos de papá es que solo podían utilizarlos quienes poseyeran poderes psíquicos.

—¿Inventaba máquinas paranormales? —preguntó Lucas con una mueca.

—Lo intentaba. Me temo que no era demasiado próspero. El mercado para este tipo de artefactos es bastante reducido, ¿sabes?

—Porque hay muy poca gente que posea la cantidad de poderes necesaria para utilizar máquinas que funcionan con energía paranormal —dedujo Lucas, que cruzó los brazos detrás de su cabeza.

—La mayoría de la gente se reía de él o lo consideraba un farsante. Era bastante complicado, pero te aseguro que era dificilísimo producir los artefactos de mi padre, casi imposible demostrar su funcionamiento y menos aún comercializarlos. También había otros problemas. Cada artefacto que diseñaba mi padre tenía que sintonizarse con las longitudes de onda de la persona que iba a utilizarlo. Papá no podía hacerlo. A mí parecía dárseme bien, pero daba bastante lo mismo porque había muy pocos clientes.

—Pero tu padre siguió adelante con sus inventos —dijo Lucas—. Y seguía necesitando dinero.

—Como has dicho, los inventores son así. Y yo, simplemente, no podía controlar la forma en que papá se gastaba el dinero. Mamá lo había estado intimidando desde hacía años. Era así como nos mantenía solventes. Pero después de que ella muriera, papá se comportaba como si lo hubieran liberado de la cárcel. Se volvió loco con nuestro dinero. Compró equipo para su laboratorio. Adquirió artefactos y cristales carísimos para usarlos en sus experimentos. Yo estaba cada vez más desesperada. Le ocultaba nuestra verdadera situación económica. Le escondía la información sobre nuestras inversiones. Pero era como intentar esconder el dinero a un jugador. Sencillamente, compraba lo que quería a crédito y yo me veía obligada a pagar las facturas.

—Comprendo.

—Logré que fuéramos tirando unos años —explicó Evangeline—. Mantuve las cosas a flote hasta los veintidós años. Ese fue el año que Robert, Douglas Mason, me cortejó. Creía que recibiría una buena dote. Pero ese mismo año, papá logró acabar con la mayor parte de nuestros recursos financieros. Al final, solo nos quedaba la casa y un collar que mamá me había dejado. Antes de morir, me hizo jurar que nunca hablaría a papá de esa joya. Resultó ser un consejo excelente.

—¿Qué pasó?

—Me encaré con papá y le dije que nos enfrentábamos a la quiebra. Esperaba asustarlo para hacerle entender nuestra terrible situación económica. Creía que eso lo obligaría a entrar en razón.

—Tu terapia no funcionó, ¿verdad? Razonar nunca funciona con esa clase de personas.

—Naturalmente, tienes razón. Para mi horror, papá llegó a la conclusión de que la única solución era obtener un préstamo utilizando la casa como garantía. Invirtió el dinero en un proyecto que resultó ser un fraude. No supe lo que había hecho hasta que lo encontré muerto en su taller del sótano. Se había pegado un tiro en la cabeza.

—Dejó que tú encontraras su cadáver —comentó Lucas, apoyándose en los codos.

—Dudo mucho que pensara en ese detalle.

«Seguramente no —pensó Lucas—, pero con ello añadió más crueldad y dolor a todo el asunto.» Contuvo la rabia que crecía en su interior. Reginald Ames no era el primer hombre que se quitaba la vida después de una catástrofe financiera ni sería el último. Pero nunca dejaba de asombrarlo y de horrorizarlo que hombres que en otras circunstancias se enorgullecían de su honor pudieran abandonar sus responsabilidades de una forma que destrozaba a quienes dejaban atrás. ¿Cómo apretaba uno el gatillo en semejante situación, sabiendo que la esposa o la hija de uno tendría que enfrentarse a la ruina social y financiera?

—¿Qué fue del collar? —preguntó en voz baja.

—Por suerte, jamás hablé a papá de él. Tampoco lo mencioné a los acreedores.

—Una sabia decisión.

—Después del entierro, lo empeñé. Conseguí el dinero suficiente para mantenerme a flote hasta que encontré trabajo en Flint y Marsh.

—Tuvo que ser extraordinariamente difícil para ti.

—Ha habido unas cuantas malas rachas —admitió Evangeline—. Pero en cierto sentido me ha ido mucho mejor por mi cuenta, gracias a la agencia Flint y Marsh, y ahora tengo mi escritura. Actualmente controlo mi propio destino.

—Es algo digno de mención.

—Sí.

A regañadientes se puso de pie y le alargó la mano para ayudarla a levantarse de su cama improvisada.

—Los dos vamos a oler a hierbas cuando regresemos a la casa —indicó Evangeline mientras se sacudía el vestido—.

Debo de tener aspecto de haberme revolcado en ellas. Lo que es cierto, supongo.

—Volveremos a usar la escalera trasera. —Se abrochó los pantalones—. Nadie nos verá.

Se metió la camisa por dentro de los pantalones, saboreando la agradable sensación de relajación y satisfacción que se había apoderado de él. Un hombre podría acostumbrarse a aquello.

«No —pensó—. Un hombre podría volverse adicto a aquello.»

—Estas fragancias son encantadoras —comentó Evangeline, abrochándose la parte delantera del canesú—. Ya veo por qué a la señora Buckley le gustaba dedicarse a esta actividad suplementaria.

—Sus productos tenían mucho éxito entre los visitantes. —Lucas señaló una puerta—. Ahí está la sala de destilación.

—Mi madre tenía una —dijo Evangeline mientras se dirigía hasta la puerta de la habitación contigua—. Recuerdo que cuando era pequeña me encantaba verla preparar tónicos y remedios para el dolor de garganta, la fiebre y cosas por el estilo. Era muy diestra. Creo que en una época más tolerante podría haber sido química.

Lucas se situó detrás de Evangeline y echó un vistazo a la segunda habitación. La luz de la luna entraba por la ventana e iluminaba un banco de trabajo lleno de matraces de cristal, pequeños cacharros y un quemador. Una sensación gélida puso sus sentidos en alerta. Intensificó sus facultades.

Una energía oscura brillaba en el banco de trabajo y en el suelo.

—Lucas —exclamó Evangeline, inquieta—. ¿Qué ocurre? ¿Qué te pasa?

—Creo que ya sé cómo asesinaron a mi tío. Utilizó veneno. Lo preparó aquí, en esta habitación.

—¿La señora Buckley?

—Sí.

—¿Estás seguro? —preguntó Evangeline.

—Eso explica por qué se fue del pueblo con tanta prisa y por qué nunca vino a verme para hablar de su pensión.

—Pero ¿por qué diablos mataría a tu tío después de haber trabajado tantos años para él? —se sorprendió Evangeline—. Dijiste que eran amantes.

—No puedo decirte por qué lo mató, todavía no, pero la energía que hay cerca del banco de trabajo deja algo claro.

—¿Qué?

—La señora Buckley estaba muy furiosa cuando destiló el veneno.

33

—Ya sé que tu relación con tu familia es asunto tuyo y no mío —aseguró Evangeline—. Aun así, me veo obligada a darte un consejo.

—Tengo la impresión de que sueles verte obligada a dar tu opinión a los demás —comentó Lucas.

—Creo que es uno de mis rasgos más atractivos.

—«Atractivos» no es la primera palabra que se le ocurre a uno para describir esa característica concreta. ¿Qué crees que debes decirme?

Estaban sentados a la mesa de la terraza, bebiendo unos vasos de limonada que Molly les había llevado. Era media tarde. Judith y Florence se habían retirado a sus habitaciones. Beth y Tony estaban en la biblioteca. Beth estaba analizando las cuentas de la casa que había descubierto en la vieja habitación de la señora Buckley. Tony había encontrado algunas herramientas en el laboratorio de Chester y las estaba utilizando para desmontar el farol que se convertía en arma.

—Me preocupa lo tensa que es tu relación con Judith —dijo Evangeline.

—No es asunto tuyo, Evangeline.

—Ya lo sé, pero debes saber que la principal preocupación de Judith son sus hijos. Beth es su prioridad en este momento porque cree que tiene que casarla bien este año.

—No tendría que haber ningún problema. Beth atrae a los pretendientes como moscas.

—Judith se ha convencido a sí misma de que dejarás a tu hermana sin su herencia cuando se case. También teme que estás favoreciendo deliberadamente la relación de Beth con Charles Rushton precisamente porque conoces su mala situación financiera.

Lucas esbozó una ligera sonrisa forzada.

—Dicho de otro modo, destrozaré el futuro de Beth y la dejaré sin un penique para vengarme de Judith.

—Ya sé que no es esa tu intención —aseguró Evangeline. Sorbió un poco de limonada y dejó el vaso en la mesa—. Pero quizá querrías dejárselo claro a Judith.

—¿Para qué iba a molestarme? No me creerá. Cree que estoy loco. Lo ha creído desde el primer día.

—Realmente empezasteis con mal pie hace años, ¿verdad?

—No había una buena forma de hacerlo —dijo Lucas—. Para ninguno de los dos.

—No lo entiendo.

—No, no lo entiendes —soltó Lucas—. Solo te diré que no permitiré que Beth cometa el mismo error que Judith.

—¿El error de casarse con un hombre mucho mayor debido a la presión familiar?

—Algo así, sí. —Lucas dejó el vaso y se levantó—. Creo que ha llegado el momento de averiguar si podemos entrar en la habitación de la tercera piscina.

—Estás intentando distraerme.

—¿Está funcionando mi astuto plan?

—Pues sí. —Se puso de pie de un salto—. Pero solo son las tres de la tarde. Dijiste que la mayoría de los secretos del jardín permanecen ocultos de día.

—Es verdad. Pero otras cosas se revelan a veces con mayor claridad.

—¿Avisamos a alguien de lo que vamos a hacer? —preguntó Evangeline, señalando la casa con la mirada.

—No es necesario. Antes informé a Stone de que tenía intención de volver hoy al jardín. Él estará pendiente de todo.

—Te preguntas si el oro romano está escondido en esa tercera sala, ¿verdad?

—Fuiste tú quien dijo que los secretos ocultos en su interior son antiguos.

—No, dije que la energía que sella la entrada es antigua. No tengo forma de saber qué hay dentro de la sala porque no tengo nada que pueda ayudarme a concentrarme.

—Entonces no sabías lo que estabas buscando —indicó Lucas—. Ahora sí.

—No funciona del todo así. Si no, ya hace tiempo que habría encontrado algún tesoro de oro romano, créeme. Creía haberte explicado que mi sensibilidad psíquica está relacionada con mi sentido del tacto. Necesito alguna relación con el objeto que estoy buscando, algo que me ayude a concentrarme en él.

—Veamos qué podemos encontrar. —Se dirigió hacia el cobertizo—. Pero antes recogeremos unas cuantas cosas que pueden resultarnos útiles.

La sensación de misterio la entusiasmó. Se apresuró a seguir a Lucas.

—Hay una cosa más que me gustaría señalarte, Lucas —comentó.

—Lo sabía —soltó este sin detenerse—. Simplemente es más fuerte que tú, ¿verdad?

—Sí, lo siento. —Se sujetó la parte inferior del vestido para correr y mantenerse así a la altura de Lucas—. La última observación que me gustaría hacerte es que tú, por lo menos, tienes familiares a los que enfrentarte. Puedo asegurarte, por experiencia propia, que hay cosas peores que tener una familia difícil.

Al oírla, dejó de andar y se volvió para mirarla con ojos compungidos.

—¿Te refieres a no tener familia? Puede que tengas razón, aunque hay veces en que no estaría de acuerdo contigo.

—Vamos, Lucas, sabes perfectamente bien que quieres mucho a Beth y a Tony.

—De vez en cuando.

—Os he visto a los tres juntos. —Sonrió—. Estáis muy unidos.

—Somos familia —dijo Lucas, encogiéndose de hombros.

—Exacto.

—Pero ahora me doy cuenta de que no me lo había planteado desde tu punto de vista —aseguró Lucas con el ceño fruncido.

—¿Significa eso que te dignarás escuchar mi consejo sobre cómo tratar a Judith?

Él levantó una mano y le pasó unos cuantos cabellos sueltos por detrás de las orejas. La energía del deseo agitó el ambiente a su alrededor. Lucas le dio un beso en la frente; un beso suave, de refilón, despreocupadamente posesivo, que la marcaba como suya de mil formas indescriptibles.

—Lo escucharé, pero lo más probable es que lo ignore —comentó.

Avanzó de nuevo hacia el cobertizo.

—Me lo temía —se quejó Evangeline, que lo siguió enseguida—. ¿Te han dicho alguna vez que eres extremadamente terco?

—Creo que tú misma me lo has dicho en alguna ocasión. Recuerdo que utilizaste la palabra *burro*.

—Ya me disculpé.

—Eso no significa que te permita olvidar el comentario.

—Se detuvo delante del cobertizo sin ventanas, abrió la puerta y se adentró en la penumbra. Cuando salió, llevaba en la mano dos pares de guantes de jardinería. Le dio un par—. Póntelos. Te protegerán un poco.

Volvió a entrar en el cobertizo mientras ella le obedecía. Los guantes le iban demasiado grandes y eran tan gruesos que se sentía torpe con ellos.

Lucas volvió a salir del cobertizo, esta vez abrochándose un ancho cinturón de cuero a la altura de las caderas. De él colgaban dos cuchillos de monte, uno bastante grande y otro mucho más pequeño. Debió de ver la curiosidad reflejada en sus ojos porque explicó:

—El pequeño es para tomar muestras. El más grande es un machete. El tío Chester lo trajo de una de sus expediciones botánicas. Con él se puede cortar parte del follaje de los jardines. —Dirigió una mirada a una cortina próxima de orquídeas—. Por lo menos, se podía la última vez que estuve aquí.

—Lástima que no lo tuviéramos con nosotros ayer por la noche.

—No lo llevé al laberinto porque no nos sirve de mucho después de anochecer. La energía del Jardín Nocturno es tan potente entonces que es casi imposible cortar algo tan frágil en apariencia como un macizo de margaritas o una mata de helechos.

Evangeline examinó la inmensa verja de hierro que protegía la entrada del laberinto.

—¿Sería posible destruir el Jardín Nocturno de día?

—Creo que de día podrían hacerse ciertos progresos, pero serían lentos. —Lucas se sacó una llave del bolsillo y abrió la verja—. Y me temo que la vegetación que se destruyera de día seguramente volvería a crecer de noche.

—¿Tan rápido?

—Actualmente lo único que parece limitar el crecimiento

de las plantas es la proximidad a las aguas paranormales del manantial. Siempre ha sido así, pero por alguna razón, siglos después, las fuerzas que rodean el manantial se están volviendo cada vez más poderosas. Tengo que averiguar por qué.

—¿Sería posible usar potentes productos químicos para destruir la vegetación? —preguntó Evangeline mientras observaba cómo la verja se abría despacio y dejaba al descubierto la enorme boca verde del laberinto.

—El tío Chester llevó a cabo unos cuantos experimentos para ver si diversos ácidos podían destruir las plantas, pero no obtuvo resultados destacables con ninguno de ellos.

—Dicho de otro modo, puede que jamás logres destruir el Jardín Nocturno.

—No con ninguno de los métodos que se han probado hasta ahora. —Lucas se metió en la boca oscura del laberinto y, casi al instante, desapareció fantasmagóricamente en medio de la oscuridad—. Ten cuidado. Lo que te dije vale tanto de día como de noche. Procura no rozar ni siquiera las hojas de aspecto más inofensivo y, hagas lo que hagas, no te arañes con ninguna espina.

Evangeline se detuvo en la entrada. Las corrientes de energía que emanaban del laberinto eran distintas de día; más tenues pero igual de inquietantes. Las ondas de energía paranormal le hicieron estremecer los sentidos.

Intensificó sus facultades y se introdujo en la energía intensa y primaria del laberinto. Se le agudizaron los sentidos. La vegetación suspiraba y susurraba a su alrededor.

—Es como si ahora las plantas estuvieran durmiendo —comentó.

—Pero están igual de vivas.

Lucas usó la vieja llave para cerrar de nuevo la verja.

—No quiero arriesgarme a que Tony y Beth intenten seguirnos. Ambos son demasiado curiosos y demasiado aventureros.

—En eso han salido a su hermano mayor —dijo Evangeline con una sonrisa.

Lucas le dirigió una mirada impenetrable.

—¿Te parece? —preguntó.

—Judith me aseguró que eres lo más parecido a un padre que han tenido Tony y Beth. Es evidente que fuiste un buen padre. Te adoran y te admiran.

—Judith exagera —dijo Lucas—. Siempre lo hace.

Aunque su tono era áspero, a Evangeline le pareció curiosamente contento. Su voz reflejaba satisfacción, y era satisfacción de padre.

—Serás un muy buen padre para tus hijos —soltó antes de poder pararse a pensar.

—Persigo a monstruos y a veces los mato —replicó Lucas, que parecía sorprendido.

—Hablando como exniña, te aseguro que eso es una virtud en un padre. Es de lo más tranquilizador saber que papá puede encargarse de los monstruos que se esconden debajo de la cama.

Lucas la sorprendió con una suave carcajada. Evangeline tuvo la impresión de que también se había sorprendido a sí mismo.

—Vamos —dijo Lucas tras desenvainar el machete.

Evangeline echó un vistazo a su alrededor y la alivió ver que podía percibir las paredes y el techo del laberinto con la misma claridad que cuando era de noche.

—Oh, estupendo —comentó—. No necesitaremos ningún farol.

—No —corroboró Lucas.

Cuando este avanzó deprisa hacia el final del pasillo, Evangeline dudó unos segundos. Cayó en la cuenta de que la noche anterior solo llevaba un camisón y una bata, pero hoy iba con un vestido camisero y unas botas de paseo. La forma del vestido, que le llegaba hasta los tobillos, era bastante estilizada y estrecha, con un polisón pequeño y discreto. Aun así, no quería correr el riesgo de que la tela drapeada se le enganchara sin querer en una de las espinas venenosas.

Se recogió la falda con las manos enguantadas, se pegó más los pliegues a las piernas y siguió a Lucas hacia el interior del laberinto.

La exuberante energía verde de las plantas que la rodeaban le hacía estremecer los sentidos una y otra vez.

—Me pregunto si todo sería así en los albores de la creación, cuando el mundo acababa de formarse y estaba sumido en el verdadero poder de la vida —susurró.

—Es algo que tiene que responder la poesía, no la ciencia —aseguró Lucas—. Pero estoy de acuerdo en que hay mucho poder aquí dentro. Seguro que percibes lo difícil que sería destruir este jardín por completo.

—Sí —contestó Evangeline—. Además, creo que estaría mal hacerlo, aunque fuera posible. Este sitio es maravilloso.

—A lo mejor tendría que poner una taquilla y cobrar entrada —dijo Lucas esbozando una sonrisa.

—Es una idea interesante. Lástima que haya tantas partes del jardín peligrosas.

Salieron del laberinto y avanzaron por el Jardín Nocturno hacia la entrada oscura que custodiaba las antiguas termas. Evangeline se preparó para las suaves descargas de energía y siguió a Lucas hacia el interior.

Cruzaron la sala donde estaba la primera piscina y recorrieron el pasillo abovedado hasta la siguiente. Las ondas de energía chispeante de la segunda piscina le cubrieron los sentidos como joyas líquidas. El recuerdo de la noche apasionada la abrumó brevemente. Notó el repentino calor que le sonrojó las mejillas.

Tras contemplar la habitación, a Lucas le brillaron un poco los ojos.

—No sé tú —soltó—, pero lo que es yo jamás olvidaré esta habitación.

Evangeline carraspeó y se concentró en la puerta del pasillo de piedra que daba acceso a la tercera sala.

—Supongo que tienes la llave de la puerta de la tercera sala, ¿verdad? —dijo enérgicamente.

—¿Estás intentando cambiar de tema? —preguntó Lucas enarcando las cejas.

—Hemos venido a investigar. No me parece que sea el momento de comentar temas que no tienen nada que ver.

—De acuerdo. —Lucas miró el pasillo de piedra—. Volvamos al tema de la tercera piscina. La puerta en sí no será ningún problema. No tiene llave. La cerradura es un mecanismo ingenioso que pide un código. Se pulsan una serie de clavijas metálicas en cierta secuencia y la puerta se abre.

—Me imagino que tienes ese código.

—Sí. El tío Chester me lo dio hace años. Lo más difícil es abordar la energía de esa sala. Lo comprenderás cuando abra la puerta. Ni el tío Chester ni yo pudimos entrar más que unos pasos. Y los dos lo intentamos varias veces, créeme.

Recorrió el pasillo y se detuvo delante de la inmensa puerta chapada en acero. Evangeline lo siguió y observó cómo pulsaba varias clavijas en la cerradura.

Se oyó el chirrido sordo de las bisagras, y la puerta se abrió despacio para mostrar un umbral arqueado enmarcado en unos grandes bloques de piedra maciza.

Una de las piedras brillaba con una luz interior que le confería un aspecto amenazadoramente radiante.

Un caldero de energía caliente hervía al otro lado de la puerta. Unos destellos de luz paranormal rasgaban lo que parecía ser un caos impenetrable. Las corrientes de poder llegaban a la sala donde ellos estaban y cargaban el ambiente ya sobrecalentado. Los sentidos de Evangeline se agudizaron y el cabello se le erizó, de modo que le flotaba alrededor de la cabeza. La emoción se mezclaba con el terror en su interior. Estaba fascinada, entusiasmada, encantada.

Avanzó despacio y se detuvo delante de la entrada de energía.

—Asombroso —susurró.

—¿Crees que puedes dominar esta clase de energía? —preguntó Lucas sin apartar la vista de la entrada.

—Sí —dijo muy segura—. La entrada es obra de una persona, no de las fuerzas de la Tierra.

—Ni tampoco de mi tío, eso te lo puedo asegurar. Él instaló la nueva puerta, pero la entrada de energía ya estaba aquí cuando compró la vieja abadía.

—Esta entrada es antigua —explicó Evangeline—. Tiene cientos, puede que miles de años. Pero fue creada con el poder de un aura humana, de modo que podré reducirla con mis longitudes de onda. La pauta parece... femenina.

—¿Puedes saber eso?

—Sí. Una mujer muy poderosa construyó esta entrada. Creo que solo puede abrirla una mujer.

Observó atentamente el reluciente cristal incrustado en la puerta.

—Y creo que sé exactamente por dónde empezar —dijo.

Dio un paso y luego otro, y finalmente alargó una mano. Con cautela, situó la palma abierta en el cristal, que se iluminó inmediatamente. Una descarga de electricidad paranormal le recorrió el cuerpo, pero no sintió dolor, sino una alegría eufórica.

Tanteó despacio las intensas corrientes de poder que el cristal irradiaba. Una vez que hubo identificado las ondas de energía más fuertes, respondió a ellas con una fuerza que las reducía. Al principio no parecía pasar nada, pero pasados unos segundos, la energía de la entrada empezó a disminuir.

Un momento después, la tormenta dejó de existir como la llama extinguida de una vela.

—Asombroso —dijo Lucas—. Eres una mujer increíble, Evangeline. Pero creo que ya he hecho varias veces este comentario.

—Sí, pero gracias. —La admiración y el respeto que reflejaba la voz de Lucas la reconfortó.

—Vamos a ver si el tesoro está ahí dentro —indicó Lucas.

Al ver la expectativa que vibraba en el ambiente que lo rodeaba, Evangeline soltó una carcajada. La aventura lo había atrapado tanto como a ella.

Lucas atravesó la puerta y se detuvo, observando algo que Evangeline no podía ver.

—Tendría que haber sabido que no sería tan sencillo —soltó.

—¿Qué pasa? —Evangeline entró rápidamente en la sala y siguió su mirada.

—Aquí no hay ningún tesoro. —Movió una mano para señalar la sala de piedra vacía—. Adiós a mi teoría.

Lo único que había en la sala era la piscina grande y profunda situada en el centro. A diferencia de las dos piscinas de las salas exteriores, esta estaba bordeada de trozos de cristales plateados. El agua relucía, igual que en las otras dos salas, pero la luz era muy diferente. La superficie parecía un espejo iluminado por la luz de la luna.

—Bueno, era una teoría excelente —aseguró Evangeline.

—Gracias —gruñó Lucas—. Eso me parecía.

Evangeline se acercó y echó un vistazo a la piscina. Las de las salas exteriores eran cristalinas, pero esta, no. Lucas se situó a su lado. Su reflejo centelló y chispeó en la superficie de la piscina.

—Es como mirar un espejo líquido —soltó Evangeline—. Puedes percibir la profundidad, pero no ves nada bajo la superficie.

—Un efecto de la luz —aseguró Lucas—. Incluso cuesta mirar el agua. —Se alejó para examinar la sala.

Evangeline se arrodilló en el borde de la piscina y sumergió la punta de los dedos en sus aguas plateadas. Ella no tenía ningún problema para mirar el agua. La energía le recorría el cuerpo.

La superficie se volvió más brillante. Aparecieron unas visiones fantasmagóricas. Vislumbró una mujer con una túnica blanca y el pelo recogido en un moño trenzado de una forma que podía verse en los vestigios de los antiguos murales romanos.

Agitó de nuevo las aguas y observó, fascinada, cómo aparecían y desaparecían otras imágenes, que flotaban en la superficie de la piscina: una mujer con el hábito de una monja medieval, otra vestida a la moda del siglo XVII.

Evangeline comprendió que a lo largo de los siglos otras mujeres habían cruzado la entrada de energía y habían accedido a aquella sala parar mirar las aguas de la piscina. De algún modo la superficie reflectante había capturado y retenido algunos de sus reflejos. Se preguntó qué habrían visto las demás, qué habrían querido descubrir en aquel lugar.

Agitó las aguas deslumbrantes con las puntas de los dedos, buscando las pautas de las corrientes de poder. Cuando encontró lo que buscaba, otra oleada de euforia le recorrió el cuerpo.

—¿Qué diablos crees que estás haciendo? —Lucas se agachó y le sujetó el hombro para empezar a levantarla—. Te dije que estas aguas son peligrosas. Según las leyendas, provocan alucinaciones y visiones.

—Mira —dijo Evangeline en voz baja mientras le apartaba la mano y volvía a meter las puntas de los dedos en el agua—. Esto no es ninguna visión.

Lucas siguió sujetándole el hombro con la mano, pero echó un vistazo a la piscina.

—Maldita sea —exclamó—. El tesoro.

Las aguas se habían aclarado para dejar al descubierto el

298

fondo de la antigua piscina de piedra y un único banco de piedra situado a un lado, justo debajo de la superficie. En el fondo se veía un montón de objetos: pendientes, collares, anillos y brazaletes delicados, que estaban en el fondo de la piscina y relucían débilmente con el brillo inconfundible del oro antiguo.

—¡Qué cantidad de objetos valiosos! —exclamó Evangeline, asombrada ante semejante imagen—. Quien dejó aquí este tesoro era extraordinariamente rico desde cualquier punto de vista.

—A lo mejor era un joyero —arriesgó Lucas—. Tal vez almacenaba su mercancía en la piscina para que no pudieran robársela.

—Puede que el propietario de estos objetos fuera un hombre, pero estoy segura de que solo una mujer podría acceder a esta piscina y sacar de ella el oro. —Dudó un momento—. Y tenía que ser muy poderosa.

—¿Para cruzar la entrada de energía quieres decir? —preguntó Lucas, mirándola.

—Sí, pero creo que ese es solo el primer obstáculo. Estoy convencida de que las aguas de la piscina suponen una segunda barrera.

—Entiendo que haya que tener facultades para aclarar la superficie y poder observar así el fondo de la piscina, pero no veo por qué el agua tenga que ser un obstáculo.

—No todas las mujeres capaces de revelar el tesoro pueden entrar en la piscina para sacarlo de ella. Las aguas son profundas. Me llegarían como mínimo al cuello, y creo que pueden ser muy peligrosas, incluso letales.

Sacó los dedos del agua. La superficie cambió y volvió a convertirse en un espejo líquido. El tesoro ya no era visible.

—¿Qué crees que pasaría si meto la mano en la piscina? —preguntó Lucas.

—No tengo ni idea, pero estoy segura de que conlleva un riesgo considerable.

—¿Qué clase de riesgo?

—No sabría decirte —respondió, mirándolo.

—Me gustaría hacer un experimento.

—Me pareció que podrías querer hacerlo —dijo Evangeline con una mueca.

Lucas se quitó la chaqueta y se remangó una manga de la camisa. Con cuidado sumergió los dedos en el agua.

Y los sacó de golpe con una expresión de agonía en el rostro.

—¡Maldita sea! —Apretó la mandíbula y los dientes, y jadeó. Se sacudió rápidamente las gotitas de agua de la mano.

—¿Estás bien? —preguntó Evangeline enseguida.

—Sí, creo que sí —contestó en tono áspero. Inspiró hondo para relajarse—. Pero no creo que vaya a hacer más experimentos de momento.

—¿Qué pasó?

—No estoy seguro. Digamos que tuve la clara impresión de que iba a caer directamente en los fuegos del infierno.

—¿Una alucinación?

—Más que una simple visión. Noté las llamas. —Dudó con el ceño fruncido—. También hacía un frío de mil demonios. Era indescriptible.

—Creo que puedo alcanzar el tesoro sin peligro.

—¿Estás segura? —comentó Lucas, que no parecía convencido.

Evangeline metió la mano en el agua y envió una delicada carga de energía a la corriente que cambiaba suavemente. La superficie se aclaró.

—Sí —contestó—. Estoy segura de que no supondrá ningún peligro para mí. ¿Qué hacemos ahora, Lucas?

—Hemos encontrado el tesoro, pero no estamos más cerca que antes de encontrar a la señora Buckley ni de responder a diversas preguntas —dijo, levantándose—. Podemos dejar tranquilamente el tesoro aquí hasta que pueda organizarlo todo para transportarlo sin riesgos a Londres. El oro lleva siglos intacto en esta sala. Puede permanecer así un poco más.

—Me necesitarás para sacarlo.

—Otra razón excelente para mantenerte cerca de mí, cariño. —Lucas sonrió.

—Siempre es agradable sentirse útil —aseguró Evangeline mientras agitaba las aguas y saboreaba la exultante sensación de poder femenino que le hervía en la sangre.

Un brillo totalmente pícaro, totalmente masculino iluminó los ojos de Lucas.

—Te aseguro que puedo darte innumerables utilidades, Evangeline. Pero no las discutiremos en este momento. Es hora de irnos. —Se detuvo un momento y se puso más serio—. Algo más. Cuando volvamos a la casa, no contaremos esto a nadie. Todavía no.

—¿Ni siquiera a los miembros de tu familia?

—Me preocupa que se les escape sin querer el secreto debido a su entusiasmo —dijo a la vez que sacudía la cabeza—. Existe el riesgo de que Molly o alguno de sus familiares pueda oír una conversación que tenía que haber sido privada. Poco después lo sabría todo el pueblo. No quiero tener que perder tiempo rescatando a buscadores de tesoros en los jardines.

—Comprendo. —Empezó a sacar la mano del agua, pero dejó de hacerlo al ver un objeto que había caído en un peldaño sumergido. Lo observó con mayor detenimiento—. ¿Lucas?

—¿Qué? —preguntó Lucas, volviéndose.

—¿Ves ese estuche cilíndrico en el peldaño?

—Sí. ¿Qué tiene de especial?

—Parece de plata, no de oro como los demás objetos del tesoro. Después de tantos siglos tendría que haberse puesto negro.

—Me imagino que las propiedades paranormales de las aguas de la piscina lo han impedido —sugirió Lucas.

—La forma y el trabajo tienen pinta de ser modernos. No creo que forme parte del tesoro.

Lucas se agachó de nuevo en el borde de la piscina y le echó un vistazo más detenido.

—Tienes razón. Alguien más logró acceder a esta sala, y no hace mucho de ello. Ese objeto le cayó a quien fuera al agua. Fue a parar al peldaño, pero no pudo recuperarlo. Me gustaría saber si era de mi tío.

—No —soltó Evangeline—. No lo creo. Lo sacaré del agua y lo sabré con certeza.

—Ese peldaño está a bastante distancia.

—Si me asomo al borde, puedo alcanzarlo. Sujétame para evitar que me caiga.

—No creo que sea buena idea —indicó Lucas.

—No me pasará nada, te lo prometo.

—¿Estás segura de que es tan importante ese objeto?

—Completamente.

Ya se estaba desabrochando el canesú del vestido. Se lo bajó hasta la cintura, de modo que se quedó solamente con la camisola.

—En otro momento, habría disfrutado mucho todo esto —comentó Lucas—. Pero ahora mismo solo puedo pensar en asegurarme de que no caigas en la piscina.

—No me caeré. —Volvió a arrodillarse en el borde de la piscina—. Sujétame la mano.

Cuando la mano de Lucas le sujetó la muñeca, Evangeline se inclinó hacia delante y metió el brazo desnudo en el agua hasta el hombro. La energía de la piscina le hizo chispear y centellear los sentidos. Aquella sensación era impresionante. De repente tuvo un impulso casi irresistible de desnudarse por completo y bañarse en aquellas aguas, de abandonarse a los misterios y los secretos que encerraba la piscina.

—Evangeline.

La voz fuerte de Lucas rompió el hechizo.

—Sí —dijo Evangeline—. Perdona. Me había distraído.

Sujetó el objeto del peldaño y lo sacó del agua. Tras enderezarse, puso el estuche de plata de forma que ambos pudieran verlo.

—Es una *chatelaine* diseñada para llevar unas gafas —señaló Lucas—. El tío Chester llevaba lentes, pero no los guardaba en ningún estuche.

—Este diseño es de mujer —aclaró Evangeline. Dio la vuelta al estuche y miró las iniciales grabadas en la parte posterior—. Es más, sé de qué mujer.

34

—¿Estás segura de que la *chatelaine* pertenece a Irene Witton, la propietaria de la librería? —preguntó Lucas. Sus otros sentidos se estremecían y tenía erizado el vello de la nuca.

—No puedo estar totalmente segura —dijo Evangeline—, pero puedo decirte que la señorita Witton parece saber muchas cosas sobre las leyendas locales. Dispone de un surtido de mapas del tesoro. Más aún, sus iniciales son IW, las letras de la parte posterior del estuche. Y, por último, aunque no por ello menos importante, recuerdo perfectamente que cuando Clarissa elogió la *chatelaine* de Irene, esta mencionó que era nueva y que sustituía otra que había perdido. Dadas las circunstancias, no puedo imaginar que el estuche sea de nadie más. ¿Tienes alguna idea mejor?

—No.

La calle principal estaba concurrida. Las tiendas estaban llenas, los vendedores callejeros pregonaban sus *souvenirs* y los proveedores de antigüedades, verdaderas y falsas, no paraban de hacer negocio.

Pero la librería Chadwick estaba cerrada. En el escaparte había colgado un cartelito. Tenía las persianas bajadas.

—Hemos llegado demasiado tarde —dijo Lucas con una sensación gélida copándole los sentidos.

Evangeline se quedó mirando el cartel de CERRADO.

—Irene Witton debió de temer que empezáramos a sospechar. Ha recogido sus cosas y se ido de Little Dixby.

—Quizás —admitió Lucas—. Pero también es posible que no tuviera esa suerte.

—¿Qué quieres decir? No pensarás que... —Evangeline dejó la frase a medias porque Lucas ya la estaba llevando calle abajo—. Espera. ¿Qué estás haciendo?

—Ver si puedo establecer qué le pasó a Irene Witton. Quiero echar un vistazo al interior de la librería.

—No irás a entrar, ¿verdad?

—Calla. —Ladeó la cabeza para señalar a una persona que pasaba por la calle—. Preferiría no anunciar mis intenciones. En algunos barrios menos instruidos el allanamiento de morada es considerado ilegal. Aunque tengo la sensación de que esta vez nadie se quejará a las autoridades.

—¿Y si te equivocas? Witton vive encima de la tienda. —Evangeline alzó los ojos hacia las ventanas con los postigos cerrados—. Podría estar enferma.

—Si resultara que es así, nos disculparemos y diremos que temíamos por su salud cuando vimos el cartel en el escaparate.

Evangeline se tocó la bolsita que llevaba. Contenía la *chatelaine*.

—Parece una explicación razonable. Siempre y cuando esté de un humor razonable si la despierta el ruido de un ladrón que entra en su tienda.

—Te prometo que habrá muy poco ruido.

Lucas tomó la estrecha callejuela que cruzaba la calle principal, y Evangeline aceleró para seguirle el paso. Cuando llegaron al callejón al que daba la parte trasera de las tiendas, ambos se volvieron para asegurarse de que nadie los viera.

Después, se dirigieron hacia la puerta de la librería Chadwick.

Después de llamar un par de veces sin obtener respuesta, Lucas puso una mano sobre el pomo, que giró sin dificultad.

—Olvídate del allanamiento de morada —ironizó.

—Si la señorita Witton se marchó a toda prisa, puede que no cerrara con llave la puerta trasera.

—Según mi experiencia, quienes no suelen cerrar con llave al marcharse son los asesinos que huyen de la escena del crimen.

—Pues claro, porque no tienen llave.

—A veces es así.

No añadió que había asesinos que no cerraban con llave la puerta de la escena del crimen porque querían que sus terribles actos fueran descubiertos: asesinos que ansiaban ver su obra plasmada en la prensa. Pero este asesinato no sería de este tipo. En esta situación había móviles en abundancia. No era necesario plantear la posibilidad de un asesino perturbado.

Abrió la puerta y entró en la trastienda de la librería. No necesitó que las corrientes de energía oscura que se arremolinaban en el ambiente le indicaran que había habido violencia y que había sido hacía poco. El cadáver de la mujer estaba tumbado boca abajo en el suelo. La sangre de la herida que tenía en la cabeza empapaba las tablas de madera. El pesado sujetalibros de hierro que había sido utilizado como arma estaba cerca. Vio los restos de cabellos y de piel pegados a él.

Evangeline soltó un grito ahogado de consternación.

—Tenías razón —dijo—. Hemos llegado demasiado tarde. Pero esto no tiene sentido. Suponíamos que si encontrábamos un cadáver en la librería, sería el de Irene Witton. Esta no es Irene Witton.

Lucas se agachó junto a la difunta y la volvió lo suficiente para que pudieran verle la cara. Evangeline se acercó más, con cuidado de no tocar el charco de sangre con la puntera de las botas de paseo ni con el dobladillo del vestido.

—No la reconozco —dijo.

—Yo, sí —comentó Lucas—. Es la señora Buckley, el ama de llaves que había desaparecido.

—¡Dios mío! —Evangeline miró a su alrededor, intranquila—. La sangre parece muy reciente.

—Sí —corroboró Lucas—. No lleva demasiado tiempo muerta. De hecho, la asesina sigue en este edificio.

Se oyó un suave crujido procedente de la escalera que conducía a las habitaciones del piso superior.

Evangeline se quedó inmóvil.

—Ya puede bajar, señorita Witton —indicó Lucas, que se había vuelto hacia la estrecha escalera—. Sabemos lo que ha pasado. No vamos armados.

Se oyó otro crujido de queja de las tablas de madera. Irene Witton apareció en lo alto de la escalera con una pistola sujeta con ambas manos.

—Pero yo sí —anunció.

35

—No tenía que haber terminado así —comentó Irene.

—Estas cosas nunca parecen terminar como tenían que hacerlo. —Lucas observó cómo bajaba la escalera con paso constante.

A Irene no le temblaba la pistola en las manos.

—La señora Buckley lo estropeó todo —explicó sin dejar de apuntar a Lucas—. Ahora no tengo más remedio que marcharme en el tren de la mañana. Estaba haciendo el equipaje cuando les oí entrar hace unos minutos. Estaba tan nerviosa después de lo sucedido con la señora Buckley que se me olvidó cerrar la puerta con llave.

—Eso no nos habría detenido —aseguró Lucas sin mirar el arma. Toda su atención estaba pendiente de los ojos de Irene.

—No, ya lo veo —aceptó Irene.

Evangeline se alejó un pasito de él. Fue un movimiento sutil, pero Lucas sabía que su intención era lograr que hubiera cierta distancia entre los dos para obligar a Irene a apuntar a uno y a otro.

—Quieta —ordenó Irene con la voz fría y controlada—. No se mueva, señorita Ames.

Evangeline la obedeció. Pero levantó la bolsita que llevaba en la mano.

—Encontramos el estuche de gafas de la *chatelaine* que
perdió. Se le cayó en la sala de la Piscina de las Visiones.

—Imposible. —Por primera vez pareció flaquear—. Se
me cayó en la piscina. Nadie podría adentrarse tanto en esas
aguas.

—Yo lo hice —dijo Evangeline.

—No la creo.

—¿Quiere que se lo demuestre?

—Sí —contestó con brusquedad Irene—. Vacíe la bolsa.

Evangeline desató despacio la cinta que cerraba la bolsita
y le dio la vuelta. El estuche de plata le cayó en la mano.

—Si encontraron la *chatelaine*, tuvieron que ver el tesoro
—dijo Irene, atónita.

—Sí —confirmó Lucas—. Lo dejamos a buen recaudo en
la piscina.

—Creo que sé qué pasó —indicó Evangeline—. Vino a
Little Dixby porque se enteró de algún modo de la existencia
del tesoro.

—Mi padre era un experto en antigüedades. Tenía unas facultades psíquicas que le permitieron hacer descubrimientos
extraordinarios en Egipto y en Italia. Puede que hayan oído
hablar de él: el doctor Howard Witton.

—Witton es una leyenda en el ámbito de las antigüedades
—aseguró Lucas—. ¿Es usted su hija?

—Sí. Heredé sus facultades, pero como soy mujer, no pude
seguir sus pasos. A muy temprana edad tuve claro que jamás podría explorar y excavar los yacimientos importantes.
Los colegas de mi padre se negaban a aceptarme como a un
igual. Me vi obligada a conformarme con ser la ayudante de
mi padre.

—Si no recuerdo mal, Witton murió hace unos años —comentó Lucas.

—Fui su única heredera —explicó Irene, sonriendo con frialdad—. Sus colegas me rogaron que donara sus documentos y los objetos de su colección privada a uno de los museos. Algunos se ofrecieron a comprarlos. Valen una fortuna. Sentí un placer enorme al rechazar todas sus súplicas y sus ofertas, créanme. No necesitaba el dinero, ¿saben?

—No la culpo por obtener satisfacción de este modo —dijo Evangeline.

—Significaba que nunca podría casarme, claro —comentó Irene.

—No —coincidió Evangeline—. Si se hubiera casado, lo más probable es que hubiera perdido el control de su herencia. Muchos hombres habrían estado encantados de vender la mayoría de las antigüedades valiosas.

—No he lamentado mi elección ni un solo instante. —La boca de Irene dibujó una sonrisa armaga—. No puede decirse que me haya faltado compañía masculina. Le sorprendería saber a cuántos caballeros les atrae una mujer que tiene dinero y facultades, a pesar de que haga tiempo que dejó los dieciocho años atrás.

—¿Cómo se enteró de la existencia del tesoro de Crystal Gardens? —preguntó Lucas.

—Hacia el final de su vida mi padre estaba demasiado débil para viajar al extranjero —contestó Irene—. Durante ese tiempo, dio con documentos en los que se mencionaba un tesoro que supuestamente estaba enterrado en los jardines de la vieja abadía de Little Dixby. Según la historia, el tesoro estaba protegido por fuerzas mágicas.

—Su padre no creía en la magia —dedujo Evangeline—. Pero se percató de la posibilidad de que en los jardines intervinieran fuerzas paranormales.

—Sí, y eso despertó su curiosidad —prosiguió Irene—. Se puso en contacto con Chester Sebastian y le pidió permiso para buscar el oro. Pero Chester se negó.

—A mi tío solo le interesaban sus experimentos botánicos —intervino Lucas—. Despreciaba a los buscadores de tesoros.

—Tras la muerte de mi padre, me fascinó la leyenda del oro romano y los aspectos paranormales de la historia. Pero sabía que su tío jamás me permitiría buscarlo.

—Vio que se le presentaba una oportunidad cuando el propietario de esta librería falleció —dijo Lucas—. Se la compró a su viuda y se dispuso a seducir a Chester con grabados y libros raros sobre botánica.

—Y con mis facultades —añadió Irene—. Las usé adrede como una cortesana utiliza sus encantos, lanzando pequeñas indirectas sobre mis habilidades a lo largo de varios meses. Al final, Chester me pidió que participara en algunos experimentos. Le dejé ver algo de mis poderes para que quisiera ver más. Cuando descubrió que podía orientarme por el laberinto, se quedó embelesado. Pronto se dio cuenta de que era mucho más poderosa que su ama de llaves. Ella había sido incapaz de acceder a la Sala de las Visiones.

—Pero pensó que usted sí que sería capaz de hacerlo —dedujo Lucas.

—Al principio me negué. Me mostré muy prudente al respecto. Le dije que dudaba poder llevar a cabo una tarea tan gigantesca. Pero él insistió en que lo intentara. Hasta me prometió darme el tesoro si podía sacarlo de donde estaba. No le importaba el oro. Para entonces estaba obsesionado con encontrar la fuente de las aguas paranormales. Estaba convencido de que la encontraría en la Sala de las Visiones.

—Estaría eufórico cuando le demostró que podía acceder a la sala —dijo Lucas.

—Lo estaba —admitió Irene—. Cuando aclaré las aguas de la piscina y vimos el oro, creí que iba a desmayarse de la emoción. Pero él solo podía pensar en encontrar una forma de canalizar la energía de la piscina para sus condenados experimentos botánicos. Estaba contento con darme todo el tesoro para agradecerme mi trabajo.

—Entonces fue cuando descubrió que aclarar las aguas era solo el principio —dijo Evangeline—. Pronto se dio cuenta de que no podía sumergirse en la piscina.

—Solo necesitaba tiempo para averiguar cómo controlar las corrientes de esas aguas —se quejó Irene con la rabia reflejada en el semblante—. Estaba segura de poder hacerlo, pero entonces ella nos encontró en la sala.

—¿La señora Buckley? —preguntó Lucas, dirigiendo la mirada al cadáver.

—Sí. La muy tonta creyó que tenía una aventura con su tío. Me había quitado el canesú del vestido para intentar meter el brazo en el agua, ¿saben? La señora Buckley se volvió loca de celos.

—No sin razón —dijo Evangeline—. La señora Buckley y Chester eran amantes desde hacía años hasta que llegó usted y pudo darle lo que ella no podía: acceso a la sala y a la piscina. Encima, que ese día fuera medio desnuda debió darle la impresión de que se acostaba con él.

—Buckley montó una escena terrible. Se abalanzó sobre mí, escupiéndome y maldiciéndome. Me arrancó la *chatelaine* del vestido. Era absurdo, pero la muy estúpida no atendía a razones. Chester trató de calmarla. Me dijo que me fuera para poder manejar la situación con la señora Buckley.

—Se marchó de la sala pero olvidó la *chatelaine* —dijo Evangeline—. En medio de todo aquel jaleo, de algún modo fue a parar a la piscina de un puntapié y quedó sobre el peldaño sumergido.

—Me vestí, salí del laberinto y me fui de Crystal Gardens. Supuse que Chester manejaría la situación con la señora Buckley y por la mañana él y yo comentaríamos cómo volver a intentar sacar el tesoro de la Piscina de las Visiones.

—Pero por la mañana, la señora Buckley llamó al médico,

quien declaró que el tío Chester había fallecido de un infarto sentado a la mesa del desayuno —soltó Lucas.

—Lo asesinó —sentenció Irene, indignada—. Estoy segura. No sé cómo logró que pareciera un infarto, pero no tengo la menor duda de que lo mató por celos.

—Estoy de acuerdo con usted —aseguró Lucas en voz baja—. Le suministró un veneno que había preparado en su sala de destilación utilizando plantas letales de los jardines.

—Si creía que había asesinado a Chester Sebastian —dijo Evangeline, mirándola con atención—, se debía de preguntar si también intentaría matarla a usted.

—Estuve algo preocupada durante un breve período de tiempo —explicó Irene—. Pero al día siguiente se marchó del pueblo en el tren de la mañana. Al principio, creí que todo sería mucho más fácil sin ellos.

—Regresó a los jardines, ¿verdad? —dedujo Lucas—. Tenía la clave de la puerta. Podía cruzar la entrada de energía y podía aclarar las aguas. Pero vio que no podía bajar los peldaños de la piscina. Solo podía meter en ella los dedos.

—Ya se lo dije, solo necesitaba más tiempo para estudiar la energía —siseó Irene—. Pero antes de que me diera cuenta me enteré de que pronto llegaría usted para encargarse de la propiedad de su tío. Supuse que intentaría venderla. Pero en lugar de eso, se estableció en ella. —La voz de Irene era acusadora—. Luego la señorita Ames y su familia se trasladó a la vieja abadía. Contrató a algunos lugareños. En el pueblo se decía que tenía intención de convertir Crystal Gardens en su casa de campo. La gente comentaba que un hombre muy corpulento vigilaba los jardines.

—Lo único que podía hacer era esperar el momento oportuno —indicó Lucas—. Esperaba que al final nos fuéramos.

—Solo un excéntrico obsesionado como su tío querría vivir allí de forma permanente —dijo Irene—. Las fuerzas de los jardines se están volviendo cada vez más inquietantes.

Chester lo sabía. Estaba convencido de que era debido a la energía de la Piscina de las Visiones.

—¿Le comentó por qué creía que las fuerzas del manantial se habían vuelto tan potentes? —preguntó Lucas.

—No, y me daba igual. Yo solo quería el tesoro. Esta mañana la señora Buckley se presentó en la puerta trasera de la librería. Tuvo la cara de intentar hacerme chantaje.

—¿Con qué? —quiso saber Lucas.

—Dijo que si no le pagaba una gran cantidad de dinero, le diría a usted que iba en pos del tesoro y que era la culpable de la muerte de su tío. Creía que lo tenía todo muy bien planeado, ¿sabe? Estaba convencida de que la creería porque la conocía desde hacía años y no tenía ningún motivo para no confiar en ella.

—Esperó a que se diera la vuelta y le golpeó la cabeza con ese sujetalibros —indicó Lucas.

—Decidí que lo único que podía hacer era irme del pueblo hasta que las cosas se hubieran calmado —dijo Irene.

—Pero nosotros llegamos antes de que pudiera marcharse —comentó Lucas.

—Los dos me han complicado la vida de todas las formas imaginables. No puedo hacer otra cosa que deshacerme de ustedes. No disfrutaré haciéndolo, créanme, pero no me han dejado otra opción.

Lucas encontró el foco que necesitaba e intensificó sus facultades para enviar la energía cargada de terror al aura de Irene.

Le empezó a temblar la pistola en las manos.

—¿Qué está pasando? —exclamó con los ojos desorbitados de horror—. Me está haciendo algo. Lo percibo. Mi corazón. No puedo respirar.

Intentó apretar el gatillo, pero era demasiado tarde. Se desplomó inconsciente.

36

—La policía detuvo a Irene Witton por el asesinato de la
señora Buckley. —Evangeline dejó la edición matutina del
Little Dixby Herald y tomó la taza de té—. Afirma poseer
poderes paranormales y está diciendo a todo el mundo que
tuvo una visión horrenda de demonios y monstruos que vi-
gilaban una piscina plateada que contiene oro antiguo. Cuando se recuperó de esta visión, encontró el cadáver. En el
pueblo, se opina que la impresión de matar a Buckley ha desquiciado a Witton. Se especula que acabará encerrada en un
manicomio.

—Que puede ser lo que busca —aseguró Lucas. Tomó un
poco de huevo con el tenedor—. Suponiendo que no esté realmente loca.

Evangeline lo miró a los ojos y supo que estaba meditan-
do si habría llevado a Irene más allá del límite de la cordura
con la fuerza de sus poderes.

—No está loca —le dijo—. Le vi el aura cuando compro-
bé si tenía pulso. No vi la mácula de la locura. Pero sí que
creo que ha decidido fingir una enfermedad mental. Sin duda
ha llegado a la conclusión de que le será más fácil escapar de
un manicomio que de la cárcel.

—Lucas y tú habláis con mucha tranquilidad de la posibilidad de que huya —se sorprendió Beth mientras untaba de mantequilla una tostada.

—Por lo poco que la conozco, creo que puedo decir sin riesgo a equivocarme que Irene Witton es una mujer de recursos. —Lucas tomó un poco de café—. Pero por lo menos ya no es ningún problema para nosotros. Estaba obsesionada con el oro. Si alguna vez logra volver a Little Dixby, será demasiado tarde. Para entonces, el tesoro estará conservado a buen recaudo en un museo.

Tony apareció en la puerta. Evangeline lo miró, asombrada. Tenía el pelo de punta y la camisa y los pantalones muy arrugados. Llevaba un mapa enrollado en la mano. Su entusiasmo era evidente.

—¿Estás bien? —le preguntó—. Tienes aspecto de haber dormido con la ropa puesta.

—Lo cierto es que no he dormido mucho. —Miró a Beth—. Tenías razón sobre esos cristales.

—¿En serio? —Beth arrugó la servilleta y la dejó en la mesa—. ¿Los encontraste?

—Sí, creo que sí. —Tony corrió hacia la mesa, apartó los platos y los cubiertos que Molly había puesto para él y desenrolló el mapa.

—¿Qué encontraste? —preguntó Lucas, poniéndose de pie.

—Los cristales —respondió Tony, alzando la vista del mapa.

—¿Qué cristales? —insistió Lucas con paciencia.

Beth se había levantado.

—Recordé que habías dicho que creías que la energía de los jardines se había empezado a intensificar hará dos años. Busqué los diarios del tío Chester de ese período y encontré anotaciones sobre un experimento que planeaba llevar a cabo.

Evangeline se levantó y rodeó la mesa para examinar el mapa.

—¿Qué clase de cristales? —preguntó.

—El tío Chester no estaba seguro —contestó Beth—. Los encontró en una caja que había en una tienda de antigüedades de Londres. Había tres. Según sus anotaciones, eran grises, apagados, no demasiado interesantes a primera vista, pero percibió el poder que tenían. El anticuario había llegado a la conclusión de que las piedras no valían gran cosa. El tío Chester las compró muy baratas.

—Las trajo hasta aquí e hizo algunos experimentos con ellos —explicó Tony—. Estaba convencido de que podían entrar en armonía con la frecuencia que tienen las aguas del manantial.

—Probó diversas técnicas, pero ninguna funcionó —prosiguió Beth—. Entonces se le ocurrió que los cristales quizá tendrían que estar bajo tierra para poder entrar en armonía con las fuerzas naturales de la zona. Los enterró en varios sitios.

—Que por supuesto limitan con el Jardín Nocturno —añadió Tony.

—Las marcas que observé en uno de los mapas —señaló Lucas.

—Exacto. —Los ojos de Tony brillaban triunfantes. Tocó varias veces con un dedo los círculos que había señalado en el mapa—. Anotó los sitios para poder encontrarlos si el experimento no salía bien.

—¿Por qué no los desenterró cuando presintió que algo extraño ocurría en los jardines? —se sorprendió Evangeline.

—Porque no se le ocurrió que los cristales fueran la raíz del problema —contestó Beth—. Estaba convencido de que el origen del problema era la Piscina de las Visiones. Concentró toda su atención en esa posibilidad y no se le ocurrió que podían existir otras causas.

—Un error clásico en cualquier tipo de investigación —aseguró Lucas—, tanto si se trata de un asesinato como de un asunto científico. Tenemos que localizar esos cristales y desenterrarlos lo antes posible. Entonces veremos si el nivel de energía cambia.

37

Cuando llamaron a la puerta de la biblioteca, Lucas tuvo un presentimiento que le provocó un escalofrío. Era una mujer, pero no era Molly. Ni Evangeline. Ni Beth. Resignado, se levantó.

—Pasa, Judith —dijo.

—Sabías que era yo —comentó esta tras abrir la puerta y entrar despacio en la habitación—. Siempre pareces saber cosas así.

—En este caso fue un simple proceso de eliminación. No intervino ningún poder psíquico. ¿Qué quieres?

Cerró la puerta, cruzó la mitad de la habitación y se detuvo. Tenía una mano enguantada pegada a un costado.

—La señorita Ames me ha aconsejado que te enfrente con mis miedos —anunció.

—Tendría que haberme imaginado que Evangeline estaba de algún modo detrás de esto. —Le indicó con gravedad una silla—. Será mejor que te sientes porque sospecho que pronto tendré que hacerlo yo. Algo me dice que vamos a tener otra conversación difícil.

—Nuestras conversaciones han sido siempre difíciles. —Judith se quedó de pie.

—Por extraño que parezca, recuerdo haber hecho una observación parecida a la señorita Ames —dijo Lucas con una mueca—. ¿Vas a sentarte?

—Preferiría quedarme de pie.

—Como quieras. —No tuvo más remedio que hacer lo mismo y observarla desde el otro lado del escritorio—. Supongo que se trata de Beth y de Tony.

—Naturalmente. —Una mezcla de rabia y de miedo ensombrecía los ojos de Judith—. En cierto sentido, se ha tratado de ellos desde el primer día, ¿no?

—Judith, creo que sería mucho mejor que no dijeras nada más sobre ese tema —aseguró Lucas, frotándose las sienes con gesto pensativo.

—¿No crees que ya va siendo hora de que hablemos con la verdad por delante? —preguntó Judith, furibunda—. Sé lo que pensaste todos esos años atrás, cuando me casé con tu padre con unas prisas tan indecorosas. Sé lo que pensaste cuando nacieron los gemelos casi dos meses antes de que saliera de cuentas. Creías que había perdido la honra con otro hombre, que estaba embarazada cuando me casé con George y que por eso mis padres me obligaron a contraer un matrimonio tan espantoso. Nunca dijiste ni una palabra, pero podía ver tu mirada acusadora.

—Eso no importa, Judith. Ni entonces ni ahora —comentó Lucas, bajando la mano.

—Importa porque estabas en lo cierto —dijo tras acercarse un paso a él con los hombros rígidos—. Me había dejado embarazada un hombre casado que me doblaba la edad. No fue que me sedujera. Fue una violación, pero, por supuesto, nadie podía decir esa palabra en voz alta.

—Ya basta, Judith.

—Se llamaba Bancroft. Hace cinco años encontraron muerto al muy cabrón en un callejón, delante de un burdel. La prensa no prestó atención al lugar donde había fallecido, claro. Hubo enormes protestas sobre el horroroso aumento de crímenes callejeros.

Era evidente que Judith no iba a sentarse. Lucas se dirigió hacia la ventana y contempló los oscuros jardines.

—Todo el mundo se preguntó adónde iríamos a parar si un caballero de la categoría social de Bancroft no podía andar seguro por las calles —prosiguió Judith, sin que se le alterara la voz—. Pero cuando vi los relatos sobre su muerte en los periódicos, me alegré. Aquel cabrón estaba muerto. Un infarto, según la prensa. No era la clase de justicia que había ansiado todos esos años, no era una auténtica venganza, pero por lo menos estaba muerto. Durante un tiempo, dormí mejor por la noche.

—¿Has terminado? —preguntó Lucas sin apartar los ojos de los jardines.

—No. —A Judith se le hizo un nudo en el garganta—. Dormí mejor hasta que tu abuelo murió y te lo dejó todo. Ya era bastante malo que George no hubiera previsto nada para los gemelos, pero cuando me di cuenta de que tu abuelo tampoco lo había hecho y que tú controlabas la fortuna de la familia, empecé a conocer una clase de pánico que jamás entenderás.

Lucas volvió la cabeza para mirarla.

—¿De verdad crees que desheredaría a Beth y a Tony para castigarte?

—No lleváis la misma sangre —dijo Judith con amargura—. Y tú lo sabes.

—Eso no importa.

—¿Porque la ley los reconoce como descendientes de George? Soy muy consciente de ello. Pero tú sabes la verdad. Puedes dejarlos tranquilamente sin nada cuando se casen y decirte a ti mismo que no les debes nada.

—Eso no pasará.

—Has esperado todos estos años para vengarte de mí por

las mentiras con las que tuve que vivir todos estos años. Tu padre estaba en Egipto cuando los gemelos nacieron. Nunca dio la menor muestra de que sospechara que los niños no eran suyos.

—A padre le interesaba muy poco cualquiera de sus hijos —aseguró Lucas.

—Es verdad. Pero tu abuelo siempre sospechó la verdad. Se lo veía en los ojos. Estoy segura de que eso fue lo que lo llevó a dejártelo todo a ti.

—Nada de eso importa —dijo Lucas mirándola directamente a los ojos—. Ya puedes dejar de atormentarte con tus miedos. Una semana después de heredar el patrimonio de mi abuelo, redacté los documentos necesarios para asegurarme de que en caso del que algo me pasara, Tony, Beth y tú recibierais la mayor parte de la fortuna familiar.

—¿Por qué ibas a ser tan generoso si sabes que no te unen a ellos lazos de sangre? —soltó Judith, incrédula.

—Porque eso no importa —respondió Lucas—. ¿Cuántas veces voy a tener que repetirlo? Beth es mi hermana y Tony es mi hermano. Siempre lo serán. Te aseguro que les he dejado el porvenir asegurado en mi testamento. Tú también estás incluida. Ninguno de vosotros acabará en la calle, puedes creerme.

Judith parecía desconcertada.

—Me gustaría creerte —comentó con el semblante iluminado.

—Sé que no tienes una opinión demasiado buena de mí, pero ¿os he mentido alguna vez a ti, a Tony o a Beth?

—No —aceptó Judith, mordiéndose un labio.

—Entonces por el bien de tu cordura y de tus nervios, espero que me creas.

—No sé cómo agradecértelo —susurró Judith.

—No es necesario. Beth, Tony y tú sois mi familia. Eso es lo único que importa.

—La señorita Ames me dijo que pensarías así.

Llamaron con brío a la puerta. Lucas, que agradeció la interrupción, se situó otra vez tras el escritorio.

—Adelante, Evangeline —dijo—. Creo que Judith y yo ya hemos terminado. —Miró a Judith—. ¿O querías algo más?

—No —contestó Judith, ya recuperada—. Nada más.

La puerta se abrió y Evangeline les dirigió una sonrisa.

—¿Seguro que no interrumpo nada importante?

—En absoluto. —Judith le respondió con una sonrisa temblorosa—. Voy a mi habitación a hacer el equipaje. He decidido regresar a Londres con Florence por la mañana. Nuestras doncellas nos acompañarán, por supuesto.

—¿Ya nos deja? —lamentó Evangeline.

—Beth y Tony encuentran este sitio fascinante, pero ni Florence ni yo nos hemos sentido nunca cómodas en Crystal Gardens. —Judith avanzó hacia la puerta—. La presencia de Beth basta para evitar cualquier posible falta de decoro. Si me disculpáis...

—Naturalmente —respondió Evangeline.

Lucas dudó un instante antes de tomar una decisión:

—Judith, hay algo que tal vez quieras saber.

—¿De qué se trata? —preguntó Judith, tensa, cansada y temerosa de nuevo.

—Investigué la muerte de Bancroft. Puede que te guste saber que los relatos de la prensa eran incorrectos. Aunque siempre suelen serlo, claro.

—No te entiendo —dijo Judith.

—Bancroft no murió por causas naturales. Alguien lo mató.

—¿Estás seguro?

—No hubo la menor duda.

—De modo que debo a un delincuente común la justicia que la sociedad jamás me habría proporcionado —comentó Judith tras respirar hondo.

—Es una forma de verlo —dijo Lucas.

—Espero que sufriera al morir —soltó Judith con el mentón levantado.

—Lo hizo. Te aseguro que sintió pánico antes de morir.

Judith asintió una vez. Una gran calma la invadió. Parecía cansada y aliviada a la vez.

—Gracias, Lucas. Hoy me has dado un regalo excelente, un regalo que siempre te agradeceré, pero Beth y Tony jamás deben saber nada sobre Bancroft.

—No lo sabrán por mí, te doy mi palabra —prometió Lucas—. Pero conozco a Beth y a Tony. Estoy convencido de que son capaces de asumir la verdad. En mi opinión, tienen derecho a saberla. Y en cualquier caso, conociéndolos, tarde o temprano la averiguarán. Sería mejor que tú fueras la primera en decírselo.

—Estoy de acuerdo —intervino Evangeline—. Beth y Tony son unos muchachos admirables. Son lo bastante fuertes como para asimilar los hechos que rodean su nacimiento. Como dijo Lucas, tienen derecho a conocer esos hechos. Entenderán por qué hizo usted lo que hizo.

—Usted también sabe la verdad, ¿no? —Judith suspiró—. Sabe que Beth y Tony no son de mi marido.

—Lucas no me contó nada al respecto, pero mi intuición me dijo que podría ser así —dijo Evangeline—. Explicaba muchas cosas, ¿sabe?

Judith guardó silencio un buen rato. Después inspiró hondo.

—Tal vez tengáis razón —dijo, y miró a Lucas—. Estás en lo cierto cuando dices que Beth y Tony son fuertes. Es más, te deben a ti gran parte de su fortaleza interior y de su carácter. Ahora me doy cuenta.

—No descartes tu valor y tu determinación para proteger a tus hijos, Judith —dijo Lucas—. Beth y Tony heredaron de ti una gran parte de su fuerza de voluntad y de su carácter.

Judith dirigió una sonrisa temblorosa a Evangeline.

—Gracias por animarme a hablar hoy con Lucas. Me he quitado un peso enorme de encima.

Salió al pasillo y cerró la puerta tras de sí sin hacer el menor ruido.

—Es evidente que conseguiste tranquilizarla —dijo Evangeline a Lucas.

—Hice lo que pude. Pero se ha pasado casi veinte años hecha un manojo de nervios. Puede llevarle tiempo aceptar que no tengo ningún interés en vengarme de ella y, mucho menos, de privar a Beth y Tony de lo que les corresponde por derecho.

—Por su parte, cuando era joven, tuvo que sentirse totalmente atrapada y sin salida.

—¿Cuándo dedujiste la verdad? —quiso saber Lucas.

—Casi de inmediato. Como dije a Judith, explicaba muchas cosas del pasado.

—Tu intuición es mejor que la mía, por lo menos en este asunto. Siempre había estado seguro de que estaba embarazada cuando se casó con mi padre, pero suponía que tenía un amante que, por algún motivo, no podía casarse con ella. Me llevó mucho más tiempo darme cuenta de que la habían violado. —Lucas recogió el abrecartas de plata y lo balanceó entre dos dedos—. Su agresor era un hombre mayor, casado, que se codeaba con la alta sociedad.

—Me asombra que te confiara semejante secreto.

—Hoy me contó la verdad, pero lo cierto es que di con ella hace cinco años. En el transcurso de un caso que estaba investigando, me enteré de unos viejos rumores. Un caballero había atacado violentamente y casi matado a una joven prostituta de la cual era cliente. No era la primera. La dueña del burdel pidió a mi conocido de Scotland Yard que investigara. Él sospechaba de Bancroft desde hacía años, pero no podía hacer nada debido a su posición social.

—¿Y tu amigo de Scotland Yard te pidió que investigaras el asunto?

—Sí. Entré en la biblioteca de Bancroft y encontré sus diarios. Había anotado con mucho cuidado los detalles de lo que él denominaba sus «conquistas». No se había molestado en mencionar los nombres de las prostitutas a las que había atacado. Pero sí figuraban los nombres y las descripciones de las mujeres que consideraba respetables. A lo largo de los años habían sido víctimas suyas varias institutrices, damas de compañía y jóvenes de familias que carecían de poder social.

—¿Encontraste el nombre de Judith en la lista?

—Sí.

—Me alegra que pudieras asegurarle que su muerte fue violenta —indicó Evangeline con el puño cerrado.

—Eso ha sonado un poco sanguinario —comentó Lucas con las cejas arqueadas.

—Sí, ¿verdad? Todo este tiempo el motivo de su agitación interior no erais tú y tus poderes, sino que no se le hubiera hecho justicia hace tantos años, por no hablar del trauma que vivió y del precio que pagó. Decidió que tú eras el origen de su miedo porque presentía que conocías su secreto mejor guardado.

Lucas dejó el abrecartas con mucho cuidado.

—No le conté todo sobre la muerte de Bancroft.

—Le contaste lo suficiente. Lo importante para Judith es que Bancroft pagó por lo que le hizo. No era necesario decirle que fuiste tú el responsable de su muerte.

—¿También adivinaste eso? —se sorprendió Lucas.

—Te conozco. Sé lo que habrías hecho después de encontrar el nombre de Judith en la lista.

—Me aseguré de que al final Bancroft supiera exactamente por qué iba a morir. Le costó un poco hacerse a la idea de que iba a matarlo por lo que había hecho años antes a una mujer.

Evangeline se acercó a Lucas y le rodeó el cuerpo con los brazos.

—Explicaste las cosas a Bancroft, supongo.

Lucas la estrechó contra su corazón.

—Le dije que había cometido un crimen contra mi familia y que iba a pagarlo.

—Por supuesto —dijo Evangeline.

38

La oscura energía que cargaba el ambiente impregnó los sentidos de Beatrice como una oleada de agua helada. Contuvo el aliento y se detuvo justo después de cruzar la puerta principal de su casa de la ciudad. Se quedó mirando el pie de la escalera.

—Clarissa —dijo, y la impresión había convertido su voz en un mero susurro.

—¿Qué pasa? —Clarissa cerró la puerta principal y la miró—. ¿Percibes algo? ¿Qué ocurre?

—Ha estado aquí —contestó Beatrice tras volverse enseguida hacia ella—. Aquí mismo, en nuestra casa.

—¿Quién?

—El actor, Garrett Willoughby. Es la misma energía que percibí en su camerino no hará más de una hora.

El hombre mayor que barría el teatro les había pedido una propina considerable a cambio de dejarles acceder al camerino de Willoughby, pero la señora Flint y la señora Marsh habían dejado claro que el dinero no era ningún obstáculo para la investigación.

—Debe de haber estado vigilando la casa —sugirió Clarissa—. Habrá visto que esta mañana nuestra ama de llaves iba a visitar a su hermana y esperó a que nosotras saliéramos para entrar.

La rabia y el pánico invadieron a Beatrice, que recordó la horrorosa época que pasó en la Academia de Ciencias Ocultas del doctor Fleming. Reprimió su pasado con una gran fuerza de voluntad y se obligó a sí misma a concentrarse en la amenaza inmediata.

—Así que estaba registrando la casa mientras nosotras preguntábamos por él en el teatro esta misma mañana —dijo con rabia.

—Pues ya podemos descartar eso de que zarpó hacia América en busca de oportunidades —dijo Clarissa—. Pero ¿qué esperaba encontrar aquí? Es evidente que sabe que Evangeline está en Little Dixby. Envió a Hobson a la casa de campo a asesinarla.

—Esperaría encontrar algo que poder usar contra Evangeline.

—¿Pero qué sería?

—No lo sé —contestó Beatrice—. Pero tenemos que averiguarlo.

La acuciaba una enorme sensación de urgencia. Se volvió, se recogió un poco el vestido y subió corriendo las escaleras. Clarissa la siguió.

—¡Ten cuidado, por el amor de Dios! —exclamó Clarissa—. Todavía puede estar en la casa.

Beatrice agudizó sus sentidos y sacudió la cabeza.

—No, ya se ha ido —anunció.

Se detuvieron en el rellano y echaron un vistazo al pasillo. Beatrice vio en los pomos de las puertas los restos reveladores de energía.

—Estaba buscando la habitación de Evangeline —dijo—. La encontró, y dejó la puerta abierta.

Se dirigieron rápidamente hacia la puerta y echaron un vistazo dentro. No había ningún indicio de que se hubiera tocado nada. La cama seguía hecha. El armario y los cajones del pequeño escritorio estaban cerrados.

—Estuvo aquí —comentó Beatrice—. Lo percibo. Creo que registró esta habitación, pero ¿qué estaba buscando? ¿Qué encontró?

—Buscaba sus secretos —repuso Clarissa.

Beatrice no cuestionó esa afirmación. Clarissa sabía más que la mayoría de las personas sobre los secretos y sobre cómo podían utilizarse contra una mujer. Al fin y al cabo, ella se había visto obligada a inventarse una nueva vida, una identidad completamente nueva.

—Bueno, no habrá encontrado los mayores secretos de Evie —comentó Beatrice, llena de alivio—. Estoy segura de que no fue tan tonta de escribirlos en su diario. Y, en cualquier caso, se llevó el diario con ella.

Clarissa se acercó al escritorio y empezó a abrir cajones. Se detuvo al ver el archivo de correspondencia, perfectamente organizado, de Evangeline.

—Aquí encontró algo útil —dijo.

—Pero Evie se cartea con muy poca gente. —Beatrice cruzó la habitación a toda velocidad—. No tiene familiares ni amigos, salvo nosotras.

—Eso no significa que no envíe y reciba cartas. —Clarissa sacó un puñado de papeles del archivo y los extendió sobre la mesa—. Aquí está la correspondencia relativa al alquiler de la casa de campo de Little Dixby, por ejemplo. También está una nota de su modista para informarle de que su nuevo vestido está terminado y listo para entregárselo.

Beatrice hojeó unos cuantos papeles más.

—Recuerdo esta nota de la librería de Oxford Street en la que le hacían saber que ya había llegado la novela que les había pedido.

Había varias cartas más por el estilo, pero cuando encontraron la correspondencia pertinente, Beatrice lo supo. Las corrientes oscuras de energía que impregnaban las páginas eran inconfundibles. Clarissa lo percibió al mismo tiempo.

—Esto era lo que necesitaba —dijo—. Encontró su punto vulnerable.

—Eligió bien su papel —soltó Beatrice en tono grave.

—Tenemos que enviar inmediatamente un telegrama a Evie —indicó Clarissa con los ojos puestos en los papeles que Beatrice tenía en las manos.

39

Evangeline estaba en su habitación, trabajando en el siguiente final con suspense y aprovechando el ambiente tranquilo de la casa casi vacía. Lucas, Stone, Beth y Tony estaban trabajando en los jardines, usando el mapa de Chester para identificar el lugar donde estaban los tres cristales.

Sonaron unos pasos rápidos en el pasillo y Molly apareció en la puerta, llena de entusiasmo.

—Ha venido a verla el señor Guthrie, señorita Ames.

—¿Guthrie? ¿Mi editor? —Evangeline dejó la pluma, incapaz de dar crédito a sus oídos. Notó que los nervios se le ponían en el estómago—. ¿Está aquí? ¿En esta casa?

—Sí, sí, es él —contestó Molly mientras Evangeline se levantaba de la silla de un salto—. Ha dicho que se alojaba en una de las posadas del pueblo. Y ha preguntado si recibió el telegrama en que le anunciaba su llegada.

—Pues no.

—Me imagino que al señor Applewhite se le volvió a estropear la bicicleta.

—¿Lo trajo el señor Mayhew del pueblo en su coche de alquiler?

—No, señorita. Me imagino que vino andando.

—Da igual. Lo importante es que el señor Guthrie está aquí. Déjame pensar. No podemos llevarlo a la biblioteca. Las enredaderas de las ventanas ponen nerviosa a la mayoría de la gente. Por favor, condúcelo al salón. Está en la parte soleada de la casa.

—Sí, señorita. ¿Querrá algo de té?

—Sí, sí, por supuesto. Y también algunas de tus maravillosas pastas de té. A lo mejor podré convencerlo de que se quede a cenar. No, espera, puede que no sea buena idea. Tendría que regresar al pueblo por el bosque y, después de anochecer, puede resultar inquietante.

—Iré a preparar la bandeja del té —anunció Molly tras salir de nuevo al pasillo.

—Gracias, Molly.

Evangeline dudó frente al armario. Llevaba uno de sus vestidos de día más cómodos: un sencillo vestido azul oscuro. Carecía de un drapeado elaborado y solo llevaba una enagua. La necesidad de ponerse algo más bonito era abrumadora, pero no se atrevía a hacer esperar al señor Guthrie.

Se contentó con recolocarse bien unos cuantos mechones de pelo y con ahuecar el pañuelo que había utilizado para llenar el escote del vestido. Tras inspirar hondo para tranquilizarse, salió al pasillo y bajó la escalera.

Un momento después, entró en el salón y se detuvo. El hombre que estaba junto a la ventana estaba de espaldas a ella. Tenía el pelo gris y llevaba una chaqueta de corte sobrio y conservador, como se esperaba de un caballero de mediana edad. Sujetaba un bastón con una mano.

La intuición le alertó los sentidos. Había algo extraño en el cabello de Guthrie. De repente estuvo segura de que llevaba peluca. No sería el primer hombre calvo que lo hacía, desde luego. Los hombres tenían derecho a sus pequeñas vanidades.

Pero la explicación evidente no satisfizo a su intuición. Contuvo su inquietud y esbozó una sonrisa de bienvenida.

—Señor Guthrie —dijo—. Qué amable por su parte venir a verme. No sabe cómo siento no haber recibido su telegrama. Pero por suerte estoy en casa.

—Es realmente una suerte, señorita Ames. —Guthrie se volvió—. Ya he tenido muchos problemas por su culpa. No me habría gustado que me hubiera puesto las cosas todavía más difíciles.

A Evangeline se le heló la sangre. Ahora podía ver la mano derecha de Guthrie. Era la de un hombre que distaba mucho de ser de mediana edad, y había una pistola en ella. La impresión la dejó sin aliento unos segundos.

—Usted no es el señor Guthrie —dijo—. Tendría que haber prestado atención a lo que mis sentidos trataban de decirme.

—No tengo idea de lo que me está hablando, pero no, no soy su editor. Me llamo...

—Garrett Willoughby. Es el hermano de Douglas Mason.

—Estoy impresionado, señorita Ames —dijo Garrett, con una expresión de dureza en los ojos—. Es usted muy rápida, ¿verdad? Mi hermano me dijo que era demasiado lista para su propio bien.

—Hay gente buscándolo.

—Sí, ya lo sé. —Garrett se sacó un pedazo de papel del bolsillo—. Esto era para usted. Es de una tal señorita Slate, advirtiéndole que ella y su amiga creen que no voy rumbo a América en busca de oportunidades teatrales. Sospechan que, en realidad, puedo estar viajando en el tren a Little Dixby y que voy disfrazado de su editor. Tenía razón. Cuando encontré las cartas de Guthrie y el contrato en el cajón de su escritorio, supe que él era la persona a quien usted recibiría sin dudarlo.

—¿Cómo interceptó el telegrama?

—Me preocupaba que alguien en Londres no se creyera que había zarpado hacia América. Esta tarde, de camino hacia aquí, tomé la precaución de presentarme en la oficina de telégrafos del pueblo para preguntar si había algún mensaje para algún visitante que se alojara en Crystal Gardens. Cuando me enteré de que acababa de llegar uno, me ofrecí a entregarlo ya que era adonde yo iba. —Señaló la puerta con la pistola—. Vámonos.

Evangeline salió despacio al pasillo.

—No esperará escapar. Lucas Sebastian le dará caza.

—Se equivoca, señorita Ames. Sebastian es un hombre blando y consentido de clase alta. Yo me curtí en las calles de Londres robando a hombres que eran mucho más peligrosos de lo que él podría imaginar.

—No lo conoce demasiado bien, ¿verdad?

—Nunca lo he visto y espero seguir así. Pero para asegurarme, alquilé un caballo y un pequeño carruaje cerrado en la cuadra del pueblo. Está esperando escondido en el camino. Usted y yo vamos a hacer un breve viaje. Breve para usted, mejor dicho. Muévase, zorra asesina.

Evangeline salió despacio al pasillo. El silencio de la gran casa la envolvió. Garrett la condujo hacia la puerta principal.

—Salga —ordenó—. Si grita, morirá al instante.

Evangeline abrió la puerta y avanzó hacia los peldaños de la entrada.

—Está haciendo una tontería, señor Willoughby. Si tuviera sentido común, saldría corriendo como alma que lleva el diablo antes de que sea demasiado tarde.

—No gaste saliva intentando asustarme. —Garrett la siguió fuera y cerró la puerta. Volvió a señalar con la pistola—. Rápido, vaya hacia los árboles del borde del camino.

Evangeline se adentró en el espeso bosque que bordeaba el camino adoquinado. Garrett iba justo detrás de ella. Los árboles los rodeaban y tapaban en gran parte la casa.

—¿Adónde piensa llevarme? —preguntó en voz baja.

—A algún sitio donde estemos solos. Con suerte, Sebastian y los demás tardarán días en encontrar su cadáver en este bosque, si es que llegan a encontrarlo. Para entonces yo estaré efectivamente rumbo a América.

—¿Por qué tendría que dar otro paso?

—Por el mismo motivo que muchos prisioneros se dirigen obedientemente a su muerte. Mientras esté viva, tiene una débil esperanza de huir o de poder suplicar por su vida. Y resulta que quiero hacerle unas cuantas preguntas.

—Quiere saber cómo murió su hermano, ¿verdad? No se cree que se cayera por aquella escalera, pero no entiende cómo pude haberlo vencido.

—Sé muy bien que no se cayó y se partió el cuello. —La voz de Garrett tembló con la fuerza de su rabia—. Aquel día fue allí para matarla. Estaba furioso porque había arruinado sus planes para casarse con la heredera de los Rutherford. Me dijo que era culpa suya haber sido desenmascarado como un farsante. Dijo que era como si usted lo estuviera persiguiendo.

—Por curioso que parezca, yo pensé que era él quien me perseguía a mí. Apenas pude creerlo cuando lo vi el primer día que trabajaba en el caso de los Rutherford. Sé que no me reconoció. ¿Cuándo se dio cuenta de quién era?

—Vigiló durante cierto tiempo la casa de lady Rutherford después de que su propuesta de matrimonio hubiera sido rechazada. Quería saber cómo había descubierto aquella señora mayor que era un farsante. Cuando vio que se iba con la maleta en la mano, empezó a sospechar. Dijo que ya no andaba ni se comportaba como una dama de compañía. Comentó que tenía usted algo que le resultaba familiar.

—Me siguió de vuelta a la agencia.

—Cuando salió sin la peluca y las gafas, la reconoció al instante.

Evangeline vio el caballo y un pequeño carruaje entre los árboles.

—Así que tendió su trampa —dijo.

—¿Qué le hizo aquel día a mi hermano?

—¿Por qué tendría que decírselo? —Evangeline se detuvo y se volvió—. En cuanto le conteste la pregunta, me matará.

—Aquí no. A no ser que me obligue a hacerlo. —Garrett sonrió—. ¿Quién sabe? A lo mejor si contesta mis preguntas, le daré una oportunidad. Dejar que salga corriendo.

—Lo dudo.

—Suba al carruaje. —Los ojos de Garrett brillaron de rabia.

—No —dijo Evangeline.

Garrett levantó la pistola como si fuera a golpearla con la empuñadura.

—Hará lo que le diga, zorra asesina, o sufrirá mucho antes de morir.

Una oscura energía aulló entre los árboles. El caballo levantó la cabeza, aterrado, y salió disparado, tirando del carruaje por el camino.

—¿Qué es eso? —Garrett, sobresaltado, se volvió en busca del origen de la energía cargada de pesadillas—. ¿Qué está pasando?

—Que aquí termina el espectáculo que ha montado —señaló Evangeline.

Garrett se quedó petrificado al ver a Lucas a poca distancia, avanzando entre los árboles hacia él. La maleza se movía ligeramente a su derecha. Apareció Stone.

—Hay algo seguro —comentó Lucas con una mirada gélida en los ojos—. No estoy de humor para numeritos.

—Cabrón. —Garrett sujetó a Evangeline cuando intentaba apartarse. Le rodeó el cuello con el brazo y tiró de ella hacia su cuerpo—. ¿De dónde ha salido?

—Suéltela —ordenó Lucas en voz baja.

—Deje de hacer lo que me está haciendo o la mataré ahora mismo, se lo juro.

—¿Estás bien? —preguntó Lucas a Evangeline.

—Pronto lo estaré —contestó esta.

Tenía el contacto físico que necesitaba. Sujetó el brazo de Garrett con ambas manos y buscó las corrientes más fuertes de su aura, su fuerza vital. Empezó con cuidado a reducirlas. Se recordó a sí misma que había aprendido de la experiencia de sanar a Lucas. No tenía que matar a Garrett para detenerlo. Lo único que tenía que hacer era dejarlo inconsciente.

—¿Qué me está pasando? —Garrett sujetó a Evangeline con más fuerza.

—Es la energía de este sitio —explicó Lucas—. ¿No ha oído las leyendas locales? Este bosque es peligroso. Hay quien dice que está encantado.

—No —dijo Garrett con voz entrecortada. Se separó de Evangeline.

Cuando dejó de tener contacto con él, Evangeline perdió la capacidad de manipular su aura. Pero Lucas tomó el control. El ambiente se llenó de más ondas de una energía intensísima.

Garrett se tambaleó, desgarrado por unos horrores que solo él podía ver, e intentó frenéticamente apuntar a Evangeline con la pistola.

—Todo esto es culpa suya —soltó con dificultad—. Todo.

—Aléjate de él, Evangeline —pidió Lucas en voz baja.

Evangeline ya se estaba alejando, fuera del alcance de Garrett. Pero él había dejado de prestarle atención. Estaba perdido en la tormenta de pesadillas que lo había envuelto. El horror sustituyó a la rabia en sus ojos.

Se llevó el arma a la sien y apretó el gatillo.

40

—Sé que es demasiado pronto para estar seguro de haberlo logrado —dijo Lucas—, pero la sensación allí fuera es distinta, como si la energía fuera menos intensa.

—Yo también lo noto. —Evangeline agudizó sus sentidos—. El exceso de calor está desapareciendo. Las corrientes parecen volver a lo que es normal en este sitio.

Lucas y ella estaban en la terraza con Beth y Tony. Estaban observando los jardines sumidos en la oscuridad de la noche. Hacía un rato, habían avisado a las autoridades locales para que se encargaran del cadáver de Willoughby. Lucas les había contado una versión reducida y muy revisada de los hechos que no había incluido ninguna mención al intento de asesinato, sino simplemente a un triste caso de suicidio.

Todo el mundo se había quedado de una pieza, pero si el policía y el sepulturero se preguntaban por qué un actor sin trabajo había ido hasta Crystal Gardens para quitarse la vida, habían sido demasiado educados, y Lucas los intimidaba demasiado, para que hicieran preguntas. Después de todo, era de sobra conocido que los actores eran personas temperamentales, dadas a estados de ánimo exagerados, tanto positivos como negativos.

Molly había preparado una cena ligera que había incluido lo que ella denominaba «sopa reconstituyente con sabor a curry» y su extraordinario pastel de salmón y puerro. Afirmaba que ambos platos iban bien para los nervios. Evangeline no estaba segura de los poderes curativos de la sopa y del pastel, pero se estaba calmando, aunque sospechaba que aquella noche no dormiría bien. Ver a Garrett Willoughby saltarse la tapa de los sesos le había traído recuerdos vívidos del suicidio de su padre.

—Tony y yo no tenemos tu sensibilidad para los fenómenos paranormales —dijo Beth—. Pero también notamos el cambio que ha experimentado el ambiente.

—Los jardines no son tan luminosos —observó Tony—. Todavía producen una sensación misteriosa, pero no es tan fuerte como antes de que desenterrásemos los cristales.

—Mirad la superficie de la laguna del cenador —añadió Beth—. Ayer por la noche parecía un espejo que reflejaba la luz de la luna. Pero hoy está menos iluminado.

Evangeline observó la laguna con los sentidos agudizados. Era, efectivamente, menos amenazadora.

—Tienes razón. Todavía hay energía en el agua, pero ya no es tan amenazadora —confirmó.

Lucas se situó junto a ella de modo que le rozó el brazo. Quiso volverse hacia él y reconfortarse con su fortaleza. Pero no era el momento ni el lugar para semejante intimidad. Pensó que quizá nunca volvería a tener oportunidad de perderse en los brazos de Lucas. La gran aventura había concluido. Por la mañana tendrían que encontrar la forma más discreta de terminar su falso compromiso.

—Tony, Beth y tú teníais razón sobre esos cristales —dijo Lucas—. Aumentaban la energía natural de los jardines al aumentar y reforzar el poder del manantial.

—El problema era que la pauta oscilante de las corrientes se estaba volviendo inestable —explicó Tony—. Y esa inestabilidad era peligrosa. El tío Chester sabía que pasaba algo, pero desconocía que los cristales fueran la causa. Estaba convencido de que los poderes de la Piscina de las Visiones se habían intensificado de algún modo.

—Por eso le había entusiasmado tanto encontrar una mujer que podía acceder a la sala —comentó Lucas—. Ahora la pregunta es: ¿qué diablos hacemos con esos condenados cristales?

—Podríamos transportarlos hasta la costa y lanzarlos al mar —sugirió Beth.

—Creo que no deberíamos destruirlos —intervino Tony con el ceño fruncido—. Sus propiedades paranormales podrían ser muy valiosas en el futuro. Me gustaría tener la oportunidad de estudiarlas.

—No estoy seguro de que sea buena idea —comentó Lucas.

—Según los papeles del tío Chester, encontró los cristales en una tienda que vendía principalmente antigüedades falsas —dijo Tony—. Habían estado años en una caja sin provocar ningún problema. No fue hasta que los sepultó en los terrenos de la vieja abadía que empezaron a entrar peligrosamente en armonía.

—Si los conserváis, habrá que protegerlos —advirtió Evangeline—. Siempre habrá personas que, como Chester Sebastian, buscarán cristales y piedras con fama de poseer poderes paranormales. Lo peor que podría pasar es que un científico loco se apoderara de ellos.

—Es verdad —dijo Lucas—. Pero Tony tiene razón, algún día los cristales podrían ser importantes. Puede que lo mejor sea conservarlos hasta que averigüemos más cosas sobre ellos.

—¿Dónde sugieres que los almacenemos? —dijo Beth en un tono algo socarrón.

Lucas contempló el follaje aún luminoso.

—Creo que de momento, Crystal Gardens es un escondrijo tan seguro como el que más. Encargaré una caja de acero, una caja de seguridad, para guardarlos. —Miró a Tony—. ¿Te parece bien?

—Sí, estoy seguro de que el acero será más que suficiente para contener la energía. —Tony frunció los labios—. Pero, para mayor precaución, quizá sería mejor que el interior de la caja de seguridad estuviera cubierto de cristal. Si mis teorías sobre la energía paranormal son correctas, este material tiene asimismo propiedades aislantes.

—Muy bien —dijo Lucas—. Decidido. Conservaremos los cristales, por lo menos de momento.

Beth le dirigió una mirada.

—Pero si conservas los cristales en la vieja abadía, no puedes venderla —comentó—. Alguien tendrá que vivir permanentemente en esta casa y vigilar los cristales y los jardines.

—Da la casualidad de que he decidido que ha llegado la hora de tener una casa de campo —anunció Lucas.

Todos volvieron la vista hacia él. Tony fue el primero en recuperarse:

—No me lo puedo creer. ¿Desde cuándo te interesa la vida del campo?

—Desde que decidí casarme y formar una familia —respondió Lucas—. Todo el mundo sabe que el campo es un entorno más saludable para los niños que la ciudad con su humo y su polvo.

Tony y Beth desviaron su atención hacia Evangeline.

—Sí, claro —dijo Beth con una sonrisa—. Crystal Gardens será una excelente residencia de campo para vosotros dos.

Evangeline estaba estupefacta. Lucas estaba complicando cada vez más las cosas. Cuanto más adornara su futuro ficticio, más difícil sería terminar su falso compromiso. Lo miró a los ojos para intentar enviarle frenéticamente un mensaje silencioso, pero él no se dio cuenta.

—Cuando Evangeline y yo estemos en Londres, Stone estará aquí para encargarse de todo —prosiguió.

—¿Y por qué estará aquí el señor Stone? —quiso saber Beth.

—Me ha informado que planea casarse con Molly, que ha decidido abrir un salón de té en Little Dixby —explicó Lucas. Sonrió al ver sus expresiones de asombro y añadió—: Yo financiaré el salón de té, que, por lo que sé de Molly, será todo un éxito. Tengo cierta habilidad para identificar una inversión excelente, ¿sabéis?

—Es una noticia espléndida —exclamó Evangeline, encantada a pesar del pánico que sentía en aquel momento—. Molly se pondrá contentísima.

—Y en cuanto a Stone, será feliz mientras esté con Molly —dijo Lucas—. Me imagino que Tony también pasará mucho tiempo aquí porque estará llevando a cabo una investigación sobre los cristales. Sugiero que se asesore con el tal Horace Tolliver, que está muy interesado en el estudio de los fenómenos paranormales.

—Lo haré —aseguró Tony con una sonrisa de oreja a oreja—. Ten por seguro que me verás mucho por aquí en el futuro. Me gustaría mucho estudiar también las propiedades paranormales de los jardines.

Lucas se dirigió entonces a Beth.

—Si decides casarte con el señor Rushton, estoy seguro de que le interesarán los vestigios que hay en la vieja abadía. Los dos seréis bienvenidos.

—Como siempre, has ideado un plan para resolver todos nuestros problemas —dijo Beth con una sonrisa.

—No todos —la contradijo Lucas. Y miró a Evangeline—: Todavía queda un problema por resolver. Si Tony y tú tenéis la amabilidad de dejarnos, intentaré hacerlo.

—¿Por qué tenemos que irnos? —preguntó Tony con expresión intrigada.

—Porque tenemos que hacerlo —contestó Beth—. Ven conmigo, Tony. Ya.

—No entiendo por qué... —Se quedó a media frase porque Beth le había sujetado un brazo y tiraba de él hacia el interior de la casa. Se volvió hacia Evangeline y Lucas, que no se habían movido—. Sí —soltó—. Tendría que hacer algunas anotaciones sobre la extracción de los cristales. No me gustaría olvidar los detalles.

—Exacto —corroboró Beth.

Ella y Tony entraron en la casa y cerraron la puerta.

Evangeline se encontró a solas con Lucas.

—Has hecho muchos planes para todo el mundo —comentó—. Pero hay algo que no has tenido en cuenta.

Lucas se situó delante de ella y le rodeó la cara con las manos. Evangeline fue muy consciente de la energía íntima de su aura. Le acarició los sentidos y le levantó el ánimo.

—¿Qué es lo que no he tenido en cuenta? —preguntó Lucas con una sonrisa.

—Si conviertes Crystal Gardens en tu hogar, ¿qué pasará con tu trabajo como asesor? No pensarás dejarlo, ¿verdad?

—No —respondió Lucas con un brillo en los ojos mientras le recorría suavemente la mandíbula con los pulgares—. No creo que pudiera dejarlo por completo aunque quisiera. Lo sabes mejor que nadie.

—Sí.

—Pero solo me piden que los asesore unas cuantas veces al año, y Londres no está tan lejos en tren. En cualquier caso, tengo intención de conservar la casa de la ciudad. Será muy práctico cuando estemos en Londres.

—Sí, claro. Tendría que haber recordado el horario del tren. —En realidad, no podía pensar con claridad en nada en aquel momento. Estaba hecha un lío... «Cuando estemos en Londres.»

—Espero compartir el trabajo de asesoría con alguien en el futuro, ¿sabes? —dijo Lucas.

—¿A qué te refieres? —Se sintió engañada.

—Sería muy útil compartirlo con alguien que tenga facultades para encontrar lo que se ha perdido.

Fue como si el aire se hubiera esfumado. Pero pensó que no necesitaba respirar. Podría vivir estupendamente de la energía que los envolvía a ambos.

—Tenía la impresión de que trabajabas solo —comentó.

—Lo he hecho así todos estos años porque hasta que tú llegaste a mi vida jamás conocí a ninguna mujer a la que pudiera pedirle que compartiera la carga de conocer lo que yo sé, de ver lo que yo veo. Pero tú me conoces tal como soy y no me rechazas. Conoces la bestia que hay en mí, pero no me tienes miedo.

—Claro que no te tengo miedo, Lucas. —Le sujetó las solapas de la chaqueta—. ¿Cuándo empezaste a escribir melodramas? No hay ninguna bestia en ti, por Dios. Hay un hombre fuerte, poderoso y valiente que si fuera necesario daría su vida para proteger a quienes tiene a su cargo.

—Excelente —exclamó con un brillo pícaro en los ojos—. Ya vuelves a ponerte romántica. Tengo que convencerte de que te cases conmigo antes de que descubras que el papel de héroe no me va.

—Ah, pero eres mi héroe. —Sonrió y se puso de puntillas para rozarle los labios con los de ella—. Lo supe el primer día que te vi. Me gustaría mucho compartir tus investigaciones, y también tu vida contigo.

Como por arte de magia la diversión de Lucas se transformó en una necesidad enorme, apremiante. Le tomó la mano y le besó la palma.

—Te amo, Evangeline. Te he amado desde el primer día, cuando nos conocimos en la librería. Aquella noche cuando te encontré huyendo de la muerte en mi jardín, supe que tenía que encontrar una forma de protegerte y de hacerte mía. No soy un hombre normal y jamás podré ofrecerte una vida normal. Pero te daré todo lo que tengo, todo mi amor y toda mi confianza. Tienes mi corazón en tus manos.

La dicha se apoderó de ella.

—Lo cuidaré bien —prometió—. Te amo, Lucas. Siempre te amaré. A estas alturas tendría que ser evidente que no soy más normal que tú. Pero como cualquier autor te diría, lo normal no es demasiado interesante.

Lucas soltó una carcajada, cuyo sonido resonó por los jardines con una oleada de energía. Estrechó a Evangeline entre sus brazos y la besó. Ella reaccionó como sabía que haría lo que le quedaba de vida: correspondiéndole con la misma pasión y energía, y con la promesa de un amor duradero.

Evangeline no necesitó su intuición psíquica para saber que era una promesa que ambos cumplirían.

Crystal Gardens relució a su alrededor a la luz de la luna.

41

La boda se celebró en el Jardín Diurno. A Evangeline le inquietaba que el sitio no fuera del todo seguro. Al fin y al cabo, solo había pasado un mes desde que habían desenterrado los cristales. Pero Tony y Beth, junto con su nuevo colega, Horace Tolliver, le aseguraron que ninguno de los invitados sería víctima de una rosa anómala ni de una enredadera carnívora.

Aun así, se erigió una valla alrededor de la laguna de aguas oscuras situada delante del cenador. «Para mayor seguridad», había explicado Tony. Después de todo habría niños pequeños presentes ya que habían invitado a la totalidad de la familia Gillingham.

Hubo pocos comentarios, si los hubo, sobre la cuestión del noviazgo escandalosamente breve de la pareja. La falta de habladurías se debió a varios motivos. El primero, que era evidente para todo el mundo que los novios estaban profundamente enamorados.

El segundo motivo de tanta discreción era igualmente claro: nadie quería arriesgarse a despertar la ira del nuevo dueño de Crystal Gardens. Se sobreentendía que Lucas Sebastian no dudaría en vengar hasta la ofensa más insignificante la honra de su amada.

El sol de verano brilló para una gran multitud que incluía a Judith, la tía Florence, Tony y Beth, y otros miembros de la familia Sebastian. Tony fue el padrino, y Beatrice y Clarissa, las damas de honor.

La señora Flint y la señora Marsh, las propietarias de mediana edad de la agencia de damas de compañía de la calle Lantern, se sentaron en la primera fila del lado de la nave correspondiente a la novia. A lo largo de la ceremonia, se sorbieron la nariz y se llevaron discretamente un pañuelito de lino a los ojos.

—Estaban llorando porque sabían que habían perdido a una de sus mejores investigadoras —dijo después Clarissa a Evangeline—. Saben que será difícil reemplazarte.

—Les recordamos que podrán contar contigo y con el señor Sebastian para trabajos ocasionales de asesoría —añadió Beatrice—. Naturalmente, nos han asegurado que la agencia no volvería a involucrarse en casos de asesinato. Parece que a partir de ahora la vida será muy aburrida para Clarissa y para mí, pero así son las cosas.

Tras la ceremonia, los novios y los invitados disfrutaron de un elaborado banquete que organizó Molly. La gente estaba impresionada. La larga mesa dispuesta en la terraza estaba decorada de modo festivo. Entre los platos destacaba el pastel de salmón y puerro, el surtido de carnes asadas, el manjar blanco, la ensalada de langosta, la selección de frutas de verano recubiertas de nata montada, los helados y las gelatinas.

En la presidencia de la mesa había una espectacular tarta nupcial decorada con unas rosas increíblemente realistas. Evangeline sintió pánico un momento al cortar la tarta y fijarse en las flores.

—Molly. Estas rosas, no...

Molly se inclinó hacia ella y bajó la voz:

—Están hechas de azúcar, señora. No se preocupe, no las corté en el jardín.

Lucas y Evangeline pasaron su noche de bodas en las ruinas de los baños romanos situados en el corazón del Jardín Nocturno. Si alguien consideró que aquel sitio era algo inusual para empezar una luna de miel, nadie fue lo bastante tonto como para comentarlo. Ni tampoco dijo nada nadie cuando Lucas llevó un montón de cojines, almohadas y ropa de cama limpia al laberinto el día antes de la boda.

Ahora era motivo de orgullo que los nuevos dueños de Crystal Gardens no fueran lo que todo el mundo llamaría una pareja corriente. Era de esperar que no pasaran su noche de bodas como era corriente.

La energía de la sala donde estaba la segunda piscina era buena.

Lucas tomó la botella de champán que acababa de abrir y llenó dos copas. Las llevó hasta el borde de la piscina chispeante donde estaba sentada Evangeline, que hacía oscilar sus delicados pies en el agua. Se había puesto un camisón, el pelo suelto le cubría la espalda y tenía los ojos llenos de los innumerables misterios que sabía que exploraría el resto de su vida.

Le dio una de las copas y se sentó junto a ella. Se había quitado las botas y llevaba la camisa desabrochada, pero seguía con los pantalones puestos. Se remangó las perneras y metió los pies en la piscina.

—Felicidades, señora Sebastian —dijo.

—¿Lo dices por mi matrimonio? —preguntó con ojos entusiastas—. Gracias, señor Sebastian. Resulta que estoy muy contenta.

—Me refería al extraordinario éxito que has tenido con la publicación de un capítulo más de *Winterscar Hall*. —Alzó la copa para realizar un brindis—. Lograste convencer a tus lectores de que el hombre que habían supuesto que era el malo de tu novela era, en realidad, el protagonista. Solo un escritor excelente podría haber dado un giro tan inteligente al argumento.

—Gracias —dijo Evangeline con una sonrisa tras tomar un sorbo de champán—. Tengo que admitir que tuve la suerte de poder inspirarme en nada más y nada menos que mi propio marido.

—Quien está siempre encantado de ayudarte.

—Eso me será muy práctico —aseguró Evangeline.

Lucas le tocó la mejilla, se agachó hacia ella y la besó.

—Te amo, Evangeline.

—Te amo, Lucas.

Una dicha inmensa se apoderó de él. Dejó su copa e hizo lo mismo con la de Evangeline.

La estrechó entre sus brazos y la besó.

Las aguas efervescentes de la antigua piscina chispearon y centellearon, reflejando la energía del amor.

10/15 ②
12/16 ② 10/15